FREDSCH

Der Strolch, der Banker und das rote Licht

Dieses Buch ist ein Roman. Handlungen und Personen sind frei erfunden. Ähnlichkeiten mit lebenden oder toten Personen sind rein zufällig. Irgendwie schade, denn das Leben schreibt die besten Geschichten noch immer selbst!

Schau auf KEINEN FALL rein bei:

www.fredsch.at

Auf gendergerechte Formulierung wird in diesem Buch gepfiffen!

Ungekürzte Ausgabe
1.Auflage November 2010
Verlag: smartfin Management GmbH
Graz

ISBN 978-3-9501710-1-3

VORWORT
EIN GESPRÄCH MIT MICHL NUEHM

Journalist: Herr Nuehm, warum haben Sie dieses Buch geschrieben?

Nuehm: Mein Vater Pseudo hat immer zu mir gesagt: „Aus dir wird nie was!"
Da habe ich mir gedacht, ich schreibe ein Buch und beweise ihm das Gegenteil.

Journalist: Ist das Ihr Ernst?

Nuehm: Ehrlich?

Journalist: Ja!

Nuehm: Nein.

Journalist: … und warum haben Sie dieses Buch nun geschrieben?

Nuehm: Wir sind vor einiger Zeit leicht angeheitert in einer netten Runde
zusammengesessen und haben in Erinnerungen geschwelgt. Plötzlich wird
einer nachdenklich und sagt: „Wenn die Roche ein Buch[*] herausgibt, dessen Höhepunkt darin besteht, Hämorrhoiden als Blumenkohl zu bezeichnen
und ihr damit auf Anhieb ein Bestseller gelingt, dann sollte man eigentlich
niederschreiben, was wir mit Fred erlebt haben." „Gute Idee! Ich mache es",
war meine Antwort. Während die anderen das für einen Witz hielten, habe
ich mit dem Schreiben begonnen. Als ich damit fast fertig war, wurde mir
beim Durchlesen des Manuskripts klar, dass die Geschichte einerseits für den
Normalverbraucher zu steil ist und sich andererseits zwischen den Werken
unzähliger Häfenliteraten einreiht. Ich wollte vermeiden, dass dieses Buch ein
Abziehbild vom „Minus-Mann"[*] wird.

Journalist: Was haben Sie dann gemacht?

Nuehm: Ich habe alles bis auf die Einleitung gelöscht und von vorne begonnen.

Journalist: Was ist jetzt anders?

Nuehm: Die neue Variante ist gemütlich.

Journalist: Im Disclaimer* steht, es sei alles erfunden und Ähnlichkeiten mit lebenden Personen zufällig und unerwünscht.

Nuehm: Stimmt, jetzt erinnere ich mich wieder, das ist die Wahrheit. Es ist alles erfunden. Darf ich kurz jemanden grüßen?

Journalist: Bitte sehr.

Nuehm: Ich möchte alle grüßen, die mich mögen, den Hans, den Klaus, den Sepp, den Kurt, den Alfons, den Karl, die Heidi, die Claudia, die Karin, die Hilde, alle, die mich nicht mögen, … und außerdem grüße ich noch meine Eltern und meinen Onkel Arno.

Journalist: Ich hab bis zu diesem Moment gar nicht gewusst, dass kurz so lang sein kann.

Nuehm: Verzeihung! Ich habe mich da gerade etwas gehen lassen.

Journalist: Sie waren Banker, da haben Sie sicher auch viele Schweinereien erlebt. Warum schreiben Sie nicht darüber, sondern über das Milieu?

Nuehm: Die Bank-Schweinereien sind viel zu abstoßend. Dann schon lieber Milieu-Geschichten.

Journalist: Ah ja! Einer der Protagonisten stellt in dem Buch die Frage, woran ein Mensch gemessen wird. Woran wird nun Ihrer Meinung nach ein Mensch gemessen?

Nuehm: In unseren Breiten?

Journalist: Ja!

Nuehm: Am Geld.

Journalist: Danke für das Interview.

Nuehm: Sehr gerne.

INHALTSVERZEICHNIS

1 FREDSCH

Fred hatte ein unglaubliches Gefühl für Menschen ... und er konnte ein frisches Kartenspiel in unter zwei Minuten durchzinken. Immer wenn irgendwo in Österreich ein Tunnel gebaut wurde, fuhr er in Zeiten, als man das Gehalt noch in der Lohntüte bekam, zu Monatsbeginn im blauen Overall mit Schutzhelm auf verschiedene Großbaustellen. Diese Bauprojekte waren für ihn deshalb gut geeignet, weil dort viele Menschen in mehreren Schichten rund um die Uhr tätig waren. Aufgrund der hohen Fluktuation fiel es nicht auf, wenn sich ein eigentlich Fremder unter das Volk mischte. Meist schlürfte er zuerst in der Kantine einen Kaffee und sondierte die Lage. Wenige Stunden später hatte er einigen Arbeitern den Großteil ihres Lohnes abgeknöpft und machte sich fröhlich pfeifend auf den Heimweg. Im roten Porsche, der um die Ecke geparkt war.

Mit den Feuerwehrleuten am Grazer Lendplatz lief das Spiel auch sehr gut, speziell zu Zeiten, als es in Graz noch kein Casino gab. Später wurden die Spielfreudigen dann von staatlicher Seite legitimiert geschröpft. Als Fred einmal einen Feuerwehrmann am Kartentisch nicht nur um dessen Dezembergehalt, sondern auch um sein Weihnachtsgeld erleichtert hatte, begann dieser bitterlich zu weinen. Er hätte weder für seine Frau noch für seine beiden Kinder Weihnachtsgeschenke eingekauft, schluchzte er. Nun sei er flach[*] und müsse mit leeren Händen vor den Christbaum treten. Auch wenn Fred sich selbst von Kindesbeinen an hatte durchschlagen müssen und ein Ganove geworden war, so trug er sein Herz doch am rechten Fleck. Er gab dem Floriani-Jünger sein Geld zurück, um am nächsten Tag zu erfahren, dass dieser noch in derselben Nacht am Griesplatz alles bis auf den letzten Groschen verspielt hatte. Wölfe, die Fred ähnlich waren – Arbeitskollegen quasi –, hatten ihn dort abgeputzt[*].

„Das hab ich jetzt von meiner Gutmütigkeit", seufzte Fred, „das Ergebnis für seine Kinder ist dasselbe. Nur das Geld hat jetzt eben ein anderer. Im Grund genommen hätte ich ihm seine Uhr auch noch abspielen sollen!"
„Im Grund genommen gehört er in den Mund genommen", fiel einem der anwesenden Kumpanen dazu ein.
Eigentlich hätte ich ihm alles wegnehmen müssen und ihn zusätzlich auf Kredit weiterspielen lassen sollen!", ereiferte sich Fred.

KAPITEL 1

„Weißt du, was die Schwachstelle an dem Satz ist?", wollte derjenige wissen, dem so schöne Reime auf „im Grund genommen" einfallen.

„Nein, was denn?"

„Der Konjunktiv!"

„Das war ein richtiges Spatzerl*!", konnte Fred das Thema einfach nicht abschließen.

„Nein, Fredl! Das war kein Spatzerl, das war ein Spatz! Ein fetter noch dazu!"

„… und ich Tulpe verschone ihn!"

Wer das erste Mal auf die Idee kam, sich selbst oder andere mit Blumennamen zu beschimpfen, entzieht sich meiner Kenntnis. Im Milieu fanden jedenfalls bevorzugt die Bezeichnungen für die Blumengattungen Tulpe und Nelke Verwendung.

Wie auch immer, Fred hatte seine Lektion gelernt und war von jenem Tag an in diesen Belangen unerbittlich. Nur um Missverständnisse zu vermeiden: Das Spiel stellte nicht seine Haupteinnahmequelle dar. Im richtigen Leben war er Zuhälter. Als einer von sechs Brüdern hatte er eine Elektriker-Lehre absolviert und schon früh beschlossen, sich sein Geld nicht so beschwerlich zu verdienen. In Deutsch und Turnen überzeugte er seine Lehrer immer mit einem „Sehr gut", über die anderen Noten sprach Fred ungern. Er war ein fescher Bursche damals, beugte sich niemandem und sein Selbstvertrauen glich dem eines Elefanten-Bullen. Eine markante Narbe, die eine tiefe Rinne beginnend hinter der rechten Schläfe entlang des Jochbeines bis über die Wange bildete, gab seinem Gesicht etwas Gefährliches. Sie war das Ergebnis einer Rauferei, im Laufe derer Fred eine abgeschlagene Bierflasche schluckte. Es war für die Ärzte nicht einfach gewesen, das Gesicht wieder zusammenzunähen. Seinen wachen, grünen Augen schien nichts zu entgehen. Wenn er mit seinem roten Porsche in die Eisenbahner-Siedlung rollte, war das für uns Kinder jedes Mal ein Erlebnis. Mein Vater fuhr damals Puch 500 und den konnten wir uns kaum leisten. Neben dem Spiel und der Zuhälterei zählte auch der Handel mit Drogen zu Freds Einkunftsquellen. Aber dazu später …

2 MICHL

Der Michl, das bin ich. Einer der Sandkisten-Spielgefährten von Freds jüngeren Brüdern. Einer aus einer Horde von Kindern, die sich im Hof zwischen den Häusern täglich versammelten. „Survival of the fittest" – das Darwin'sche Prinzip bestimmte früh unser Leben.

Angeblich wird ein Kind in den ersten sechs Lebensjahren geprägt. Ereignisse, die mich geprägt haben, sahen beispielsweise so aus: Mein Onkel war Seemann und brachte mir eines Tages von einer ausgedehnten Asien-Reise einen voll funktionstüchtigen Autokran aus Stahl mit. Wenige Minuten nachdem ich ihn stolz im Hof herzeigte – es war das schönste Spielzeug, das ich je gesehen hatte –, gehörte er mir nicht mehr. Die Kinder, die ihn in Besitz genommen hatten, waren zwischen sieben und acht Jahre alt. Ich war fünf. Zwei bis drei Jahre Differenz sind in diesem Alter noch etwas wert. „Was ist los?", fragte mein Vater, als ich zornig heulend in die Küche rannte. Eine Frage, die ich dringend erwartet hatte. Ich musste von meinem Leid erzählen, meinem ausgeprägten Gerechtigkeitssinn Raum geben, Hilfe suchen. Ich war mit meinen schillernden Ausführungen bei Weitem noch nicht fertig, als sich mein Vater mit den Worten „Dann hol ihn dir eben wieder zurück!" gelangweilt umdrehte.

Wie ein Berserker hatte ich den Stock geschwungen, immer wieder krachte er auf Beine und Rücken. Der Autokran war wieder mein. So wurde mir schon früh beigebracht, dass ich mir selbst zu helfen hatte. Nicht immer gingen die Geschichten so bilderbuchartig aus. Das eine oder andere Mal bin ich auch mit wehenden Fahnen untergegangen. Ab und zu schlenderte Fred gerade des Weges und gebot der Meute Einhalt.

Der Hof, der uns als Basislager diente, war auf einer Seite von einer hohen Mauer begrenzt, dahinter erstreckte sich ein Kloster. Hier wandelten Nonnen zwischen Getreidefeldern und Obstbäumen. Der reife Mais wirkte magnetisch auf uns Buben. Wir waren sehr einfallsreich, wenn es darum ging, die Mauer zu überwinden. Wann immer wir unbeaufsichtigt waren – und das war die Regel –, stibitzten wir, so viel wir tragen konnten. Als Kleinster musste ich mit dem Handicap zurechtkommen, dass ich die Mauer nur überwinden konnte, wenn mir ein anderer die Räuberleiter machte. Das war beim Hinüberklettern ins Kloster gar kein Problem. Wenn uns der zornige Messner dicht auf den Fersen war und alle vollbepackt mit Mais das Weite suchten, stellte sich diese Herausforderung anders dar. Manchmal ging das Abenteuer trotzdem gut, auch wenn ich mir beim überhasteten Sprung von der hohen Mauer auf die andere Seite die eine oder andere Blessur zuzog. Ich erinnere mich, dass ich bei einer Gelegenheit in jeder Hand einen Maisstriezel hatte und einen weiteren mit meinen Zähnen festhielt. Wenn man schon so ein Risiko nahm, sollte es sich auch auszahlen. Da meine Hände Wichtigeres zu tun hatten, war ich nicht in der Lage, mich beim Sprung von der Mauer ausreichend abzustützen. In der Folge schlugen daher meine Kniescheiben mit großer Wucht gegen das Kinn. Die Kiefer wurden gegeneinander getrieben und meine Zähne dabei so tief in den Mais gerammt, dass es mir nicht mehr möglich war, meinen Mund zu öffnen und mich des Fremdkörpers zu entledigen. Wie mir aus dieser misslichen Lage geholfen wurde, habe ich vergessen. Ich weiß nur, dass meine Kiefer wochenlang schmerzten und ich es zu Hause niemandem erzählen durfte.

Viel öfter aber war meinen Kumpanen in Situationen wie dieser das Hemd näher als der Rock. Sie warfen die Beute über die Mauer auf die andere Seite, kletterten flink ein Stück nach oben, um sich schließlich mit einem Klimmzug hochzuziehen. Von ihrem sicheren Ausguck beobachteten sie dann, wie mich der Messner einfing. Es folgte das, was man am 28. Dezember „frisch und gsund*" nennt. Danach wurde ich an den kurzen Nackenhaaren oder am Ohr in die Klosterräumlichkeiten verfrachtet. Dabei ertrug ich geduldig den Schmerz und die Schimpfkanonaden des Messners. Wir Menschen sind ja bekanntlich sehr anpassungsfähig und so kehrte auch für mich bald eine gewisse Routine ein. Das darauf folgende Scheitelknien* fiel mir von Mal zu Mal leichter. Wenn mich die Großmutter, die mich beaufsichtigte, während meine Eltern in der Arbeit waren, über mehrere Stunden nicht finden konnte, machte sie sich auf den Weg zum Klostereingang, der genau auf der gegenüberliegenden Seite des riesigen Grundstücks lag. Dort wurde ich ihr mit einem Marienbild in der Hand übergeben. Gleichzeitig erhielt sie umfassende Informationen meine Missetaten betreffend. Es war nicht notwendig, mich nochmals zu bestrafen, ich hatte in den Stunden davor bereits alle Sünden abgebüßt. Später wurde die Klostermauer zusätzlich mit einem hohen Stacheldraht gesichert. Damit hinderte man die nachfolgenden Generationen erfolgreich daran, es uns gleichzutun.

Noch etwas: Ich habe ein Gedächtnis wie ein Elefant – für das Schlechte und für das Gute. Und weil wir gerade bei meinen Eigenschaften sind, das Teilen habe ich so gelernt: Meine Oma nahm sich viel Zeit für mich. Wenn sie nicht gerade arbeitete, konnte man uns beide im Park oder im Schwimmbad finden. Die Krönung unserer Ausflüge war die 1-Schilling-Bensdorp, ein Schokoriegel in den Ausführungen Milchschokolade oder Nuss mit fünf Rippen. Nach stundenlanger Semperei* hatte sie sich von ihrem Enkelkind erweichen lassen und den Schokoriegel um einen wohlfeilen Schilling erstanden. Ich war aufgeregt. Ungeduldig und eilig wurde die Verpackung aufgerissen. „Bekomme ich auch etwas?" Die Frage meiner Großmutter ließ mich die Außenwelt wieder wahrnehmen. Ich dachte nach, schätzte ab. Nach Ausschluss aller Eventualitäten entschied ich mich, die Tafel im Verhältnis 4:1 zu teilen.

„Danke!", nahm sie sich zielsicher und über jeden Zweifel erhaben das größere Stück. Nachdem ich vollständig erfasst hatte, was gerade passiert war, machte ich meiner Enttäuschung mit sirenenartigem Heulen Luft. Es nutzte nichts, die Würfel waren gefallen. Seither teile ich vorzugsweise 50:50.

3 DIE WIEDERBEGEGNUNG

„Du bist der Michl, oder?" Ein Mann mittleren Alters, mit sportlicher Figur und federndem Gang, konfrontiert mich mit dieser Frage. Eine lange Narbe zieht sich durch sein Gesicht. „Ich bin es, der Fredl."

18 Jahre waren vergangen, ich hatte zwei Klassen wiederholt, dank meiner Mutter und meiner Großmutter die Schule doch noch erfolgreich abgeschlossen, nach dem Bundesheer das Handelsakademie-Kolleg absolviert und war nun, nachdem der US-Börsenguru Jim Rogers mit seinen Prophezeihungen den Wiener Handelsplatz wachgeküsst hatte, vom Bankangestellten am Wertpapierschalter in den Handelsraum gewechselt. Am Kapitalmarkt verdiente ich bereits gutes Geld. In meiner Freizeit spielte ich Tischtennis auf Landesliganiveau und betrieb das Kickboxen leistungssportlich. Wir trainierten sechs Mal die Woche. Der Tag, an dem wir hätten pausieren sollen, wurde für heimliches Technik-Training in unserem alten Box-Klub genutzt. Viele Boxer des Vereins stammten damals aus dem Milieu. Mit einem Kampfgewicht von 57 kg ordnete ich mich in die Kategorie „Fliegengewicht" ein. Einige Trainingskollegen waren auch der Grund für meinen Besuch im Café City – einem Puff* am Grazer Lendplatz, in dem ich nun Fred wiederbegegnen sollte.

„Sein Vater war ein pestiger* Hund, wenn er angesoffen war. Immer hat er mischen* wollen … und nicht aufgehört, auch wenn er kriegt hat", wendet sich Fred an seinen finster dreinschauenden Begleiter. „Ringer war er, kein schlechter, und beim Heros hat er geboxt. Einmal hab ich gesehen, wie er sich mit einem Strolch im Apollo angelegt hat. Uns war allen klar, dass er da einschaut* … und dann ist er immer wieder aufgestanden. So lang, bis der Strolch gegangen ist, weil er nicht mehr gewusst hat, was er mit ihm machen soll. Die Oma hab ich auch gekannt. Wenn sie braungebrannt im Hof im superkurzen Mini die Teppiche ausgeklopft hat, ist bei den Eisenbahnern in der Siedlung ein Raunen durch die Menge gegangen. Sie hat eine Figur gehabt wie die Weiber aus der Praline, und die Eisenbahner-Ehefrauen waren eifersüchtig ohne Ende. Stört dich das, wenn ich so über die Oma rede?"

„Nein, sie hat's mir eh erzählt. Aus ihrer Sicht halt. Sie hat sich ja scheiden lassen, weil sie der Opa immer eingesalzen* hat. Scheidung war damals ein absolutes Tabu. Dafür haben die Leute auf der Straße vor ihr auf den Boden gespuckt. Das kann man sich heute alles nicht mehr vorstellen."

„Hast schon gehört?", bringt Fred seinen Begleiter wieder ins Spiel, „den Gnutzer haben's heute gefunden. Drei Tage war er weg. Angeblich ist er 20 Stunden lang gefoltert worden, der Gnutzer, in der Nähe von Eibiswald. Dann haben's ihn mit einem Genickschuss liquidiert."

„Ist das nicht der, der immer so ein Milchbub war?", mische ich mich ein.

„Ja genau!"

„Der war ja in meinem Alter! Wenn ich mit ihm, den Buben von der Hausmeisterin und deinen Brüdern in der Sandkiste gesessen bin und es hat beispielsweise Unstimmigkeiten wegen einem Schauferl* oder einem Sieberl* gegeben, dann hat der Gnutzer jedesmal ohne viel Trara den Kürzeren gezogen. Später ist er dann eines Tages mit einem dicken Stern* vorgefahren und war auf einmal Strolch. Mich hat diese Verwandlung gewundert. Zu der Zeit war das Klima noch etwas rauer, da konnte nicht gleich jeder Taxifahrer Zuhälter werden."

„Ja, stimmt! Er war als Kind sehr zerbrechlich und oft krank."

„Wozu muss man den foltern?"

„Das war so", fährt Fredl fort. „Der Gnutzer hat von ein paar Ungarn ein Mädel gekauft, eine Zwanzigjährige. 40.000 Schilling hat ihm die Gaude gekostet. Die Kleine hat er in ein Zimmer reingestellt. Kurz drauf hat es die ersten Brösel* gegeben. Die Gäste haben sich beschwert, dass die Puppe nicht arschpudert* und nicht schluckt. Diese Qualitäten hat der Gnutzer in einem Zeitungsinserat für die Huren in seinen Hacken-Wohnungen* angegeben. Jedenfalls hat er nach Budapest angerufen, um den Geschäftspartnern mitzuteilen, dass er aus besagten Gründen sein Geld zurück will."

„Und dann ...?"

„... sind zwei Burschen fürs Grobe* innerhalb von zwei Stunden aus Ungarn gekommen. Sie haben die Alte abgeholt und nach einem Tag wiedergebracht ... das halbe Geld haben sie ihm auch zurückgegeben."

„Und dann ...?"

„ ... dann hat sie arschpudert und geschluckt."

Schweigen.

„Eine Kurve hab ich jetzt aber noch nicht ganz gekriegt*", hake ich nach.

„Welche?", will Fred wissen.

„Wozu muss man den Gnutzer 20 Stunden lang foltern?"

„Ja, das war so: „Die Taube hat dann arschpudert und geschluckt. Aber sie hat es dem Gnutzer nie vergessen. Er hat mit den Ungarn abgeteilt, denn die haben ihm ja den halben Kaufpreis rückerstattet. Von allem, was sie verdient hat, haben sie dann ihren Anteil erhalten. Als sich die Geschichte mit dem Arschpudern schließlich beruhigt hat, hat sie ihre zwei Manager gefragt, wieso es vom Gnutzer die letzten Monate so wenig Geld gibt. Sie war ja in der Zeit praktisch laufend ausgebucht. Und da sind sie das erste Mal misstrauisch geworden, die Burschen. Mit dem Vertrauen ist es wie mit der Jungfräulichkeit, sagt man. Als es dann später Unstimmigkeiten bei einer Gift-Hacken* gegeben hat, ist das Fass übergelaufen. Die Mauer*, die du in so einem Fall brauchst, die findest du auf diesem Planeten nicht. Jetzt gibt es ihn jedenfalls nimmer, den Gnutzer. Geh, Gertschi! Noch ein Bier!"

4 WIE „FREDSCH" ZU SEINEM NAMEN KAM

Fast hätte ich es vergessen. Ihr wisst ja noch nicht, wie Fredsch zu seinem Namen kam. Das ist rasch erklärt: Nach einer Brasilien-Reise hatte er ein Mädel namens Angela aus Rio zu sich nach Graz eingeladen. Es lag wohl an der Sprachbarriere und der Urlaubsstimmung, dass in Rio alles so harmonisch verlaufen war. Die Worte „Fredsch, vamonos!!!" ließ sich Fred artig gefallen. Und weil es ihn wohl faszinierte, wie sein Name mit portugiesischem Akzent gesprochen klang, schenkte er der befehlenden Art, die in den folgenden Worten mitschwang, keine Beachtung mehr. Beiden wäre einiges erspart geblieben, hätte er das getan. Jedenfalls war ein Aufenthalt der Schönheit in Österreich auf Basis eines Touristen-Visums für die Dauer von drei Monaten geplant. Kurz nachdem er Angela vom Flughafen abgeholt hatte, erklärte ihr Fred mit Händen und Füßen, er müsse noch etwas erledigen und komme gleich wieder. Sie solle es sich inzwischen in seiner Wohnung gemütlich machen und etwas ausruhen. Als die Eingangstür hinter ihm ins Schloss fiel, war es sieben Uhr abends.

Unsanft unterbricht das Telefon meinen Tiefschlaf. „Kannst du meiner brasilianischen Alten einen Gefallen tun?"

„Um was geht's denn, Fredl? Es ist vier in der Früh, ich muss um sieben in die Arbeit!"

„Komm sie bitte schnell holen, sonst hau ich den Esel aus dem 10. Stock beim Fenster raus."

„Was ist denn passiert?"

„Keine Ahnung, ich hab ihr gesagt, dass ich noch kurz weg muss, weil ich etwas zu erledigen hab. Als ich vor zehn Minuten heimkomme, steht sie in meinem Vorzimmer, hat die Hände in die Hüften gestemmt und schreit in einer Tour mit mir auf Brasilianisch. Ich versteh zwar nicht, was sie sagt, aber am Ton erkenne ich, dass sie richtig frech ist. Den Knopf zum Abstellen kann ich auch nicht finden. Sie hört und hört nicht mehr auf. Wenn sie nicht gleich wer abholt, passiert ein Unglück!"

Drei Tage statt drei Monate später saß die Kleine im Flieger nach Rio und verstand die Welt nicht mehr. Fredsch war jedenfalls wieder entspannt.

5 CAFÉ CITY

Fasziniert von den intensiven, neuen Eindrücken, verbrachte ich von nun an viel Zeit mit Fredsch. Es war, als hätte die lange Trennung nie stattgefunden. Wir hatten uns viel zu erzählen, waren beide gefesselt von der Welt des anderen. Obwohl es auf den ersten Blick schien, als kämen wir von unterschiedlichen Planeten, konnte ich ihn besser verstehen als den Großteil meiner Arbeitskollegen, mit denen ich den ganzen Tag verbrachte. Das Café City am Grazer Lendplatz lag zentral zwischen unseren Wohnungen, es entwickelte sich zum Stammlokal. „Tanzcafé" oder auch „Sitsch" waren unsere Code-Wörter für das Puff. Damit wusste jeder Eingeweihte Bescheid.

„Gibt's ein Problem?", erkundigt sich ein massiger Glatzkopf eines Abends bei uns.

„Was will denn der Depperte*?", dreht sich Fredsch zu mir.

„Geh bitte Fredl, frag mich nicht immer so schwierige Sachen."

„Problem gibt's keines, aber wenn du gern eines hättest, können wir dir weiterhelfen", entschließt sich Fredsch, die Frage doch noch zu beantworten.

„Was ist denn los mit euch zwei Armleuchtern? Ihr Blasbuben*, für euch wird es sich gleich erledigt haben."

Der Bursche war mir schon zuvor durch seinen schweren, stählernen Nasenring aufgefallen. Dieser hatte in Kombination mit den schlecht gemachten Tätowierungen etwas Bedrohliches. Einige der Hautbilder dürfte er sich selbst gestochen haben, wahrscheinlich im Häfen*, aus Langeweile. Es sah aus, als würde ihm langsam der Platz für weitere Motive auf seinem Körper ausgehen. Dieser war überall vollgeschrieben. Selbst der Hals bot kaum noch freie Stellen. Spielkarten mit einem Joker, eine Rose, ein Kreuz, der Sensenmann, Pokerwürfel – selbstverständlich durfte auch ein Totenkopf nicht fehlen. Die blaue Häfenträne unter seinem rechten Auge ließ darauf schließen, dass er bereits auf eine solide kriminelle Karriere verweisen konnte. Sie war ein Zeichen dafür, dass er schon mehrere Jahre im Schmalz* zugebracht hatte. Die Haft-Zeiträume, die das Tätowieren einer Häfenträne erlaubten, waren regional unterschiedlich und variierten zwischen fünf und zehn Jahren. In anderen Ländern lässt man sich für jeden Menschen, den man ermordet hat, eine Träne stechen. Die einfachen Spinnennetze, die sich über seine Ellbogen spannten, sagten im Gegensatz zur Träne nur aus, dass er inhaftiert war, nicht aber, wie lange. Selbstverständlich durften auch die drei Punkte auf der Hand zwischen Daumen und Zeigefinger nicht fehlen. Ein altes Ganoven-Peckerl[*], das die drei Affen symbolisieren sollte. Diese hatten sich in Japan ursprünglich aus dem Sprichwort „Nichts Böses sehen, nichts Böses hören, nichts Böses sagen" entwickelt. Der Spruch entstammte der Lehre des buddhistischen Gottes Vadjra. Drei Affen sollten den Göttern über die Menschen berichten, ein Abwehrzauber hinderte sie jedoch daran, Böses zu sehen, zu hören oder zu sagen. Bei den drei auf die Hand tätowierten Punkten hatte möglicherweise eine Art „Stille-Post-Effekt" die ursprüngliche Bedeutung auf „nichts sagen, nichts sehen, nichts hören" reduziert. So war ein Ehrenkodex für Ganoven daraus entstanden, der bedeutete, dass der Träger der drei Punkte an Außenstehende nichts verrät.

Zu unterschätzen war der Nasenbär jedenfalls nicht. Das konnte man an seinen geschmeidigen Bewegungen erkennen. Er gehörte eindeutig in die Gruppe derer, die sich Präparate injizieren, die man in Ungarn Schweinen und Rindern verabreicht, damit diese schneller wachsen und früher geschlachtet werden können. Der unnatürlich bullige Körperbau unterstrich meine These. Mit seinen ungefähr 120 kg Lebendgewicht konnte er für mich auf engem Raum durch seine Überlegenheit an Masse schnell gefährlich werden. Auch wenn ich schneller und wendiger war, würde ich in der Nah-Distanz oder gar auf dem Boden schlechte Karten haben. Automatisch schätzte ich den mir zur Verfügung stehenden Bewegungsspielraum ab, erfasste Hindernisse sowie Alltagsgegenstände, die zu Waffen werden könnten. Während ich mich darauf konzentrierte herauszufinden, ob er irgendwo an seinem Körper ein Messer versteckt hielt, hörte ich, wie er sich immer mehr in Rage brachte. Eine Klinge kann eine Begegnung wie diese sehr rasch garstig werden lassen, speziell wenn die Theke im Rücken und eine Wand zur Rechten es kaum möglich machen, die Distanz zu vergrößern. Ich konnte spüren, dass nicht mehr viel Zeit blieb, um mich vorzubereiten.

Was genau er an uns beiden nicht mochte, wusste ich nicht. Ich für meinen Teil begegnete ihm zum ersten Mal. Die Körpersprache seines ebenfalls kahlköpfigen Begleiters deutete darauf hin, dass sich dieser in der Situation nicht wirklich wohl fühlte.

„Euch zwei werde ich zeigen, wo Süden ist!", insistiert der Häfenbruder.

„Da schau her! Wer bist denn du? Der Ritter von der traurigen Gestalt?", gebe ich mich neugierig. In Beantwortung meiner Frage packt der Fleischberg eine volle Sektflasche und holt zum Schlag auf meinen Kopf aus. Während er mit der Ausholbewegung beschäftigt ist, entferne ich unfachmännisch mit einem raschen Ruck seinen Nasenring. Blut spritzt aus der Stelle, an welcher der Ring befestigt war. Der Schmerz lenkt ihn ab, mein rechter Ellbogen trifft auf das Jochbein, die Schädelknochen als Resonanzkörper übertragen ein unangenehmes Knacken an seine Zentrale. Ein schulmäßig geschlagener Leberhaken trifft knapp unter dem rechten Rippenbogen des Hünen auf. Der stattliche Mann implodiert, während die Sektflasche nach hinten kippt und mit lautem Knall auf dem Boden explodiert. Kämpfer, die schwere Lebertreffer kassieren, sacken in der Regel mit einigen Sekunden Verzögerung lautlos in sich zusammen. Das liegt in erster Linie daran, dass der höllische Schmerz die Atmung lähmt. Der Schlag auf das gut durchblutete Organ führt zu einer Verkrampfung der Gefäßmuskulatur, was zwar die Blutzufuhr nicht unterbricht, aber den Weitertransport stört. Das Unangenehme an dieser Art von K.o.: Man ist im Kopf klar, nur die Kontrolle über den Körper versagt. Für den Absender eines Leberhakens ist die Tatsache, dass man diese Stelle nicht durch das Trainieren von Muskulatur schützen kann, von Bedeutung. Egal wie kräftig, groß oder schwer ein Gegner ist, ein Punkttreffer auf die Leber zieht jedem die Beine weg.

Einige Strolche schmunzeln: „Mit dir kann man nirgends hingehen, echt! Die Banker sind alles Pülcher*. In einer Tour tscheppert's*. Das war eh ein Lieber, was du immer gleich hast. Du bist fast so launisch wie ein Weib. Da weiß man nie, woran man gerade ist." „Ganz der Papa!", streut Fredsch drüber.

„Gestern hab ich im Kabel* eine Dokumentation über Korallenschlangen gesehen", fährt er fort, während sein Blick auf dem regungslosen Körper vor seinen Beinen ruht. „Die Korallenschlange ist eine der giftigsten Schlangen auf dem Planeten. Die hat vor nix Angst. Und weil sie einerseits vor nix Angst hat und andererseits nicht immer das Theater haben will mit denen, die nicht wissen, wie gefährlich sie ist, hat sie sich für eine auffällige Zeichnung entschieden. Schwarz-Rot mit knallgelben Ringerln als Kontrast. Damit jeder gleich sieht, da ist es oha*, wenn's verrutscht*. Jetzt erzählen die, die gesehen haben, wie einer von einer Korallenschlange gebissen worden ist –, weil er selber kann oft ja nimmer – die erzählen das dann weiter. Wie schlimm das war und wie schnell das gegangen ist. Und irgendwann weiß man dann, eine Korallenschlange ist arsch, wenn sie dich beißt. Man prägt sich das so ein, dass es einen unwillkürlich zusammenzieht, sobald man das schwarz-rot-gelbe Muster sieht … und dann will man nur mehr abhauen. Damit hat die Korallenschlange ihre Ruhe. Es gibt aber noch eine andere Schlange, die kann gar nix. Und die macht das Gleiche wie die Korallenschlange, schwarz-rot mit knallgelben Ringerln. Jetzt kommst du daher, bist hundertmal stärker als der Dodel*, es zieht dich aber zusammen, weil du das Muster schon kennst. Auch keine blöde Strategie, oder?", protzt Fredsch mit seinen naturwissenschaftlichen Kenntnissen.

„Das nennt man Mimikri!", werfe ich ein.

„Es ist für mich aber nachher so", fährt Fredsch unbeeindruckt fort, „ich frag mich in so einer Situation immer, was ist das jetzt für eine Schlange. Eine, die das Muster drauf hat, weil sie so gut ist, oder ist das eine, die nur so tut?" Dabei zeigt er mit einer abschätzigen Handbewegung auf den Nicht-mehr-Nasenringträger, der sich währenddessen immer wieder aufzurichten versucht, aber offensichtlich noch immer unter massivem Kontrollverlust leidet.

„Ob einer was wert ist, sieht man meistens erst, wenn es so weit ist. Mir sind die Aufgeblasenen lieber als die Drahtigen. Die Dicken sind nämlich in aller Regel überheblich und das geht auf der Straße schnell einmal nach hinten los. Der jedenfalls ist in Wahrheit froh, wenn er regelmäßig Luft kriegt, hat nix außer weit nach Hause, und das Einzige, was er macht, ist viel Lärm beim Umfallen", gebe ich Einblick in meine Sicht der Dinge.

Der Begleiter des Hünen wirkt harmoniebedürftig. Nach einigen Minuten überwindet er seine Angst und hilft seinem Freund, nicht ohne laufend „Bist selber schuld, du Idiot, das hättest du dir sparen können, das wäre ECHT nicht notwendig gewesen, aber so lernt halt jeder seine Lektion, hoffentlich merkst du dir das jetzt" zu murmeln. Mit einem schüchternen, verlegenen Lächeln blickt er zu mir hoch und zieht den schlaffen Körper Richtung Ausgang.

„Es gibt Menschen, denen kann man etwas sagen und die verstehen das dann. Die anderen wiederum lernen nur durch Schmerz", beobachtet Fredsch die beiden nachdenklich. „Sein Jochbein hat nachgegeben, hast du gesehen? Wenn er jetzt zur Polizei geht, kann das teuer werden", flunkert einer. „Wurscht*, für den löse ich meinen Bausparer* auf!", knurre ich und bemerke dabei, dass sich mein Adrenalin-Spiegel noch immer nicht auf normales Niveau abgesenkt hat.

Wir wenden uns wieder der Theke im Café City zu. Gerhard, der Koberer* – vielen als „Gertschi" bekannt –, waltet dahinter seines Amtes. Manche sprechen den Namen auch gerne mit französischem Akzent aus. Das hört sich dann ungefähr so an: „Scheraaah". Er hatte Schriftsetzer gelernt, verdiente danach sein Geld als Taxifahrer. Ein ruhiger, sympathischer Kerl. Irgendwann war er der „Haus-Taxler" vom Café City geworden. Ein symbiotisches Verhältnis: Die Lokalbesitzerin wusste, dass die Mädchen bei ihm gut aufgehoben waren. Nicht wenige Taxler versuchten regelmäßig die Huren, die sie chauffierten, für sich zu gewinnen. Oftmals transferierten sie die Mädchen dann in andere Lokale, deren Besitzer ihnen näherstanden.

Nur Lemminge hätten sich das im Lokal eines echten Zuhälters getraut, dazu war das Chance-Risiko-Verhältnis viel zu unattraktiv. Ein Strolch verlangte nämlich zumindest einen „Abstand", eine in der Regel großzügig bemessene Abschlagszahlung, damit das Mädchen gehen durfte. Er näherte sich dem Thema kaufmännisch. Immerhin hatte er ja auch investiert und Risiko genommen. Sie musste eingekleidet werden, der eine oder andere plastische Eingriff war notwendig, um den geltenden Schönheitsidealen näher zu rücken. Die meist unvermeidliche Gebiss-Sanierung belastete das Budget ebenfalls schwer. Ganz zu schweigen von den Ausgaben für Friseur, Fingernagel-Studio und diverse Kosmetika. Es versteht sich von selbst, dass bei einem guten „Pferdl*" die Möglichkeit, dieses über einen Abstand auszulösen, so gut wie nie bestand. Außerdem war das Thema insgesamt deutlich komplexer. Es ging dabei nämlich nicht nur um die monetäre Betrachtung. Ein Mädchen einfach „abzuziehen", ohne vorher zu fragen und die Konditionen auszuhandeln, implizierte nämlich auch, dass man vor dem für sie verantwortlichen Strolch keinen Respekt hatte. Hätte dieser nun auf die Ehrverletzung nicht reagiert, signalisierte dieser Umstand den anderen Haien im Becken, dass er ein „Warmer" war. Das war dann auch gleichzeitig das Signal zum Angriff auf dessen restliche, verbliebene Mannschaft. Ein existenzielles Thema also!

Eine gängige Bestrafung für jene, die beschriebene Regeln ignorierten, war das „Knien". Psychologisch betrachtet könnte man sagen, der Missetäter musste sich kleinmachen. Meist hatte er dabei den Lauf einer Kanone im Mund. Dann wurde er aufgefordert, sich vor versammeltem Publikum selbst zu beschimpfen. Die Texte wurden ihm im Allgemeinen vorgegeben, in Sonderfällen konnten es sogar „Knie-Gedichte" oder „Knie-Gesänge" sein.

Ein Beispiel:

„Was ich für ein dummes Schweindel bin, ich bin DÄMLICH, DÄMLICH, DÄMLICH!!! Ich werde NIE, NIE wieder die Weiber vom Uhrmacher ankobern[*]!" (Anmerkung: Dieser Vulgoname war nicht – wie man meinen könnte – darauf zurückzuführen, dass Betreffender nebenbei auch auf den Handel mit Hehlerware, im wesentlichen Schmuck und Uhren spezialisiert war. Vielmehr handelte es sich um einen gelernten Fleischhauer, dessen Hände so riesig waren, dass die Vorstellung, er würde mit Uhrmacher-Schraubenziehern hantieren, unter den Strolchen für allgemeine Belustigung sorgte).

Der geneigte Leser kann sich vielleicht vorstellen, wie komisch dieser Text klingt, wenn man ihn mit einem Lauf im Mund aufsagt. Dem Sprecher selbst war nicht nach Lachen zumute, zumal er neben den vielfältigen Erniedrigungen nicht in der Lage war auszuschließen, dass sich der Finger am Abzug nicht doch noch krümmte.

Dieser Prozedur, die sich über Stunden hinziehen konnte, wurde mit einigen Ohrfeigen Nachdruck verliehen. So mancher wollte sich mit einem sogenannten „Telemark" über die peinliche Situation hinwegschummeln. Will heißen, er kniete nur auf einer Seite und stellte dabei den anderen Fuß auf. Derartige Umgehungsversuche wurden von der jeweiligen Aufsichtsperson rasch unterbunden und es wurde dafür gesorgt, dass der zu Disziplinierende die erwünschte Körperhaltung korrekt einnahm. Am Ende bekam der Missetäter zumeist einen Tritt in den Hintern. Wenn es im betreffenden Fall auch

Rangordnungsfragen zu klären gab, konnte es vorkommen, dass der Verlierer der Begegnung mit einer „Golddusche" bedacht wurde. In der SM[*]-Szene ist dieser Begriff auch als „Wassersport" oder „Natursekt" bekannt. Er beschreibt das Urinieren auf einen Sklaven als Facette des sexuellen Spiels. In der Sexualwissenschaft werden luststeigernde Handlungen dieser Art unter den Bezeichnungen Urophilie und Urophagie geführt. Der gemeine Wald- und Wiesenstrolch war an solchen Details nicht interessiert, ihm ging es ausschließlich um den erzieherischen Effekt. Diese Art der Demütigung hat eine lange Geschichte. So mancher Samurai entehrte seinen unterlegenen Kontrahenten auf diese Weise und demonstrierte mit der Erniedrigung dessen Hilflosigkeit. Auf alle Fälle wurde der Kniende in unseren Breiten in aller Regel zum Abschluss mit einem Lokalverbot belegt. Gröbere Vergehen ahndete man zuweilen mit einem Graz-Verbot.

Unwissenheit schützte selbstverständlich auch in dieser Welt vor Strafe nicht. Die beschriebenen Regeln galten demnach nicht ausschließlich für Taxifahrer, die einen Karrieresprung geplant hatten, sondern für jedermann. So mancher bis über beide Ohren verliebte Gockel[*], der Robin-Hood-artig seine Angebetete zu sich holen wollte, war anfangs nicht einmal ansatzweise in der Lage abzuschätzen, worauf er sich gerade eingelassen hatte. In weiterer Folge entschied er sich meist sehr rasch für die Entrichtung des Abstands. Das Knien blieb ihm in der Regel erspart. So streng wie mit jemandem, der vorhatte, sich zukünftig professionell auf diesem Parkett zu bewegen, war man nicht.

Das City zählte damals aber zu den Plätzen, die für Taxifahrer-Strategien dieser Art geeignet waren. Aus diesem Grund entschieden sich Inhaber solcher Lokale gerne für Haus-Taxler, denen man vertrauen konnte. Für Gertschi war der Nuttentransport ein schöner Verdienst. Mit der Entwicklung des PCs starben die Schriftsetzer schließlich aus. Das Taxifahren war auf Dauer auch keine Lösung. Gertschi wurde Kellner im City, später übernahm er die Hütte[*]. Es ließ sich nie verleugnen, dass er als Zuhälter nicht geeignet war. Er wollte das auch niemals sein. Eher sah er sich als Gastwirt, vor dessen Lokal eben eine rote Laterne hing. Ihm war wichtig, dass er bei der Espresso-Maschine mit einmaligem Runterdrücken des Portionierers die gleiche Spanne erwirtschaftete wie ein Kaffeehaus-Betreiber, der selbigen fünfmal betätigte, um zu demselben Ergebnis zu kommen. Einige alteingesessene Zuhälter betrachteten Gertschi mit einem Naserümpfen, das hatte hauptsächlich damit zu tun, dass er eine Reihe von grundlegenden Regeln nicht beachtete.

Es war beispielsweise das Bestreben eines echten Strolches, laufend für Nachschub, also frisches Blut zu sorgen. Junge Mädchen sind seit jeher mit dicken Uhren oder Luxuskarossen zu beeindrucken. Ein Umstand, der sich mit hoher Wahrscheinlichkeit niemals ändern wird. Ich denke, das hat damit zu tun, dass das Weibchen für die Vermehrung und die spätere Aufzucht der Brut das offensichtlich potenteste Männchen – in unserer Gesellschaft eben im kaufmännischen Sinne – wählt. Männer bevorzugen ja angeblich das Weibchen mit dem üppigsten Vorbau primär deshalb, weil sie unbewusst davon ausgehen, dass dieses Weibchen ausreichend Milch bereitstellen kann. Früher konnte das über Leben und Tod der Nachkommen entscheiden. Was wiederum zeigt, wie sehr wir in unserem Handeln von Ur-Instinkten getrieben werden. Gemessen an den Zeiträumen, die ein Gebirge braucht, um sich aufzufalten, ist die Phase, während der wir Menschen Hochkulturen entwickelt haben, ein Klacks. Auch wenn wir das nicht gerne hören: In Wahrheit sind wir nichts anderes als Säugetiere mit ein klein wenig Verstand. Wie auch immer. Nachdem der Zuhälter mit pfauenartigem Imponiergehabe das jugendliche Weibsvolk beeindruckt hatte, war es sein Ziel, die geeigneten Exemplare auszufiltern, um danach aus einer „franken[*] Alten" eine gute Hure zu machen. Diesen Prozess nennt man im Fachjargon „umdrehen".

Das franke Mädel wurde also umgedreht. Und das funktioniert beispielsweise so: Nach dem ersten Filterprozess stellt der Zuhälter das Mädchen erst einmal als Kellnerin hinter die Theke, damit sie einen ersten Eindruck von den Geschäftsabläufen bekommt. Zu diesem Zeitpunkt ist sie schon entsprechend verliebt in ihn. Sie weiß noch nicht, dass sie bald zu den Mädchen gehören wird, deren Alltag sie gerade kennenlernt. Nach ein bis zwei Wochen hat er dann permanent etwas an ihrer Arbeit auszusetzen. Sie wird nervös und macht dadurch Fehler, die ihr sonst nicht passieren würden. Er erhöht den Druck, bis es schließlich komplett eskaliert und er den Prozess beispielsweise mit den Worten „Das geht so nicht, du machst mir die Hütte kaputt! Zieh dich um und stell dich VOR die Theke!" beendet. Ich war immer wieder erstaunt, mit welch hoher Trefferquote solche Strategien funktionierten. Gute Zuhälter verfügen über alle Begabungen eines ausgezeichneten Psychologen. Sie sind in der Lage, ihr Gegenüber in Rekordzeit einzuschätzen und herauszufinden, wo die Schwachstellen des anderen liegen, bei denen man einhaken kann. Permanentes Loben und Hochheben wechselt sich mit Beschimpfungen und Erniedrigungen ab. Über kurz oder lang kann man einen Menschen auf diese Art psychisch brechen, orientierungslos und abhängig machen.

Gertschi wiederum hat meines Wissens in seinem ganzen Leben niemanden umgedreht. Im Gegenteil: Immer wenn sich ein Mädchen in ihn verliebte, was an Arbeitsplätzen ja leicht passieren kann, stellte er sie – sobald er mit ihr zusammen war – als Kellnerin hinter die Theke. Die echten Strolche nannten das dann „zruckdrahn" von „zurückdrehen".

„Zum City-Gertschi trau ich mich keine Alte reinstellen. Das Umdrehen ist eh so langwierig. Suchst an Zwiefel, findst an Knofel*. Wenn endlich eine passt, hab ich dann monatelang die Hacken*, das kostet alles einen Haufen Geld und kaum kommt sie nach der Durststrecke ins Verdienen, dreht er sie mir gach* zurück", witzelten sie. Wirklich herzlich konnte aber niemand über das gespielte Jammern lachen, denn inhaltlich war es ihnen ernst.

Auch Fredsch gehörte nicht in die Gruppe derer, die Mädchen umdrehten. Seine Schützlinge waren alle schon zuvor in dem Gewerbe tätig und landeten erst in der Folge bei ihm.

6 SELBSTERFAHRUNG

Das City überraschte immer wieder mit Geschichten, die so unglaublich waren, dass jeder Versuch, sich diese selbst auszudenken, zum kläglichen Scheitern verurteilt wäre. Es waren eben Geschichten, die das Leben schrieb. So hatte Gertschi irgendwie Kontakt zu einem Therapeuten-Ehepaar geknüpft, das einmal jährlich ein mehrtägiges Selbsterfahrungsseminar für Paare organisierte. Ein Teil des Seminars wurde im Tanzcafé abgehalten, welches zu diesem Zweck für eine ganze Nacht gemietet wurde. Was davor mit den Teilnehmern passierte, haben wir nie erfahren. Wir wussten nur, dass der Samstag die Krönung des Seminars darstellte und es am Sonntag noch eine Nachbesprechung mit den Teilnehmern gab.

Am betreffenden Abend wurde die Eingangstür mit dem Schild „Geschlossene Veranstaltung" versehen. Gegen 20.00 Uhr kam dann ein Bus mit Frauen an, die als Nutten verkleidet waren. Jung, alt, dick, dünn, hübsch, hässlich, von der Rechtsanwalts- über die Oberarztgattin bis hin zum Luxusweibchen eines Geschäftsmannes, das sich in der Hausfrauen-Rolle gefiel. Mit einem Wort: Alles, was sich der liebe Gott im Schaffensrausch ausgedacht hatte, war vertreten. Einmal kam Gertschi zu spät, und die bunte Gruppe wartete bereits unruhig vor dem Lokal am Grazer Lendplatz. Einem Polizisten war das Treiben aufgefallen und so rief er umgehend den Koberer an: „Du, Gertschi, vor deinem Lokal tanzt eine Horde halblustiger aufgetakelter Weiber herum. Die sehen nicht wie Nutten aus, eher wie einer Faschingsgilde, die sich im Kalender vertan hat. Soll ich amtshandeln?" Nachdem das Missverständnis aufgeklärt werden konnte, erfolgte endlich der Einlass. Aufgeregt schnatternd verteilten sich die bestrapsten und in Nerze oder Federboas gehüllten Hühner im Puff. Nachdem Gertschi auf jeden Tisch einen Kühler mit einer Flasche Schlumberger gestellt hatte, begannen sie damit, sich Mut anzutrinken. „Der Schlumbi ist der beste Dosenöffner", zwinkert mir Gertschi zu. Du darfst die Weiber allerdings nicht die Kohlensäure mit dem Strohhalm heraussprudeln lassen. Sie müssen den Schlumbi ohne Sprudeln trinken, dann haut es ihnen innerhalb von einer Stunde die Hauptsicherung. Schau dir jetzt alle gut an, bald wirst du sie nicht mehr wiedererkennen. Die einen kriegen einen Moralischen, bei den anderen kommt das Schweinderl raus."

Etwa zwei Stunden später lieferte ein weiterer Bus die Männer ab. Die Nervosität der nach Selbsterfahrung lechzenden Teilnehmer erreichte ihren

Höhepunkt. Man konnte es förmlich knistern spüren. Während die Männer nüchtern angetrabt waren, hatte das Weibsvolk inzwischen die letzten Reste von Übersicht verloren. Die Aufgabenstellung für die Paare sollte folgende sein: Jeder Mann gab vor, seiner Partnerin nun zum ersten Mal zu begegnen, und zwar als Freier, der eine Hure aufsucht. Seine Aufgabe war es, sie entsprechend zu behandeln – ein klassisches Rollenspiel also. Jede der Frauen musste unter Aufsicht des Therapeuten-Ehepaares im Laufe des Abends mindestens einmal auf die Bühne gehen und an der Stange vor versammeltem Publikum strippen. Wir waren von der Vielfalt der Eindrücke hin und her gerissen. Gerade noch eine junge, schwer alkoholisierte Schönheit bewundernd, die sich in Reizwäsche wie eine Schlange um die Stange räkelte, wurden wir wenige Augenblicke später durch ein dickes, unbeholfenes Nilpferd, das in seinen Strümpfen eher an einen Netzbraten erinnerte, augenblicklich in eine Freak-Show versetzt. Schließlich kamen eine Reihe psychologischer Dynamiken ins Spiel, die sicher jeder schon irgendwann einmal selbst erlebt hat. Beispielsweise die Geschichte mit dem Schnitzel, das auf Nachbars Teller immer größer und besser zu sein scheint. Der Herr Primar hatte auf einmal mit seinem Putscherl* keine rechte Freude mehr und starrte der jungen Rechtsanwaltsgattin auf die prallen, festen Titten. Diese wurden von ihrem knappen, durchsichtigen Negligé kaum verhüllt. Der Gemahlin des Primars, die durch die zuvor erzwungene Strip-Einlage vor versammelter Mannschaft psychisch bereits schwerst angeschlagen war, blieben die gierigen, lüsternen Blicke des Ehemannes auf ihre Konkurrentin natürlich nicht verborgen. Während der Mediziner nun alle Hände voll zu tun hatte, seinem bitterlich und hysterisch heulenden Weib zu erklären, dass sie die Einzige und Beste sei, waren die Sorgen des jungen Anwalts völlig anders gelagert. Seine rassige Stute kletterte nun schon zum fünften Mal auf die Bühne, um dort eine Tanzeinlage zu „You can leave your hat on" zum Besten zu geben, gegen die Kim Basingers Performance aus 9½ Wochen an einen Kindergeburtstag erinnerte. Ihr hingebungsvoller Einsatz hatte ihn anfänglich ja sehr gefreut, zumal er sich der uneingeschränkten Bewunderung der anderen männlichen Seminarteilnehmer sicher sein konnte. Als er allerdings begriff, dass die lasziven Blicke und Hüftschwünge seiner Gattin in Wahrheit Gertschi, der mittlerweile schon mit einer ordentlichen Rakete* ausgelassen hinter der Theke tanzte, galten, regte sich Eifersucht in ihm. Sie hatte offensichtlich – enthemmt durch Gertschis

Dosenöffner – den Entschluss gefasst, ihren braven, farblosen Gatten heute einmal gegen einen richtigen Mann zu tauschen. Dieses Ziel verfolgte sie nun mit allem Nachdruck. Das Objekt ihrer Begierde schielte zwar mit einem Auge immer wieder zu ihr auf die Bühne, war aber gerade selbst an seine Leistungsgrenzen gelangt.

Die das Experiment supervidierende Therapeutin, eine rassige Schwarzhaarige mit Körbchengröße D und tiefem Dekolleté, hatte nämlich ebenfalls ordentlich aufgetankt. Sie war – durch unzählige Selbsterfahrungsseminare geschult – ziemlich direkt und wollte keine Zeit verschwenden. „Heute kommst du aber dran, heute will ich deinen Schwanz", lallte sie ihm zu. Ich hatte nicht den Eindruck, dass ihr Mann, ebenfalls akademisch gebildeter Psychologe, mit der Situation so professionell umzugehen vermochte, wie man es sich erwartet hätte. Er warf ihr giftige Blicke zu, die sie gelassen ignorierte, um Gertschi im nächsten Moment mit dem Satz „Unglaublich, was du für einen geilen Hintern hast!" zu konfrontieren. Gertschi sah aus wie ein Wellensittich, der in seinem Käfig in die Ecke getrieben wird. Immer wenn er einen kritischen Alkoholspiegel erreicht hatte, konnte ich es daran erkennen, dass sich seine Haare seitlich Bussi-Bären-artig abzuspreizen begannen. Er schien noch so viel Übersicht zu haben, um zu erkennen, dass der Auftrag für das Seminar im nächsten Jahr gefährdet wäre, würde er der schwarzhaarigen Versuchung erliegen. Außerdem fühlte er sich in der Rolle des Jägers grundsätzlich wohler als in der des Kaninchens, das gerade einem Wolf in die Augen schaut. Die Summe der Impulse und Informationen ließen ihn Fluchtgedanken hegen. „Absurd, hier kann ich mich in tausend Jahren nicht elegant abseilen", wurde ihm klar. „Totstellen?" Er hatte noch keine Ahnung, wie eine für alle Parteien vernünftige Lösung aussehen konnte. Im Gastraum selbst erreichte die Spannung inzwischen ihren Höhepunkt. Das eine oder andere Pärchen war aufs Zimmer gegangen, die Männer hatten artig bei der Kellnerin bezahlt, als würden sie eine echte Prostituierte anmieten. Ein gutes Geschäft für den Koberer, wenn man bedenkt, dass er unter normalen Umständen mit den Huren die Zimmergage und die Einnahmen aus den Getränken für die Mädchen teilen muss. In diesem Fall teilte er natürlich nicht ab.

In dem mittlerweile völlig unübersichtlichen Treiben schien ein junges Pärchen von den intensiven Erlebnissen deutlich überfordert. Während die ausgesprochen hübsche weibliche Hälfte ihre Schüchternheit anfänglich kaum überwinden konnte, war sie in der Zwischenzeit auf den Geschmack gekommen. Sie gefiel sich plötzlich in der Rolle der Prostituierten außerordentlich gut – so manche Professionelle hätte sich einiges von ihr abschauen können. Ihr Partner wiederum konnte nicht fassen, wozu seine Angebetete fähig war und brach in lautes, herzerweichendes Schluchzen aus. Schnell war der Selbsterfahrungschef, der eigentlich selbst nicht besonders ausgeglichen wirkte, zur Stelle und kümmerte sich um seine Schützlinge. Zu seinem Unglück begann das Feuer nun an allen Ecken und Enden wild zu lodern. Die Gattin des Primars hatte mehrfach laut „Du Schwein!" und „Ich will die Scheidung!" gerufen, um dann heulend aus dem Lokal zu laufen. Ihr folgte der wütende Rechtsanwalt, der seine Gemahlin mit den Worten „Duuuu Schlampe!" bedachte. Herr Primar selbst war unschlüssig, ob er seiner Frau folgen sollte.

„Na, wie geht es jetzt weiter?", wollte Gertschi von mir wissen. In unserer Position hinter der Theke hatten wir Übersicht in einer Qualität, die dem Logenplatz der beiden Muppet-Opas gleichkam. „Wird unser Äskulap-Jünger nach Hause gehen zum Elefanten-Reiten oder schnappt er sich das knackige Juristen-Fickstück?" Noch bevor ich antworten konnte, hatte sich der Arzt dazu entschieden, am Tisch der jungen Rechtsanwaltsgattin Platz zu nehmen, die inzwischen nur mehr auf maximal 20 Zentimeter zu fokussieren in der Lage war – butterweich mit einem Wort. „Schade, dass ich bei der morgigen Nachbesprechung nicht dabei sein kann", dachte ich mir, während ich zusah, wie Herr Doktor ambulant und ohne Narkose gerade einen schweren Eingriff vornahm. Gleichzeitig wichste ihm die neue Bekanntschaft, die seine Tochter hätte sein können, mit ungeniert ausholenden Bewegungen unter dem Tisch den Schwanz. Weniger als zwei Minuten später spritzte er auf den Teppichboden, sie wischte sich die Hand ungelenk in seiner Hose ab, beugte sich unter den Tisch und kotzte, als wäre ihr Ende nah.

„Du, Gertschi, was ich dir noch sagen wollte ...", reißt mich Fredsch aus meinen Erinnerungen.
„Nicht jetzt, Fredl! Ich muss schnell einem Mädel was erklären. Ich hab gerade einen Anruf von einem Geschäftsmann bekommen. Er kommt mit seinem größten Schweizer Kunden vorbei, nachdem er ihn vom Flughafen

abgeholt hat."

„Wo ist das Problem?", will Fredsch wissen.

„Es ist so: Der geht nicht mit einer Hure ins Zimmer. Er mag das nicht, er will viel lieber selbst erobern. Darum ist er immer auf die Kellnerin scharf. Mit der verhandelt er dann und möchte sie herumkriegen."

„Ein sportlicher Gockel also", spottet Fredsch.

„Genau! Und darum verkleide ich jetzt eine Hure als Kellnerin und erkläre ihr, dass sie sich zieren muss. Ich hab nicht viel Zeit Fredl, die Burschen sind in 30 Minuten da. Die Herausforderung ist, sie braucht große Titten und ein bisserl Hirn. So eine zu finden ist nicht die leichteste aller Übungen."

„Ich kenne eine, die würde optisch super passen. Wenn die Alte auch noch bis drei zählen könnte, dann wär sie eine Macht. Aber alles kann man halt nicht haben", seufzt Fredsch. Gertschi hatte diese Worte nicht mehr gehört, er war schon weitergeeilt.

Eine halbe Stunde später steht eine Slowakin mit beachtlicher Oberweite als Kellnerin verkleidet hinter der Theke. „Sylvia's mother says, Sylvia's busy", krächzt Dr. Hook aus dem Lautsprecher. Der Geschäftsmann betritt mit dem Schweizerkracher an seiner Seite das Lokal. Wenn man die Vorgeschichte schon kennt, macht das Beobachten gleich viel mehr Spaß. Die Slowakin fasziniert den Eidgenossen vom ersten Blickkontakt an. Er scheint schon nach wenigen Minuten das Interesse für das restliche Geschehen verloren zu haben. Rasch wird die Balzphase eingeleitet. Kurze Zeit später beschließt man in den VIP-Raum zu wechseln, das sogenannte „Herzerl-Zimmer". Die vermeintliche Kellnerin macht ihre Sache ausgezeichnet. Sie ist glaubwürdig, charmant und spielt die Schüchterne, Brave. Als sie jedoch bei einem Angebot von 40.000 Schilling noch immer nein sagt, sieht Gertschi blass aus. Seine verdeckten Signale ignoriert sie geflissentlich und reizt das Spiel bis an seine Grenzen aus. Gertschi hetzt zwischendurch kurz bei uns vorbei und murmelt: „Wenn sie das jetzt gegen die Wand fährt, dann schnalz ich den Esel um!" Schließlich marschiert der Schweizer für eine Stunde in die Kabine[*]. 50.000 Schilling bezahlt er für etwas, was er um 1.000 hätte haben können. Es spielt sich eben alles nur im Kopf ab.

Gertschi, nun sichtlich erleichtert, stellt uns zur Feier des Tages ein Bier hin. Jana, die Kellnerin, hat inzwischen auch wieder Luft und gesellt sich ebenfalls zu uns. Die Slowakin trägt ein weißes, römisches Sklavinnen-Kostüm. Durchsichtige High Heels aus Acryl lassen ihren großartigen Hintern im rattenscharfen Stringtanga noch attraktiver erscheinen.

„Was sagst du? Wenn man die Jana in hohe Schuhe stellt, dann geht ein Raunen durch die Menge, oder?", flüstert mir Gertschi mit einem Zwinkern zu.

„Das sind sogenannte ‚Bitte-fick-mich-Schuhe'", ergänzt Fred. „Die sollten grundsätzlich verpflichtend getragen werden." „Oder Stieferln – ich meine die Gestiefelten-Kater-Stieferln", trage ich auch was zum Thema bei. „Was trinken wir denn, du geile Stute?", will Gertschi von Jana wissen. Ein Mädchen, das ebenfalls an der Theke sitzt, interessiert sich dafür was, „geile Stute" bedeutet. „Das ist wie geile Sau, nur mehr elegant", gibt Jana bereitwillig Auskunft. Ich verschlucke mich am Bier und habe damit zu tun, nicht umgehend zu ersticken.

„Gertschi, wie bist du eigentlich mit ihr als Kellnerin zufrieden?"

„Ja, bis auf eine Schwachstelle passt sie eh."

„Welche wäre?"

„Wenn ihr beim Taschenrechner die Batterie ausgeht und ich das nicht gleich bemerke, kostet mich das jedes Mal eine Lawine. Mit Block und Zettel zusammenzählen, dafür ist sie nicht gebaut worden." „Na ja, der liebe Gott wird sich schon was dabei gedacht haben, als er ihr ein Zwetschkerl* gegeben hat", spielt Fredsch auf das Geschlecht der Kellnerin an.

„Halloooooo!", ruft der Koberer plötzlich in Richtung einer bulgarischen Prostituierten, die gebannt auf die Leinwand starrt. Der aktuelle Pornofilm dürfte es ihr gerade angetan haben. Grundsätzlich ist das ja in Ordnung, solange es nicht dazu führt, dass Gäste alleine herumsitzen müssen. Sie reagiert nicht. „Sag, was ist denn mit der los? Halloooooooooo!", wird Gertschi ungeduldig. Die ungewöhnliche Reaktion motiviert mich, genauer hinzusehen. Über die Leinwand flimmert gerade eine Szene, in der ein Mädchen „gesandwiched*" wird, das der konzentrierten Filmbetrachterin täuschend ähnlich sieht. In dem Porno haben zwei muskulöse Männer die Akteurin in die Mitte genommen. Ihr Gesichtsausdruck widerspricht dem lustvollen Stöhnen der Synchronsprecherin. Noch bevor Gertschi zu einem dritten „Halloooooo!" ansetzen kann, weihe ich ihn in meine Vermutung ein: „Sie macht auf mich den Eindruck, als würde sie sich gerade selbst das erste Mal in einem Porno sehen. Nicht auszuschließen, dass man ihr verschwiegen hat, dass bei diesem Akt eine Kamera mitläuft." Die Augen von Fredsch und Gertschi werden weit. Der Koberer entschließt sich, das Mädchen in Ruhe zu lassen und das Thema nicht weiter anzusprechen.

Ein großer, stämmiger Gockel wankt vom Separée in den Gastraum und stellt sich an die Theke. Während er ein Bier bestellt, zieht er laufend mit einem charakteristischen Zischen Speichel durch seine Zahnzwischenräume. Offensichtlich stören ihn Essensreste, die sich dort verfangen haben.

„Gerhard, hast du einen Zahnstocher?", sucht er schließlich bei Gertschi Hilfe.

„Nein."

„Zahnseide, oder irgend etwas Ähnliches?"

„Soll ich vorher ein T-Bone Steak medium / rare bringen, vielleicht? Und nachher eine Crème brûlée zum Drüberstreuen? Halloooo, du bist in einem Puff! Wir haben keine Zahnstocher, Zahnseiden oder Ähnliches. Ich kann auch nicht mit Tortenhebern, Steakmessern oder Vorlegebesteck dienen."

„Dann sag deinen Weibern, sie sollen sich die Brodel* rasieren! Mir steckt schon seit einer halben Stunde so ein Futhaar* zwischen den Zähnen und ich bring den Scheißdreck nicht mehr raus!", braust der Gast entnervt auf und zieht im Anschluss wieder mit einem Zischen Speichel durch den Zahnzwischenraum.

„Auweh, das ist wirklich unangenehm!", kann Gertschi die Reklamation nachvollziehen. „Die Maus ist erst gestern von der Hohen Tatra gekommen. Wahrscheinlich hat sie noch den Winterpelz drauf. Da, spül dir das Klavier einmal ordentlich durch!", reißt Gerhard ein Bier auf, wirft die Kapsel elegant in den einen Meter entfernten Sektkübel und stellt dem Unglücksraben die Flasche auf die Theke. „Wahrscheinlich hast du auch schon wieder das Sparstatt dem Hochzeitsnachtprogramm gebucht. Da können solche Sachen dann schon vorkommen", ergänzt er. Wieder versöhnlich gestimmt, bestellt der Gast in weiterer Folge mehrmals nach und wird von Runde zu Runde ausgelassener. „Alle Huren sollen Feuer brunzen[*], nur meine Schwester nicht, der soll die Keuschen[*] abbrennen!", schreit er irgendwann und verlässt mit diesen Worten torkelnd das Tanzcafé.

Wir unterhalten uns noch ein wenig. Fredsch und ich schauen schließlich noch einen Sprung ins Posch, nachdem wir zum Abschluss gehört hatten, wie Jana ihrer wissbegierigen Landsmännin das Gegenteil von Qualität erklärt: „Klumpatität[*]!"

7 POSCH KEPLER – KURZ „PK"

„Kennst du den?", zeigt Fredsch auf einen Mann mit Rauschebart im Posch Kepler. Er sieht aus wie ein Waldschratt und ist dicht wie eine Haubitze. Lauthals unterhält er das ganze Lokal, zwischendurch poltert er ausgelassen, hin und wieder stellt ihm jemand eine Mischung hin.

„Das ist ein Schriftsteller", lässt mich Fredsch wissen. „Innerhofer heißt er."

„Jawoll, ich bin der Innerhofer", posaunt der Waldschratt.

„Ich scheiß mich an."

„Weshalb scheißt du dich schon wieder an?", gibt sich Fred interessiert.

„Innerhofer, den hab ich für die Deutsch-Matura gelesen. ‚Schöne Tage*' – das ist mir unter die Haut gegangen, das hat eine unglaubliche Kraft!"

„Schöne Tage", krächzt der Waldschratt wie ein Papagei.

Jetzt hatte ich das Gesicht zum Buch. Er war ein Salzburger Knecht-Bub, der mit diesem Roman – dem ersten aus einer Trilogie – die Leibeigenschaft beschrieb, die er am Hof seines Vaters erdulden musste. Ein Autobiograf, der seine Erlebnisse der stillen Knechtschaft im Bergidyll durch das Schreiben aufarbeitete. Im Posch war er nichts weiter als ein Säufer, der über Dinge sprach, die niemand hören wollte. Ein Nicht-ernst-Genommener, ein Unverstandener. Es war 4.00 Uhr morgens, die folgenden Stunden erzählte mir Innerhofer unzählige unzusammenhängende Geschichten. Ich konnte nicht all seinen Ausführungen folgen, aber er jonglierte mit Sprache in einer Art, dass ich mich zwischendurch fühlte, als würde ich mit Worten unter Strom gesetzt. Ich bin nicht in der Lage, es zu erklären, aber ich hatte den Eindruck, seinen Schmerz spüren zu können. Er brachte mich bald an den Punkt, an dem ich nicht mehr mit ihm fühlte, sondern mit ihm litt. Wieder hatte Fredsch für mich einen Kreis auf unerwartete Weise geschlossen. Im Jahr 2002 sollte der, den man auch „Elendsrealist" nannte, in Graz 57-jährig freiwillig aus dem Leben scheiden.

Das Posch gab es jedenfalls schon ewig. In der Zeit, als mein Vater mit seinen Freunden dort verkehrte, war es unter dem Namen „Café Apollo" bekannt. Bevor in Graz das Casino eröffnete, wurde im Hinterzimmer des Lokals eifrig Stoß* gespielt.

„Bittschön, geh endlich hinauf und kümmere dich um die Kleine", ruft die Poschin, damals schon weit über das pensionsfähige Alter hinaus, dem Langen, einem obersteirischen Strolch, der konzentriert ins Kartenspiel vertieft ist, zu. Es war Winter, das Mädchen hatte sich in den Langen verliebt und wartete bei wenigen Grad über null im Stiegenhaus sitzend bereits seit über acht Stunden auf ihn. Die Poschin hatte den Langen schon mehrfach aufgefordert, nach der Kleinen, die ihr sympathisch zu sein schien, zu sehen. Der Lange antwortete, wenn überhaupt, nur einsilbig. In ihrer letzten Aufforderung schwang nun Missmut und Ungeduld mit.

„Gib endlich Ruhe, Anni!", braust er auf.

„Mich geht das überhaupt nix an, aber da mag ich nicht mehr zuschauen. Die Kleine sitzt jetzt seit mehr als acht Stunden mit dem kurzen Rockerl bei der Kälte auf der Stiege. Das tut man nicht, dann schick sie wenigstens heim!"

„Jetzt hör einmal zu, Anni! In dem Geschäft, in dem ich bin, kann es passieren, dass im nächsten Moment fünf Kieberer* bei der Tür hereinkrachen und mich mitnehmen. Dann gibt's mich, sagen wir einmal, die nächsten zwei Jahre nimmer. Wenn die Alte nicht einmal acht Stunden aushält, kann ich sie nicht brauchen!" Diesem Argument ist schwerlich etwas entgegenzusetzen. Anni beginnt Gläser abzutrocknen. Das tat sie immer, wenn sie in Ruhe nachdenken wollte.

Die Tür öffnet sich und ein drahtiger Bursche, der offensichtlich schon anderswo zu tief ins Glas geschaut hat, steuert Richtung Theke. Er lässt seinen Blick durch dass Lokal schweifen, wirkt dabei überheblich. Nachdem er sich neben einem untersetzten, grauhaarigen Gast um die sechzig mit Kugelbauch und lupenartigen Brillen eingeparkt und ein Bier bestellt hat, beginnt er allerlei Unsinn zu reden. Ihm ist wichtig, die Anwesenden darüber in Kenntnis zu setzen, dass er akademisch gebildet sei, Architekt, und dass er brandgefährlich wäre. Taekwondo zähle zu seinen Leidenschaften, er wäre einer der Besten. Seine Ausführungen unterstreicht er, indem er vor versammelter Mannschaft – in diesem Fall ungefähr hundert Jahre Häfen – eine Reihe von Dehnungsübungen zum Besten gibt und – da ihn niemand beachtet – in weiterer Folge verschiedene Fußtritte in Kopfhöhe zu demonstrieren beginnt. Der Einfachheit halber wählt er für seine Show-Einlagen den Maulwurf mit Kugelbauch zu seiner Rechten.

„Stell ein deinen Häkel*! Andere haben schon für viel weniger einen Haken gekriegt!", knurrt dieser dem Clown zu.

„Aufpassen, du Kugelfisch!", warnt Herr Architekt, während er nochmals sein rechtes Bein hochzieht und einen Kick gegen die Schläfe des Maulwurfs andeutet.

Damit hatte er den Bogen endgültig überspannt. Der Maulwurf schließt mit einem Schritt die Distanz, nimmt den Kopf des Architekten zwischen beide Hände und spuckt wenige Sekunden später dessen Nasenspitze auf den Boden. Während der Maulwurf ohne Hast mit einem großen Schluck Bier seinen Mund spült, steht der Architekt mit leerem Blick neben ihm, Blut tropft aus dem Nasenstumpf auf den Boden, der Schock hat ihn versteinert. „Die-Nase-abbeißen" war beim Taekwondo offensichtlich nicht als erlaubte Intervention bekannt.

„Also, viel ist das Taekwondo nicht wert!", unkt Innerhofer.

Ich wechsle noch einige Worte mit „Fisch*", einem – sein Spitzname lässt es erahnen –, der Auftragsarbeiten mit dem Messer erledigt. Von ihm konnte man nicht nur erfahren, wo genau man hinstechen muss, sondern auch, mit welchem Strafrahmen der jeweilige Angriff bedacht war. Wenn er jemanden nur maßregeln wollte, stach er meist in den „glutaeus maximus" – kurz: in den Hintern. Da sich dieser kräftige Muskel verkrampft, wenn man hinein-sticht, treibt er sich quasi selbst tiefer in die scharfe Klinge. Die Verletzung ist nicht lebensgefährlich, aber äußerst schmerzhaft und das Opfer geht in aller Regel umgehend in die Knie, was mit sofortiger Kampfunfähigkeit gleichzu-setzen ist. In ruppigeren Fällen wählt Fisch gerne den Bauch. Wenn es ihm wirklich ernst wird, sticht er dort nicht nur hinein, sondern beschreibt mit der waffenführenden Hand ausholende Kreisbewegungen. Er nennt das „Um-rühren". „Umrühren" hat das Durchschneiden von Darmschlingen zur Folge, deren Inhalt sich damit in die Bauchhöhle entleert und massive Infektionen verursacht. Keine schöne Vorstellung. Nicht jeder war robust genug, um die genannten Folgen zu überstehen. Ein einfacher Bauchstich war in der Regel im Vergleich zum Umrühren deutlich ungefährlicher. Im Übrigen – wurde mir erklärt – denken die meisten unbedarften Menschen in Zusammenhang mit einem Messerangriff unwillkürlich an Stichverletzungen. Ich für meinen Teil konnte diese Aussage bestätigen. Es sei aber das kunstvolle Wechselspiel zwischen Stechen und Schneiden, das einen erfahrenen Messerkämpfer so gefährlich macht. Tiefe Schnitte lösen massive Schockzustände aus. Gleichzeitig sei das Risiko, jemandem unabsichtlich das Licht auszuknipsen, relativ gering. Für den Fall, dass man sich entschließt, das doch zu tun, müsse man nur geeignete Ziele für den auszuführenden Schnitt wählen – beispielsweise den Hals mit den seitlich des Kehlkopfes verlaufenden Carotis*-Strängen. Ich hatte für heute genug gesehen und gehört, begleiche bei Anni die Rechnung und schlendere gedankenversunken nach Hause.

8 DER LANGE

Der Lange, ein enger Freund von Fredsch, war im Besitz mehrerer Rotlicht-Lokale. Eines davon befand sich in der Nähe des Österreichrings. Speziell während der Rennsaison lief die Hütte höllisch gut. Die Zimmer waren zu dieser Zeit praktisch rund um die Uhr ausgebucht. Die Huren schliefen während ihrer Ruhepausen auf Luftmatratzen in den Gängen, um die fließbandartige Abfertigung der Gäste nicht zu behindern. Als sich schließlich der Formel-1-Zirkus aus der Steiermark verabschiedete, wirkte sich dieser Umstand direkt auf den Geschäftsgang aus. Die fetten Jahre waren vorbei.

„Servus, Gertschi! Gibt's eine Blaue?"

„Sir, yes, sir!"

„Großartig!"

Mit den Worten „Service ist our success, SEX ist our Service" schiebt Gertschi die Wunderpille elegant über den Tresen. „Geh, gib mir ein Flügerl!" Zufrieden nimmt der Lange eine Hunderter und wirft sie sich mit einem großen Schluck Red Bull Wodka ein. „Aaaaaahhh! Jawoll das zischt!

Viagra ist in den Dosierungen 50 und 100 Milligramm erhältlich. Einige Ärzte flogen zu der Zeit, als das Medikament in Österreich noch nicht zugelassen war, regelmäßig in das Land der unbegrenzten Möglichkeiten und schmuggelten kofferweise Viagra ins Alpenland. Ein einträgliches Zubrot für den Mediziner mit kaufmännischem Talent. Auf diese Weise versorgte Puff-Besitzer boten ihren Gästen die charakteristischen blauen Pillen – sehr zum Leidwesen aller Damen der Nacht – zum Kauf an. Früher hatten die Mädchen oftmals leichtes Spiel, wenn ein Freier aufgrund seines übermäßigen Alkoholkonsums im Zimmer zu keiner Erektion mehr fähig war. Nun waren die Gockel über ihren knochenharten Ständer derartig begeistert, dass sie jede kostbare Sekunde ausnutzten … und das konnte Stunden dauern. Vor allem jene, die unter chronischen Erektionsstörungen litten, waren für die Erfindung des blauen Wundermittels dankbar. In Thailand wurde Viagra übrigens aus Schütten in kleine Papiersäckchen geschaufelt und nach Gewicht verrechnet. Wie man sich denken kann, handelte es sich in diesem Fall um selbst zusammengemischte Rezepturen. Das Endprodukt war deutlich billiger als das Original. So mancher hat nach der Einnahme der nicht qualitätsgesichert produzierten Pillen sein Leben gelassen.

„Paaaah, das letzte Mal als meine Rute so hart war wie heute, hat der Schokoriegel noch einen Schilling gekostet! Das ist ein feines Gefühl. Da stellt man sich vor die Alte und kann mit der Zaubermöhre angeben. Zwischendurch habe ich mich selbst dabei ertappt, wie ich mit meinem Ständer sogar ein bisserl gedroht hab", beschrieb einmal ein Gast die großartige Wirkung.

„Was machen die Geschäfte?", will Gertschi vom Langen wissen.

„Alles arsch! Ich hab jetzt eine strenge Kammer eingerichtet. Das ist ein Geschäft, das keinen saisonalen Schwankungen unterliegt. Heute war der Peitschenvertreter da. Er wollte mir ein 12-teiliges Lederpeitschen-Set verkaufen – unglaublich, was so etwas kostet! Das kann ich mir alles nicht mehr leisten. Jetzt müssen die Mädchen die Gäste inzwischen mit der Schneeschaufel niederhauen." Er lächelt verschmitzt. Selbstverständlich war sein Lokal noch immer einträglich genug, um komfortabel davon leben zu können. Allein die beiden Spielautomaten warfen im Monat das ab, was eine Kassierin beim Hofer in einem Jahr verdient. Sie wurden liebevoll „Susi" und „Elfi" genannt. „Die Susi und die Elfi sind mir die Liebsten! Die reden nicht zurück, sind deutlich anspruchsloser als die anderen Weiber und verdienen konstant ihr Geld." Man musste sich jedenfalls um den Langen nicht ernsthaft Sorgen machen.

Er hatte übrigens die Angewohnheit, beim Sprechen kaum die Lippen zu bewegen. In Kombination mit seinem obersteirischen Dialekt war es nicht immer einfach, seinen Ausführungen zu folgen. Über streckenweise Verständigungsschwierigkeiten konnte man sich bisweilen hinwegschwindeln, indem man zustimmend nickte. Fredsch hatte sich für Fälle wie diesen im Lauf der Zeit eine Sammlung aus Lauten, geeignetem Vokabular sowie körpersprachlichen Signalen zurechtgelegt. Damit konnte er Gespräche aller Art beinahe endlos hinauszögern, ohne selbst dabei inhaltlich Bedeutendes von sich zu geben. Dazu zählten, um nur einige zu nennen:

„Arg!"
„Gibt's ja nicht?"

„Unglaublich!"

„Echt, oder?"

„Wahnsinn!"

„Wirklich?"

„Geh, jetzt hör auf!" oder auch „Aber geh!"

„Wie war das noch einmal genau?"

„Ja, ja?" (mit ungläubigem Unterton)

„Zzzzzzzhhh!"

„Hmmm!"

„Pffffhhh!" ...

Wenn aber doch einmal jemand wissen wollte, wie man zu dem von ihm gerade Erzählten stand, war man an die Grenzen besagter Strategie gelangt. In diesen Fällen reagierte Fredsch beispielsweise so: „Schwierig!" „Die einen sagen so, die anderen so ..." „Das kommt darauf an ..."

„Du kannst dich schon einmal warmlaufen!", weist der Lange etwa einein- halb Stunden und etliche Schlumbi später eine bildhübsche Ungarin an seiner Seite an.

„Wie bittääää?"

„DU SOLLST DICH AUFWÄRMEN, GUT AUFWÄRMEN!" Er unterstreicht diesen Satz, indem er Hampelmann-Bewegungen andeutet. „Das ist sehr wichtig, sonst zerrst du dir am Ende gar noch was! Geh, Gertschi, ich buche einmal eine halbe Stunde."

Gesagt, getan! Ohne große Umschweife verschwinden die beiden in Rich- tung Separée. Die Übriggebliebenen unterhalten sich über dies und jenes. Etwa 30 Minuten später taucht der Lange wieder auf. Diesmal nur mehr mit einem viel zu kleinen Handtuch bekleidet, das gerade nicht ausreicht, um es vollständig um die Hüften zu schlingen. Vielmehr berühren die Enden des Handtuches einander knapp, wenn er sie mit zwei Fingern einer Hand zusam- menzieht. Genau dort, wo sie sich treffen, geben sie den Blick auf sein riesiges, pferdeartiges Gemächt frei, das bis knapp oberhalb der Kniescheibe baumelt. Ich will es ihm nicht unterstellen, aber im ersten Moment kommt mir der Ge- danke, dass der Spalt, den das Handtuch bildet, nicht zufällig genau an dieser prekären Stelle platziert war.

„Gertschi, VERLÄNGERUNG!", ruft er durch das mittlerweile bis zum letzten Platz gefüllte Lokal und jene, die ihm bisher keine Beachtung geschenkt hatten, taten es zumindest jetzt.

„Was du da gerade siehst, ist eine sogenannte Fleischnudel", beeilt sich Fredsch zu erklären. Offensichtlich war ihm aufgefallen, dass ich meinen ungläubigen Blick nicht lösen konnte.

„Entschuldigung?"

„Das ist eine Fleischnudel. Die Feder wird, wenn sie ihm steht, nicht mehr größer als jetzt. Sie versteift sich eben nur. Im Gegensatz dazu gibt's die Kleinen, die im Ruhezustand fast lächerlich wirken, aber wenn so einer dann steht, hat er sich um ein Vielfaches aufgeblasen."

„Wie heißt der dann?"

„Blutnudel, weil er sich mit so viel Blut füllt."

„Was hast du für einen?"

„Ich hab den Wurm, der sich aufbläst."

„Ich auch. Fleischnudel oder nicht. Das ist ja schon fast unverschämt! Das ist ja ein Monster bitte! Und ich hab immer gedacht, der Spitzname vom Langen bezieht sich auf seine Körpergröße."

„Nein, nein! Der kommt von der Fleischnudel."

„Wie auch immer, die Ungarin tut mir momentan fast ein bisserl leid. Jetzt, wo ich das Ungeheuer gesehen habe!"

„Da muss sie durch!"

Nachdem sich der Lange ausgiebig in der Aufmerksamkeit, die ihm vom Publikum zuteil wurde, gesonnen hatte, wendet er sich ein letztes Mal an Gertschi: „Und dann hätte ich noch gerne eine Flasche Sex, bitte!" Mit selbiger ausgerüstet, schlendert er schließlich wieder Richtung Separée, nicht ohne die verwunderten Blicke der Gäste zu genießen, die offensichtlich gerade die Information verarbeiten, dass man Sex auch in Flaschen kaufen kann.

„Vor einigen Jahren", beginnt Fredsch nachdenklich, „sind wir im Hinterzimmer vom Puff des Langen nett zusammengesessen. Ein Strizzi aus der Obersteiermark war auch dabei. Im Verlauf des Abends ist dann eine Krachen[*] ins Spiel gekommen – sie haben sich gegenseitig auf russisches Roulette angezündelt – völliger Unsinn. Details dazu erspare ich dir jetzt. Der Strizzi hat dann die Kanone in die Hand genommen. Er ist zu dem Zeitpunkt direkt vor dem Langen gesessen. Dann hat der Bursche dem Langen die Röhre[*] in den Schritt gehalten und gefragt: ‚Was machst du, wenn ich jetzt abdrücke?‘ In dem Moment haben alle gewusst, dass das kein Häkel war. Ich hab sicherheitshalber die Pappen[*] gehalten. Der Lange ist komplett ruhig geblieben, hat ihn angeschaut und gesagt: ‚Dann ist meiner noch immer doppelt so lang wie deiner!‘ Keiner hat sich zu lachen getraut. Der Blick vom Strizzi ist leer geworden, er hat sich den Lauf an die eigene Schläfe angesetzt und abgedrückt. Das halbe Hirn ist an die Wand gespritzt. Er war nicht gleich tot, das hat ungefähr noch eine halbe Stunde gedauert. Den Geruch vom verbrannten Hirn vergess ich nimmer.“

„Der Kleinen, mit der der Lange gerade eingebogen ist, wäre jetzt wahrscheinlich lieber, wenn die Geschichte anders ausgegangen wäre und sie nur mehr die Hälfte der Anakonda bändigen müsste“, ertappe ich mich dabei, laut zu denken.

„Sag das nicht, das taugt mehr Hasen, als du glaubst. Ich hab einige gehabt, die haben die Faust gebraucht. Speziell, wenn sie schon einmal geworfen[*] haben. Da ist er mir dann regelmäßig zusammengefallen. Wenn du erst die Faust reinschiebst und dann mit deinem Pimperl nachfahrst, dann ist das ungefähr so, als würdest du ein Paar Frankfurter in einen Tunnel schmeißen“, werde ich fachkundig aufgeklärt.

„Ti amo …“, zieht der gute, alte Howie alle Register.

„Also, Gertschi! Eines muss ich dir ehrlich sagen: Wenn ich deinen Weibern immer nur das bestellen würde, wonach sie fragen, dann wäre das heute ein sehr günstiger Abend. Eine Okkasion, quasi“, nimmt der Lange nach seinem zweistündigen Exkurs den Faden wieder auf. „Besonders durstig sind sie nicht, die Damen! Die fragen immer nur nach einem Piccolo. Ein spendabler Gast, der eigentlich gerne ein Flascherl zahlen würde, ist praktisch chancenlos.“
„Waaaah! Das hab ich der Mannschaft schon zillionen Mal erklärt. Sie che-

cken das einfach nicht, dass man zuerst auf das Flascherl andrücken muss! Jetzt hab ich ihnen schon tausend Mal gesagt, wenn sie mit einem Gast reden, sollen sie nicht zuerst nach dem Piccolo fragen. Weil dann geht in der Regel nix mehr mit einem Flascherl. Sie müssen immer zuerst auf das Flascherl* andrücken und wenn das nicht funktioniert, dem Gast den Piccolo rausreißen."

„Es gibt halt nix Dämlicheres als ein Weib!", schnauft der Lange.

„Doch, ich weiß was!", entgegne ich. „Einen Mann, der geil ist. Der ist noch deutlich dämlicher. Andererseits hast du irgendwie recht! Wenn ich mir anschau, welche Purzelbäume manche Frauen unter dem Motto ‚Gleichberechtigung' schlagen wollen, wird's mir schlecht. Letztens ist in der Zeitung gestanden, dass eine Puppe keine 20 Liegestütze zusammengebracht hat und deswegen bei der Aufnahmeprüfung für den Polizei- oder Militärdienst durchgefallen ist. 20 Liegestütze und 10 Klimmzüge oder so müssen nämlich alle können. Daraufhin ist ein Raunen durch die Reihe der Feministinnen gegangen. ‚Schweinerei!' und ‚Benachteiligung!' haben's gerufen. Also wenn ich Polizist bin und mein Leben hängt davon ab, ob mein Partner im Dienst jetzt schnell einen Klimmzug oder zwei Liegestütze kann, dann ist mir egal, ob das eine Frau ist oder ein Mann. Das ist geschlechterunspezifisch! Ich habe in meinem Leben noch nie jemanden aufgrund seiner Hautfarbe, seiner Religionszugehörigkeit, seiner Herkunft oder seines Geschlechts diskriminiert. Aber den ganzen Unsinn, den die Frauenbewegung aufführt, kann man nicht mehr ernst nehmen. Der Führerschein soll ‚Führerinnenschein' heißen, der Salzstreuer wird zur ‚Salzstreuerin'. Zwischendurch passiert es mir, dass ich mich auf ein Buch freue und dann verfasst der Autor sein Werk gendergerecht. Da wirst du ganz wirr beim Lesen. Spätestens nach zehn Seiten gebe ich meistens auf und schmeiß den Krempel weg."

„Was den Leuten heute fehlt, ist Hausverstand", komme ich in Fahrt. „Uns wird das Denken aberzogen. Ich trainiere mit Polizisten, die erzählen mir, sie haben sich am Anfang auf Abwechslung gefreut, als es geheißen hat, dass jetzt auch Frauen zur Polizei kommen. Aber die Begeisterung hat nicht lange angehalten. Nachher haben sie nämlich die neue Kollegin auf jene Streifen begleiten müssen, die früher ein Mann alleine gegangen ist. Der Chef hat gesagt: ‚Was soll ich denn tun? Wir können sie nicht alleine rausschicken.‘ Was machst du denn als Kieberer, wenn es in irgendeiner Hütte verrutscht und du musst dich nicht nur um die eigene Haut kümmern, sondern auch noch den Trampel retten? Und du weißt genau, dass sie dir in tausend Jahren keine Mauer machen* kann, wenn es eng wird ... Dem Rosenberger von der Sitte ist das einmal am Griesplatz passiert. Die neue Kollegin hat einen angesoffenen Fleischhacker, der zwar dicht, aber ursprünglich gemütlich war, auf scharf gemaßregelt. Er soll sich umgehend ruhig verhalten, sie wäre nämlich von der Polizei. Einen Atemzug später ist sie am Boden gelegen, allerdings ohne Dienstwaffe. In den Lauf von der Kanone hat zu dem Zeitpunkt schon der Rosenberger reingeschaut. Der Fleischhacker ist nämlich durch die unnötige Provokation in einer Millisekunde vom lästigen Betrunkenen zum Adrenalinmonster mutiert. Trotzdem, der Satz ‚Es gibt nix Dämlicheres als ein Weib‘ ist eine unzulässige Generalisierung! Im Detail erkläre ich dir das jetzt aber nicht, das ist mir zu anstrengend.“

„Was kann man von jemandem halten, der einmal im Monat einfach so blutet?“, behält der Lange das letzte Wort. „... und überhaupt: Scheiß auf die Kieberer!“, grunzt er.

Seine Abneigung gegen die Polizei war auf eine Reihe negativer Erfahrungen zurückzuführen. Vor vielen Jahren hatten in Graz mehrere Huren auf mysteriöse Weise ihr Leben gelassen. Der Lange rüstete seine Mädchen deshalb mit Tränengas-Sprays aus. Bei einer Hausdurchsuchung hatte die Polizei einige Dosen bei ihm gefunden und ihn wegen unerlaubten Waffenbesitzes angezeigt, wofür er im Anschluss auch rechtskräftig verurteilt worden war. Eines Tages läutete es an der Tür des Langen Sturm – und das zu einer Zeit, die für ihn mitten in der Nacht bedeutete. Er öffnete im Bademantel. Beamte des öffentlichen Sicherheitsdienstes wollten ihn befragen, ob ihm etwas aufgefallen sei. Im selben Haus war ein Mädchen mit unzähligen Messerstichen ermordet aufgefunden worden.

„Erinnert’s euch noch? Ich bin wegen unerlaubtem Waffenbesitz verurteilt worden, weil ich die Mädchen schützen hab wollen. Mich leckt’s am Arsch! Nicht einmal, wenn ich danebengestanden wäre, würdet ihr etwas erfahren!“

Die beiden Beamten sahen sich nun gezwungen amtszuhandeln. Sie fixierten die Hände des Langen mit Handschellen hinter seinem Rücken und traten anschließend in selbigen, um dem Zuhälter dabei zu helfen, schneller vom 4. Stock ins Erdgeschoß zu gelangen. Ergebnis: Rippenbrüche, eine Reihe von Hämatomen und Schürfwunden. Vor Gericht erklärte man die Verletzungen damit, dass sich der Lange gegen die Festnahme gewehrt und einem Beamten Faustschläge versetzt hätte. Die Frage des Richters, wie man von jemandem mit Faustschlägen angegriffen werden kann, dem man zuvor die Hände mit Handschellen auf den Rücken gefesselt hatte, konnten sie nicht beantworten. Der Lange wurde befragt, wie er die Geschichte erlebt hatte und entschlug sich der Aussage. Auch als der Richter ihm erklärte, dass er die Angeklagten dann freisprechen müsse, blieb er stumm. Die Beamten kamen damit fürs Erste ungeschoren davon.

Wenn von nun an einer der beiden Polizisten dem Langen begegnete, manchmal auf der Straße, manchmal im Posch, sammelte der Strolch möglichst viel Schleim in seiner Mundhöhle und spuckte ihm selbigen vor allen Leuten ins Gesicht. Der Lange erläuterte mir in diesem Zusammenhang zusätzlich folgende Rechnung: „Stell dir einmal vor, du bist ein Kieberer. Du hast daheim ein Haus, eine Frau, zwei Kinder und einen Hund. Dein Gehalt liegt bei ungefähr 14.000 Schilling netto im Monat. Ein Teil davon bleibt gleich für die Zinsen von der Birke* auf das Haus bei der Bank. Jetzt stehst du in der Früh auf, willst in die Hacken fahren und kommst drauf, dass alle vier Reifen von deinem Auto aufgestochen worden sind. Du fährst zum Reifenhändler und lässt dein Auto neu bereifen. Drei Tage später sind wieder alle vier Reifen kaputt. Wie lange hältst du das durch? Selbstverständlich handelt es sich bei diesem Beispiel nur um ein Gedankenexperiment. Jeder, der mich kennt, weiß, dass ich so etwas nie tun würde."

Später sollte es an der Wohnungstür des Langen läuten. Der Chef der beiden war mit einem Flascherl Wein gekommen, um sein Bedauern für den Vorfall auszudrücken und zu erklären, dass das Verhalten des Langen das Ansehen seiner Beamten in der Öffentlichkeit untergrabe. Man wolle nach einer Lösung suchen, das Kriegsbeil zu begraben, und entschuldige sich in aller Form.

9 FRÜHER

„FRÜHER ...", hob Fredsch an, „hab ich mit meinen fünf Brüdern in einem Zimmer gewohnt ... immer zwei und zwei in einem Bett ... und eine Unterhose hab ich gehabt, die ist immer einmal in der Woche gewaschen worden ... das war blöd, wenn du schon Mitte der Woche einen Bremsstreifen drinnen gehabt hast ... und du hast eine fesche Alte kennengelernt und heut war es so weit ... Das Fenster von unserem Zimmer hat in den Hof hinausgezeigt. Da bin ich mit einem meiner Brüder oft in der Nacht im Pyjama in den Klostergarten geklettert und hab Kirschen gestohlen. Wir haben ja sonst nicht viel gehabt."

„Da schau her, wir haben das immer tagsüber gemacht", unterbreche ich ihn.

„Ja, jedenfalls ist uns der Messner einmal nachgelaufen und hat uns nicht erwischt. Er hat uns aber trotz der Dunkelheit erkannt. Wir haben die Kirschen im Pyjama-Oberteil verbunkert. Auf der Flucht sind wir so hastig von der Mauer gesprungen, dass die Hälfte aufgeplatzt ist. Eine halbe Stunde später hat die Polizei angeläutet – der Messner hat Anzeige erstattet. Meine Mutter hat zu den Kieberern gesagt: ‚Was wollen's denn mitten in der Nacht? Die Buben schlafen alle. Schauen's selbst!' Dann hat sie die Tür ins Kinderzimmer aufgemacht und wir sind alle brav in unseren Betten gelegen. Als die Bullen weg waren, ist sie hereingekommen und hat uns die Decken weggezogen. Wir waren von oben bis unten rot vom Kirschensaft.

Wenn wir im Winter beim Kicken im Zimmer ein Fenster eingeschossen haben, ist die Scheibe erst im Frühjahr repariert worden. Bis dahin wurde das kaputte Glas nur mit einem Pappendeckel* abgedeckt und wir haben in der Kälte geschlafen. Mit 19 hab ich das nimmer ausgehalten und bin dann ausgezogen. Meine Mutter war jedenfalls immer in Sorge, dass meine Brüder den Ältesten für ein Vorbild halten und den gleichen Weg einschlagen. Diese Angst hat sich zu ihrer Erleichterung nicht bewahrheitet. Alle sind anständig geblieben. Maler, Zuckerbäcker und Elektriker sind sie geworden. Eines Tages hat sich meine Mama scheiden lassen, wie deine Oma. Das haben sich zu dieser Zeit nicht viele Frauen getraut. Die Entscheidung war mit großen Entbehrungen und Anstrengungen verbunden. Davon, dass geschiedene Frauen damals von der Kirche und damit auch von der Gesellschaft geächtet wurden, will ich jetzt gar nicht reden. Sie musste drei Jobs annehmen, um uns Buben alleine durchzubringen. Meine Mama hat gewusst, dass ich mich abseits der Gesetze bewege und hat trotzdem zu mir gehalten. ‚Pass schön auf dich auf!' hat sich mich jedes Mal ermahnt, wenn ich mich von ihr verabschiedet habe. Ich glaube nicht, dass ich jemals einer Frau begegnet bin, die bedingungsloser zu mir gestanden ist als meine Mutter.“

Ich konnte mir seine Geschichten stundenlang anhören. Es waren Geschichten, die unter die Haut gingen. Ich habe oft darüber nachgedacht, was aus mir geworden wäre, wären meine Mutter und meine Großmutter nicht so dahinter gewesen, dass ich die Schule abschließe. „Bildung ist der Schlüssel“, hatte meine Großmutter immer gesagt. „Merk dir das! Der Zugang zu Bildung ist mehr wert als jeder Lottosechser! Die Tatsache, dass die Fruchtblase deiner Mutter in diesen geografischen Breiten geplatzt ist, macht dich zu einem aus der Gruppe der reichsten 5 % der Welt. Da hast du selbst noch gar nichts beigetragen.“

„FRÜHER“, holt Fredsch lautstark aus, seinen Blick auf einen jungen Zuhälter gerichtet, der wenige Meter neben ihm an der Theke lehnte, „bist als Strolch sowieso nicht in die Hütte gegangen, in der deine Alte Geld verdient hat. Vielleicht zwei Mal im Jahr … maximal. Und die Weiber waren noch Damen! Die sind bei einem Strolch in die Schule gegangen und haben gewusst, wie man sich benimmt. Das hat's nicht gegeben, ohne Gummi* … blasen auch noch vielleicht. Aber heut …“ Ich schaue ihn verstehend an und seufze gleichzeitig mit ihm auf. Mit einem Wort: „Eine schlechte Welt!“

„Ganz in Weiß, mit einem Blumenstrauß“, sorgt Roy Black im Hintergrund für Stimmung. „Gerhaaaaard! Tschintoni, bitte!“, ruft eine zierliche Thailänderin dem Koberer zu. Geschäftig zieht Gertschi mit der linken Hand ein Tonic aus dem Kühler und hält gleichzeitig mit der rechten ein Glas unter den Gin-Spender.
„NEIN!!!“, ruft die Kleine „TSCHINTONIIIIIIIIIIIII!“
„Ja, eh! Gin Tonic“, gibt Gertschi zurück.
„NEIN!!! TSCHINTONIIIIIIIIIIIIIIIIII!“
„Sag, willst du mich häkeln oder was?“, braust er schließlich entnervt auf.

„So gib ihr halt einfach eine Zitrone, Gertschi!", mische ich mich lächelnd ein. Dankbar und verlegen nickt mir das Mädchen zu. Die Gesichtszüge von Fredsch werden weich, Gertschi grinst.

„FRÜHER", nimmt Fredsch noch einmal Anlauf, „waren die Huren noch Psychologen. Da sind's mit elegantem Abendkleid auf Dame an der Bar gestanden. Oft sind's gar nicht pudert[*] worden, weil der Gast sich wegen einer Ehekrise in seinem Schmerz einen angesoffen hat und einfach jemanden gebraucht hat, der ihm zuhört. Schau dir die Idioten heute an. Auf Deutsch können's noch drei Sätze sagen: ‚Darf ich sitzen?', ‚Darf ich trinken?', ‚Gemma[*] Zimmer?' Das ganze Flair ist im Arsch! Es hat alles keine Qualität mehr!"

Ich selbst hatte lange nicht verstanden, wie man für Sex zahlen konnte. Ich meine offiziell. In der Regel bezahlen Männer für Sex ja ohnedies auf die eine oder andere Art. Im Puff jedenfalls nahm ich es als rein mechanische Abreaktion, bei der die Uhr mitläuft, wahr. Ich gewöhnte mir daher an, Gäste, die mir in redseligem Zustand ein Gespräch aufdrängten, nach ihren Beweggründen zu fragen. Die einen lebten Phantasien aus, die sie im Ehebett nicht einmal auszusprechen gewagt hätten. Dann gab es jene, die einfach irgendeinen Schaden hatten und in freier Wildbahn nichts erlegen konnten. Schließlich waren da noch die Geschäftsreisenden, welche die ganze Woche alleine unterwegs waren und Unterhaltung suchten. Ein anderer gut situierter Gockel erklärte mir einmal Folgendes: „Schau! Ich hab zu Hause Frau und Kind. Wenn ich zum Beispiel mit meiner Sekretärin etwas anfange, dann kann ich mir an einer Hand abzählen, wann die ersten SMS mitten in der Nacht einrauschen. Es ist nur eine Frage der Zeit, bis sie auf die Idee kommt, selbst Chefin werden zu wollen."

„Also, das ist eine Frage der Rahmenbedingungen. Wenn man die von Beginn an ehrlich definiert …", entgegne ich.

„Du bist ein Theoretiker, das hab ich schon gesehen. Weißt du, wie oft in meinem Leben ich schon ehrlich solche Rahmenbedingungen definiert habe? Am Ende des Tages wollen sich die Frauen dann nicht mehr daran erinnern. Sie hören dir zwar aufmerksam zu und nicken eifrig, währenddessen denken sie aber: ‚Den bieg ich mir schon noch hin, den Eierbären!' Und dann liegen sie dir dauernd in den Ohren, du sollst dich für sie scheiden lassen, obwohl diese Option von Anfang an ausgeschlossen war. So, was hab ich dann noch für Alternativen?", fährt er fort. „Ich kann in irgendwelche Schicki-Micki-Lokale gehen und dort mein Glück versuchen. Das kostet mich unterm Strich mindestens gleich viel Zeit und Geld. Sie will dann 100 Mal essen und ins Kino gehen, dazwischen erwartet sie das eine oder andere Geschenk. Ich muss aufpassen, dass wir nicht gesehen werden. Dabei gibt es nicht einmal eine Garantie, dass ich drankomme. Am Schluss hab ich wieder das Thema, das ich mit der Sekretärin hätte, auf dem Tisch. So geh ich hierher, mach mir einen netten Abend, alles völlig unverbindlich. Ehrlich bezahlte Dienstleistung – das ist mir viel lieber als ein Dolm*, der sich nächtelang einladen lässt und dabei berechnend ist. Meiner Frau tut es nicht weh, weil sie es nicht weiß. Ich liebe sie nach wie vor und ich bin auch den Kindern ein guter Vater. Aber selbst das Beste wird irgendwann gut, und nach 20 Jahren Ehe brauche ich zwischendurch etwas anderes. Dabei will ich aber auf keinen Fall meine Familie gefährden."

„Jetzt sei nicht immer so negativ, Fredsch!", wirft Gertschi ein. „Die da drüben ist beispielsweise eine Österreicherin."

„Welche?"

„Die mit der großen Gurke, Leoben." Dieser Satz bezog sich auf die Nase der Dame und ihre Herkunft.

„Was, eine österreichische Hur? Ich hab geglaubt, die sind ausgestorben. Die hat ja einen super Rahmen und bewegt sich wie eine Klapperschlange."

„Schöööön ist es, auf der Welt zu sein … saaagt die Biene zu dem Stachelschwein", drängt sich Roy, der Traum aller Frauen über 50, wieder in den Vordergrund.

„Gibt's schon Kritiken?", will ich wissen.

„Ja, römisch Eins! Hochzeitsnachtsprogramm, sagen die Gäste. Angeblich saugt sie einen Golfball durch einen Gartenschlauch … und so gern mit ohne Gummi!" Gertschi verwendete mit großer Begeisterung die verdrehten Satzkonstruktionen seines Personals. „Also, wenn man bei der Rübennase ein Auge zudrückt …"

„Schlucker oder Spucker?", geht Fredsch tiefer in technische Details.

„Schlucker."

Mit zufriedenem Gesichtsausdruck ändert Fredsch seine Sitzposition, um besagte Dame besser beobachten zu können.

„Und wie bist du zu ihr gekommen?"

„Sie ist eigentlich eine Krankenschwester mit einem Faible für schnelle Autos. Vor drei Monaten hat sie sich einen nagelneuen Audi Quattro einge-schnitten, auf Kreide*. Den hat sie zwei Wochen später um einen A-Masten gewickelt. Ihr ist außer ein paar Kratzern beim Unfall nix passiert, der Wagen war ein Totalschaden. Vollkasko hat sie sicherheitshalber weggelassen, das war ihr zu teuer. Hat eh schon das Auto so viel gekostet. Na ja, und jetzt ist das Auto weg und die Bank drückt an. Vor einem Monat ist sie dann bei der Tür reingeschneit und hat mich gebeten, dass ich ihr erkläre, wie das alles funktioniert. Gott sei Dank bin ich da gewesen. Sie kommt unregelmäßig, immer wenn sie keinen Nachtdienst hat, meist nur zweimal in der Woche. Aber da klingelt es dann dafür richtig. Die Kleine ist eine Gelddruckmaschine. Erstens hat sie keine Ahnung, was der Gast von ihr verlangen darf und was nicht, zweitens ist sie naturgeil, speziell wenn sie angesoffen ist, und drittens braucht sie die Marie*."

„Jaja, Friseurinnen und Krankenschwestern sind die besten Huren, das war schon immer so", nickt Fredsch bestätigend.

„Die Nachricht von ihren Begabungen verbreitet sich jedenfalls in Graz wie ein Lauffeuer. Da gibt es Internetplattformen, auf denen die Gockel die Be-treuungsqualität der Huren in diversen Foren bewerten können. Sie hat dort offensichtlich alles Einser. Nebenbei kreuzen die Mädchen bei ihrem Profil ihr Dienstleistungs-Spektrum an. Ich hab einmal hineingeschaut, sie hat bei jeder Schweinerei ein Hakerl gemacht. Es vergeht kein Tag, an dem nicht ein paar Typen, die ich vorher noch nie da gesehen habe, hereinpoltern und nach ihr fragen. Dadurch dass ich wirklich nicht sagen kann, an welchen Tagen sie kommt, hat sich die Frequenz im Lokal in den letzten Wochen dramatisch erhöht. Es geht halt nix über die gute, alte Mundpropaganda!"

Der Leobnerin war nicht entgangen, dass von ihr die Rede war. Wie beiläu-fig schlendert sie an uns vorbei. „Pscht, sie kommt!", zischt Fred so laut, dass sie es gut hören kann.

„Was?"

„Ich hab nur meinem Freund gesagt, dass du wunderschöne Augen hast", gibt Fredsch zurück. „Augen" stellt in diesem Satz einen Platzhalter dar. Dieser erlaubt die beliebige Verwendung von Wörtern wie „Haare", „Zähne", „Beine" und so weiter. „Nase" zählt grundsätzlich natürlich auch zu den validen Optionen, war in diesem Fall aber völlig unpassend.

Sie lächelt, genießt das Kompliment. „Schade ist nur, dass du so eingebildet bist!", schwächt er seinen ersten Satz frei nach der Bauernregel „Zu viel loben darf man sie nicht!" wieder ab. „Bin ich ja gar nicht!"

„Die Leute sagen, du bist ziemlich eingebildet, und mir kommt es auch ein bisserl so vor."

Das Eis war gebrochen. Einer gelungenen Unterhaltung stand nun nichts mehr im Wege. Fredsch war damit bereits an einen Punkt gelangt, den ein Stürmer als „Elfmeter ohne Tormann" bezeichnen würde. Sein System hatte er auf „Jagdmodus" umgeschalten und war damit ähnlich konzentriert wie ein Gepard, der sich bereits das schwächste Gnu der ganzen Herde zu seinem Abendessen auserwählt hat.

„Weeeeiße Rosen aus Atheeeen...", übernimmt Nana Mouskouri das musikalische Ruder.

Alles scheint friedlich und in bester Ordnung, als ein Mädchen zur Theke kommt, um Gertschi eine Frage zu stellen: „Du, Gerhaaaard! Noch eine Flasche Sekt, bitte. Das ist heute schon die vierte. Diese Gast sagt immer ‚Du darfst trinken, soviel du willst! Ich bin entmutigt.'"

„Was soll das heißen – entmutigt?"

„Ich weiß das nicht."

„Geh zurück zum Gast, ich servier euch die Flasche gleich!"

Gertschi bereitet den Sektkübel vor, entkorkt elegant die Flasche, und seine geschmeidigen Bewegungsabläufe lassen erahnen, dass sein Hirn aufgrund der regelmäßigen Anforderung für diesen Arbeitsablauf schon eigene Synapsen gebildet hat.

„Bitte sääähr! Der Nachschub! Ich hab gehört, Sie sind entmutigt?"

„Jawolll! Ich bin entmundigt!", lacht der Gockel freundlich.

Gertschi versteinert, offensichtlich traut er seinen Ohren noch nicht ganz.

„Entschuldigung?"

„Ich bin ENTMUNDIGT!"

„ENTMÜNDIGT!!!!", stellt Gertschi die Hiobsbotschaft richtig. Im nächsten

Moment stürzt er sich einem Lämmergeier ähnlich auf die frisch geöffnete und noch unberührte Sektflasche, um zu retten, was zu retten ist.

„SO EIN ARSCHLOCH!", lässt er seinen Emotionen freien Lauf, poltert bepackt mit all dem Kram, den er vom Tisch noch abräumen konnte, hinter die Theke. Als nächstes greift er zum Telefonhörer und tippt auswendig eine Nummer.

„Ja, Grüß Gott, Café City! Können Sie bei mir einen Zechpreller abholen, der wär dann zum Nach-Hause-Bringen in den Feldhof*. Er ist nämlich entmutigt. Danke! Bis gleich."

„Taxi kommt gleich!", ruft er dem Entmutigten zu.
„Dankeeee!", gibt dieser fröhlich zurück.

„Über sieben Brücken musst du gehen, sieben dunkle Jaaaahre überstehn ...", trällert Peter Maffay seine Cover-Version der DDR-Rockband „Karat" mit großer Begeisterung.

„Du, komm einmal her!", ruft Gertschi die Mitarbeiterin mit strengem Ton zum Rapport. Mit hängenden Schultern trabt sie an. „Hör zu einmal! Wie oft hab ich schon gesagt, dass ihr eine Zwischenabrechnung machen müsst, wenn ihr den Gast nicht kennt und er so viel bestellt. Ein Entmündigter sauft auch 100 Flaschen mit dir und weißt du warum?"
„Nein?", schaut sie ihn mit großen, fragenden, sektvernebelten Augen an.
„WEIL ER SIE NICHT BEZAHLEN MUSS!", singt Gertschi mit gespielter Fröhlichkeit. „Den Schaden teilen wir uns brüderlich, damit du auch was lernst, Schwester." Damit war die Kopfwäsche beendet. Das Mädchen schmollte und das sollte sich für den Rest der Arbeitsnacht nicht ändern.
„Taxi, bitte!", gibt ein Gast, der bereits schwere Koordinationsstörungen aufweist, das Signal, dass er sich nun gerne abholen und nach Hause bringen lassen möchte. Wieder greift Gertschi zum Telefon. Zehn Minuten später betritt ein untersetzter, bulliger Mann das City. Mit sonorer Stimme gibt er sich als Taxler zu erkennen: „Das Schiff* ist da!" Der Trunkenbold allerdings beschäftigt sich mittlerweile wieder intensiv mit einer drallen Blondine und ignoriert den Dienstleister, den er kurz zuvor bestellt hat, völlig.

„Ich will nur sagen: Die Uhr rennt", lässt der Taxifahrer wissen, dass auch die Wartezeit vom Taxameter gemessen wird und zu entlohnen ist. „Was? Willst du sagen, ich hab kein Geld? Du Knallerbse!", entrüstet sich die Rauschkugel.

„HAST DU SCHEISSE IM HÖRER? Ich hab gesagt, die Uhr rennt, damit du Bescheid weißt und sonst nix!", bricht aus dem Chauffeur die gesamte Frustration des heutigen Nachtdienstes heraus.

„Endlich wieder einmal ein freundlicher Kutscher*!", schnauft Gertschi. „Das ist mir schon so abgegangen, wirklich. Heute reißt es wieder einmal nicht ab …"

Die sich anbahnende Geschäftsbeziehung steht offensichtlich unter keinem guten Stern.

„Du kannst dich gleich wieder putzen*, mit dir fahr ich nicht", lallt der Gast.

„Geht in Ordnung! Macht 50 Schilling!", gibt der Taxler zurück.

„Bist du jetzt komplett deppert? Schau, dass du Land gewinnst*, ein paar Schneidezähne sind schnell geschluckt. Der Letzte, der mit mir so respektlos geredet hat, hat lang geblutet!"

„Ah so? Ist ja interessant! Für dich hab ich immer Zeit! Gib einfach Bescheid, wenn ich dir weiterhelfen kann."

Mit lautem Gröhlen erhebt sich der Saufbold und wankt in Richtung Taxifahrer. Dieser macht sich bereit. „Schaut nicht gut aus, für den Gerade-eben-noch-fast-Fahrgast", denke ich mir, nachdem ich die beiden Kontrahenten eingeschätzt habe.

„Guten Morgen! Wo ist denn der Zechpreller?", mit kräftiger Stimme begrüßt einer von zwei Polizisten die versammelte Mannschaft.

„Hiiiieeer!", freut sich der Entmutigte.

„Du schon wieder! Jetzt haben wir dich in den letzten zwei Wochen schon drei Mal nach Hause gebracht!"

„Jawollll! Das ist wirklich sehr, sehr nett!"

„Na dann, z'sammpacken. Wir fahren jetzt!"

Während die Abreise in die Klapse vorbereitet wird, meldet sich der Taxler zu Wort: „Herr Inspektor! Da gibt es noch so einen Experten. Der Herr hat mich bestellt und will jetzt nicht mitfahren. Ich hab 50, wahrscheinlich schon

60 Schilling auf der Uhr und er bezahlt nicht."

„Was? Ich fahr eh mit!", wendet sich das Blatt.

„Ja, genau! Zuerst wollen Sie mir die Schneidezähne einhauen und dann, wenn die Herren Polizisten da sind, wieder mitfahren. Kommt ja gar nicht in Frage! Ich möchte gern meine 60 Schilling und Sie nehmen sich ein anderes Taxi", wird der Chauffeur förmlich und besinnt sich offensichtlich darauf, dass man Kunden nicht einfach so duzt.

„Schmarrn! Ich will jetzt mir dir fahren."

„In tausend Jahren nicht!", poltert der Taxler.

„Mein Herr, ich mache Sie hiermit auf die Beförderungspflicht, die in Ihrer Gewerbeordnung verankert ist, aufmerksam!", spricht einer der beiden Polizisten ein Machtwort. Widerwillig, mit grimmiger Miene und ohne weiteren Kommentar setzt sich der Taxifahrer Richtung Ausgang in Bewegung. Hinter ihm torkelt hämisch lachend seine Kundschaft nach.

Augenblicke später erscheint ein weiterer Pilot*, um den nächsten Gast nach Hause zu bringen. Während dieser seine Getränkerechnung begleicht, fragt ihn das Mädchen an seiner Seite, ob er ihre Taxirechnung mitübernehmen könnte. Sie würde auch gleich nach Hause fahren.

„Im Zeitalter der Emanzipation ...", antwortet der Gast.

„... du meinst Prostitution ...", korrigiert Fredsch.

„Nein, ich meine Emanzipation."

„Ah so."

„... können die Frauen sich selbst das Taxi für die Nachhausefahrt bezahlen."

„Das können sie im Zeitalter der Prostitution aber auch ..."

10 *SCHÜTTEN*   Auf Dauer war natürlich kein Mädchen in der Lage, täglich Alkohol in rauen Mengen zu vernichten. Und so entwickelten jene, die nicht vorhatten, in kürzester Zeit zu schweren Alkoholikern zu mutieren, verschiedene Strategien, um dieses Thema in den Griff zu bekommen. „Schütten" war im Fachjargon der Überbegriff für eine Vielzahl von Varianten, den Alkohol mehr oder weniger elegant loszuwerden. Zu den simpelsten Lösungsansätzen zählte beispielsweise das Schütten der ungeliebten Flüssigkeit unter den Tisch in einem unbeobachteten Augenblick. Wenn der Gast seinen Platz verließ, um auf die Toilette zu gehen, wandten die Mädchen bisweilen auch gerne die sogenannte „Kübeltechnik" an. Diese zählte zu den einfachen und sicheren Strategien. Dabei wurde der Sekt in den zugehörigen Kübel zum Eiswasser geschüttet. Trickreicher, aber auch anspruchsvoller war da schon die Taktik, dem Gast zuzuprosten, was ihn dazu brachte, sein eigenes Glas zu heben. Naturgemäß konnte der Gockel während des Trinkens seine Umgebung nicht besonders gut wahrnehmen, da er ja gerade ins eigene Glas schaute. Nachdem die Mädchen mit lautem „Prooooooooooost!" angestoßen hatten, kippten sie ihre volle Sektflöte schwungvoll über die Schulter nach hinten, anstatt daraus zu trinken.

Jede dieser Strategien hatte aber auch ihre Nachteile. Das „Unter-den-Tisch-Schütten" des Alkohols führte beispielsweise dazu, dass der Teppichboden schon nach kurzer Zeit dermaßen unter dieser Beanspruchung litt, dass er regelmäßig ausgetauscht werden musste. Verabsäumte man, dies zum rechten Zeitpunkt zu erledigen, war der Gestank von Boden und Polstermöbeln kaum auszuhalten.

Selbiges galt für das Verschütten des Alkohols über die Schulter nach hinten. Bei dieser sportlichen Variante kam zusätzlich das Risiko, unabsichtlich jemand anderen zu treffen, ins Spiel. Nebenbei war sie viel zu auffällig. So mancher Gast am Nebentisch, der grundsätzlich nicht argwöhnisch war, konnte sehen, wie die Mädchen agierten. Damit war es für ihn ein Leichtes auszurechnen, wie es ihm selbst bei Verlust der Übersicht ergehen könnte. Auf diese Weise nutzten sich die allzu komplizierten Techniken rasch ab und funktionierten bald nicht mehr. Das Schütten in den Kübel hingegen schonte die Einrichtung und war im Großen und Ganzen leicht umzusetzen. Selbst in stark alkoholisiertem Zustand waren die Mädchen in der Lage, sich des Alkohols auf diese Weise elegant zu entledigen.

Eine andere Möglichkeit, dem Personal verheerende Räusche zu ersparen, war das Befüllen leerer Piccolo-Flaschen mit Mineralwasser. Das grüne Glas machte es dem Gast unmöglich, einen Unterschied wahrzunehmen. Das Risiko, dass ein Gockel einen Schluck vom Piccolo des Mädchens nimmt, geht insgesamt gegen null. Die buchhalterische Herausforderung für den Koberer war dann allerdings, dass er manchmal deutlich mehr Piccolos verkauft als eingekauft hatte. Im Allgemeinen wusste man sich diesbezüglich aber gut zu helfen.

Den Langen belasteten in Zusammenhang mit dem unvermeidlichen Schütten eine Reihe von Faktoren: der Gestank im Lokal, die kürzere Lebensdauer von Teppichboden und Sitzmöbeln und vor allem die immer wieder unangenehmen Diskussionen mit Gästen, die sich betrogen fühlten. Nachdem der Leidensdruck groß genug geworden war, entwickelte er für seine Lokale ein eigenes Drainage-System. Gut versteckt hinter Grünpflanzen und Eckbänken führten Kupferrinnen den Alkohol unauffällig in ein Sammelbecken, das am nächsten Morgen von der Putzfrau ohne großen Aufwand geleert werden konnte. Die Anlage war leicht zu reinigen und die Mädchen dankten ihm seinen Erfindergeist von ganzem Herzen.

So einfallsreich der Lange in diesen Dingen war, so ungern hatte er das Schütten, wenn er selbst gockelte. „Wenn mir eine wegen einer Flaschen Sekt die Rippen eindrückt, dann muss sie diese auch trinken. Für den Kanal zahle ich den Schlumbi nicht, dafür verdiene ich mein Geld zu schwer." Da er selbst mit allen Wassern gewaschen war und jede noch so kleine Finte kannte, war es ihm ein Leichtes, die verschiedenen – mitunter trickreichen – Zugänge aufzudecken. Wenn er im Zweifel war, tauchte er zum Zwecke einer Geschmacksprobe einen Finger in das Eiswasser im Sektkübel. Verlief diese positiv, wurde dem Koberer zugerufen: „Komm einmal her, ich möchte dir gerne was zeigen." Wenn dieser dann antrabte, konfrontierte ihn der Lange mit dem Satz: „Der Alkoholgehalt vom Eiswasser ist gleich hoch wie der des Inhaltes in der Sektflasche. Was sagt uns das? Hat Schlumberger wirklich so stark nachgelassen? Soll ich am Ende zukünftig gleich Eiswasser bestellen statt Sekt? Das ist sicher deutlich günstiger!"

Einmal durfte ich erleben, wie sich ein Kellner entblödete, die Fragen mit „Das kann ich mir nicht vorstellen!" zu beantworten. Sekundenbruchteile später hatte ihm der Lange den blechernen, mit Eiswasser gefüllten Kübel aufgesetzt und danach mit der leeren Sektflasche so oft draufgeschlagen, dass der Unglücksrabe sich wie der Glöckner von Notre-Dame fühlen musste. Orientierungslos torkelte er zwischen den Tischen herum, bis er gegen den Geldspielautomaten lief, der ihm schließlich den Rest gab.

Eine gänzlich andere Erfahrung machte in diesem Zusammenhang ein südsteirischer Landwirt, der sich nach einer erfolgreichen Woche auf der Grazer Messe im City mit einem netten Abend belohnte. Offensichtlich war er ein erfahrener Puff-Besucher, der um den einen oder anderen kleinen Trick Bescheid wusste. Nach mehreren Flaschen Schlumbi musste er seine Blase erleichtern. Wieder an den Tisch zurückgekehrt, wollte er beweisen, dass er die kleinen Hinterhältigkeiten sehr wohl durchschaute. Mit den Worten „Allein mit dem Sekt, den ihr Schlampen da wegschüttet, kann ein ganzes Negerdorf Silvester feiern!" setzte er den mit Verpackungspapier der Strohhalme und allerlei anderem Unrat kontaminierten Kübel an und nahm demonstrativ einen riesigen Schluck von der Brühe. Entgeistert und angeekelt sah ihm die Belegschaft bei der unappetitlichen Demonstration zu. Just an diesem Tag war man in Feierlaune gewesen und hatte sich gehütet, auch nur einen einzigen Tropfen unnütz zu vergeuden. Nachdem der erste Schock gewichen war, konnte sich der Landwirt der Lacher auf seiner Seite sicher sein.

Zwei pfiffige Freunde – einer davon Bordell-Betreiber, der zweite ein ehemaliger Strolch – kamen schließlich auf die Idee, mit Wasser gestreckten Apfelsaft in Piccolo-Flaschen abzufüllen. Herzstück ihres Geschäftsmodells war der Name des neuen Getränks: „Schlossberger". Die verschnörkelte Schreibschrift auf dem Etikett war so geschickt gestaltet, dass der Schriftzug in den schummrigen Lokalen nicht von „Schlumberger" zu unterscheiden war. Mit der Erfindung des alkoholfreien Piccolos war das Schütten im Zusammenhang mit Kleingebinden mehr oder weniger obsolet geworden. Obwohl die beiden mit ihrer Idee eine Marktlücke geschlossen hatten, war das Geschäft alles andere als profitabel. Jener der beiden Partner, der für die Auslieferung der Ware in die Bordelle verantwortlich war, blieb nämlich bei dieser Gelegenheit meist gleich bei einem der Kunden hängen. Irgendwann in der Früh, manchmal auch bis zu 24 Stunden später, musste ihn sein Freund dort auslösen, weil ihm das Geld ausgegangen war. Die Zeche, die es zu bezahlen galt, betrug zu diesem Zeitpunkt meist das 3- bis 4-Fache des gelieferten Schlossberger Warenwertes.

11 DIE HUNDESCHULE

Fredsch konnte gut mit Hunden. Mit einem Spaniel war er mehrfach Staatsmeister geworden, hatte Polizei- und Militärhundeführer geschult. Ich war immer wieder aufs Neue beeindruckt, zu welchen Leistungen er seine Schützlinge anspornte. So befahl er ihnen beispielsweise, ausschließlich mittels körpersprachlicher Signale, sich totzustellen. Als Heli, ein Jugendfreund, eine Hundeschule eröffnete, hielt sich Fredsch oft dort auf und unterstützte ihn tatkräftig, wenn Not am Mann war. Immer wenn eine Hundeprüfung abgehalten wurde, gab es danach eine Feier in der Vereins-Holzhütte. Keyboard und Soundanlage wurden aufgebaut, und Heli gab sein ganzes Schlagerrepertoire zum Besten. Sein Stimmvolumen war beeindruckend. Auch wenn man das von seinen Englisch-Kenntnissen nicht behaupten konnte, waren die musikalischen Darbietungen einfach großartig. Textpassagen, die ihn überforderten, kaschierte er meisterlich, indem er den jeweiligen Textteil unverständlich murmelte oder einfach in Phantasie-Englisch weitersang. Da die Fremdsprachen-Kenntnisse seiner Gäste in aller Regel auf einem vergleichbaren Niveau lagen, war sein Zugang praktikabel. Ab und zu konnte es passieren, dass die Stimmung überschwappte und irgendein enthemmter Gast in höchster Euphorie das Mikrofon an sich riss. In Erinnerung ist mir ein Tankstellenpächter mit unglaublich schöner, sonorer Singstimme geblieben, der vorzugsweise Frank-Sinatra-Titel auswählte. Wenn er sang und man die Augen dabei schloss, konnte man meinen, Frank persönlich wäre vorbeigekommen. Wäre da nicht das Handicap des Tankstellenpächters gewesen: Seine Englischkenntnisse lagen deutlich unter Helis Niveau, eigentlich beschränkten sie sich auf die Worte yes, no und Whiskey. So murmelte er den Text unverständlich dahin, was auch recht gut klappte. Beim Refrain wurde er von seiner Begeisterung mitgerissen und sang aus voller Kehle mit. „I did it my way" tauschte er dabei allerdings gegen „I'm a highway". Für Heli bedeuteten diese Feste ein ordentliches Zubrot. Die Hundebesitzer freuten sich über die bravourösen Leistungen ihrer Schützlinge, die er nicht müde wurde zu loben. Heli war ein Show-Master, durch und durch.

„Schau dir einmal das Stück auf neun Uhr an." Wenn es schnell oder besonders diskret gehen sollte, gab mir Fredsch die Richtung im militärischen Jargon an. Den Anweisungen folgend, mustere ich ein wasserstoffblondes, aufgetakeltes Mädel um die 25.

„Und?", fragt er, nachdem er sicher sein konnte, dass ich die Zielperson korrekt erfasst hatte.

„Wenn einer gern einen gelben Esel daheim hat, ist sie super!"

„Bist du wahnsinnig? Schau dir einmal den Sportrahmen an. Die steht da wie ein tiefer gelegter Ferrari. Und sensationelle Hupen* hat sie auch, nicht angeschnallt, möchte ich dir nur sagen. Kein Silikon, alles Natur", schwärmte Fredsch weiter.

„Die ist mir zu eingebildet ..."

„Das legt sich spätestens, nachdem sie das erste Mal drangekommen ist. Sie braucht nur ein strenges Programm. Die musst du ein bisserl bei den Federn ziehen, mit ein paar auf den Hintern anfeuern und zwischendurch ‚Hüa!' rufen."

„Also, wenn mich eine richtig begeistert und ich mich mitreißen lass, ruf ich ab und zu auch ‚Yipppieeee!' oder ‚Yippie-Ya-Yeah!' ", antworte ich gedankenversunken.

„Schweinchen Schlau – Alarm vierzehnhundert", lenke ich Fredschs Aufmerksamkeit auf eine elegante Brünette mittleren Alters an der Theke. Ihr knapper Mini gibt den Blick auf endlos lange, makellose Beine frei. „Was sagst du jetzt?"

„Die passt!" Fredsch kann ein hinkendes Gnu auf viele Kilometer erkennen.

„Gut möglich, dass du bei ihr ‚BRRRRRR!' statt ‚Hüa' rufen musst", ergänze ich.

„Und ... Prüfung bestanden?", eröffnet er die Spiele.

„Ja", lächelt sie.

„Was denn für ein Hund?"

„Ein Riesenschnauzer. Mein Mann sperrt ihn gerade draußen in den Zwinger."

„Einen super Hund haben der Herr Diplomingenieur und die Gattin", gibt Heli elegant zusätzliche Informationen an Fredsch weiter.

In diesem Moment öffnet sich die Tür und der Gemahl, ein selbstgefälliger, eitler Pfau stolziert herein. Heli und Fredsch loben ihn ausgiebig, zahlen einige Runden Bier und gratulieren zum Vorzeigehund. So ein intelligentes Tier gäbe es nur alle 10 Jahre einmal in der Hundeschule. Der Gemahlin wird zu dieser Zeit keine Beachtung geschenkt. Ihre Versuche, sich zwischendurch einzublenden, indem sie in perfektem Hochdeutsch etwas von sich gibt, was sie für intelligent hält, scheitern kläglich. Nach einiger Zeit beginnt Herr Dipling von Tisch zu Tisch zu wandern, um mit anderen Hundehaltern fachzusimpeln. Seine Gattin lässt er inzwischen bei uns.

„California Blueeee!", ist Heli bereits in seinem Element.

Frau Dipling beendet gerade wieder einen gestelzten hochdeutschen Satz, als ihr Fredsch tief in die Augen schaut und sie mit den Worten „Komm her einmal, du geile Schlange!" an der Taille fasst. Frau Dipling scheint deutlich überfordert und denkt offensichtlich darüber nach, ob sie Fredsch ohrfeigen soll. Letztendlich fehlt ihr dann doch der Mut dazu. „WIE BITTE?"

„Ich habe gesagt, du sollst herkommen, du geile Schlange!", setzt Fredsch mit seinem charmantesten Lächeln nach. Sie wehrt seine Hand an ihrer Taille nicht ab, ein Zeichen, dass er auf dem richtigen Weg ist. Langsam zieht er sie zu sich. Ihr Ehemann bespricht gerade die Tücken der fünften Aufgabe der heutigen Prüfung, während sie Fredsch empört zuflüstert: „Also, so hat noch nie jemand mit mir geredet!"
„Ist schon recht."
In diesem Moment meine ich, eine weitere Parallele zwischen ihm und mir zu erkennen. In einem Kampf gibt es Situationen, in denen ich den Gegner nicht mehr sehe, obwohl er noch vor mir steht. So, als würde er schon ausgeknockt auf dem Boden liegen. In diesem Zustand war Fredsch gerade ... er war sich seines Sieges absolut sicher.

Wenig später steht Frau Dipling mit weit gespreizten Beinen und hochgeschobenem Rock vor dem Vereinshaus über die Regentonne gebeugt und empfängt Fredschs wuchtige Stöße, mit denen er auch gleichzeitig die Rangordnung klarstellt.

Nach ungefähr zehn Minuten kehrt er sichtlich entspannt ins Vereinslokal zurück. Es dauert nicht lange, bis auch Frau Dipling mit verklärten Augen und weichen Gesichtszügen zur Tür hereinstolpert.

„Wo kommst du denn her?", will Herr Dipling wissen.

„Ich hab nach dem Hund gesehen, es geht ihm gut."

Zufrieden wendet sich der Gatte wieder seinem Gesprächspartner zu.

„Also, dass so etwas möglich ist, hätte ich nie geglaubt", haucht sie.

„Das ist, weil du von nix eine Ahnung hast", antwortet Fredsch, aber eigentlich trumpft er mit diesem Satz mir gegenüber auf.

„Also, die Männer, die ich bisher gehabt habe, haben mich …"

„… alle totgestreichelt", vollendet Fredsch den Satz. Sie nickt gedankenversunken.

„Das ist wie bei einem Ferrari, den man dauernd im Schritttempo fährt. Du bist ein Rennpferdl, du gehörst ordentlich geritten, nicht spazieren geführt."

Sie sieht aus, als hätte jemand ihre Pause-Taste gedrückt. Ich bin nicht sicher, ob sie noch bewusst hört, was er sagt. Fredsch schreibt seine Telefonnummer auf eine Zündholzschachtel und schiebt ihr diese über den Tisch.

Gleich darauf kehrt Herr Dipling zurück und will in nasalem Ton wissen: „Und, habt ihr euch gut unterhalten?"

„Ja, ich kann mich gar nicht beruhigen, wegen dem feinen Hund. Einen echten Glücksgriff habt ihr da gemacht. So, jetzt muss ich aber weiter. Kommt ihr auch zur Schutzhundeprüfung? Da wär nämlich ich der Trainer."

„Also ich find das sehr wichtig", stellt Frau Dipling die Weichen.

„Alsdann, bis bald."

Wir verlassen das rauschende Fest. Als wir um die erste Ecke der Holzhütte in Richtung Straße biegen, liegt mitten im Weg vor uns ein riesiger Wolfshund. Offensichtlich ist für ihn keine der Boxen mehr frei gewesen, wo die Tiere bei solchen Gelegenheiten sonst untergebracht werden. So hat ihn sein Besitzer an einen Holzpfosten geleint, der das Vordach der Vereinshütte trägt. Bei unserem Anblick lässt er mit tiefem Knurren die furchterregenden Reißzähne aufblitzen. Ich bin von seiner Erscheinung tief beeindruckt.

„Der fühlt sich unwohl, das ist noch nix Ernstes, seine Reaktion ist ganz natürlich, wenn er da angeleint liegt und uns nicht kennt", erläutert Fredsch. „Schau dir einmal die Körpersprache insgesamt an! Aufpassen musst du, wenn er beim Knurren die Zähne freilegt, in aufrechter Haltung, mit aufgestellter

Rute und aufgestellten Ohren, gesträubten Nackenhaaren, den Körper nach vorn geneigt. Das ist die letzte Drohung vor dem Angriff. Das macht unsere neue Bekanntschaft aber nicht. Schau, ich zeig dir jetzt einen Trick!"

Mit diesen Worten hockt sich Fredsch knapp außerhalb der Reichweite des Hundes hin und beginnt mit ruhiger, versöhnlicher Stimme auf ihn einzureden. „Jaaaaa, Bärli! Bist ja ein Braver, ein ganz ein Braver! So ein schöner Teufel … und voll im Saft!" Während der Hund ruhiger wirkt, zieht Fredsch mit langsamer Bewegung ein Hundekeks aus der Tasche und hält es ihm so hin, dass er es gerade nicht erreichen kann. Die feuchte Nase des Tieres bewegt sich aufgeregt. Ich höre ihn atmen und beobachte, wie er sich neugierig nach vorne lehnt. Fredsch rückt näher und lässt ihn das Keks aus seiner Hand nehmen. „Schlecht! Von einem Fremden darf er normal nichts annehmen", lässt er mich an seinen Gedanken teilhaben. Gleichzeitig hält er ihm unaufdringlich die Hand hin, der Wolfshund nimmt vorsichtig seinen Geruch auf. „Hunde können Angst riechen, angeblich auch Krankheiten", fährt Fredsch fort. Offensichtlich ist nun der richtige Zeitpunkt gekommen. Er schiebt seine Hand langsam unter den Hals und beginnt das schöne Tier zu streicheln. Der Wolf lässt sich das gefallen. Nach und nach steigert Fredsch die Intensität, seine Bewegungen sind noch immer langsam und ruhig. Mit den Worten „Jetzt pass auf!" streift seine Hand an der Seite des Hundes entlang nach hinten. „Ich zeig dir jetzt, wie du dich bei einem Hund richtig einhauen kannst. Die meisten Leute tätscheln den Hund am Kopf. Das Tier versteht zwar, dass das lieb gemeint ist, aber insgesamt ist es am Schädel eher unempfindlich. Anders schaut es bei den Flanken und den Schenkelinnenseiten aus. Da ist die Haut ganz weich und zart. Die Herausforderung ist: Zu den Flanken lässt er dich nur, wenn er dir vertraut. Insgeheim weiß er nämlich, wie leicht verwundbar er dort ist. Wenn du das ungestüm machst und nicht auf seine Zeichen achtest, schnappt er sofort." Während der Erklärungen bewegt Fredsch seine Hand unaufhörlich Richtung Flanke. Der Hund spannt seine Muskulatur, sein Blick wird starr, er wirkt irritiert. Sehr, sehr langsam gleiten die Finger weiter, im nächsten Augenblick erreichen sie ihr Ziel. Die Augen des Wolfes werden glasig, ich kann nicht glauben, was ich sehe. Die Anspannung weicht aus der Muskulatur und er streckt seinen Lauf erst vorsichtig, dann weit nach hinten aus, um Fredsch genügend Raum zu geben. Weniger als eine halbe

Minute später schließt er die Augen und lässt sich mit einem wohligen Seufzen auf den Boden nieder. Fredsch dreht ihn auf den Rücken und klopft mit einer Hand auf seinen imposanten Brustkorb, während er mit der anderen abwechselnd die Schenkelinnenseiten streichelt. Es handelt sich um einen Rüden, das Tier hat die Beine weit gespreizt, die Lefzen hängen nun schlapp nach unten und geben die nach wie vor beeindruckenden Reißzähne frei. Die Zunge hängt ebenso schlapp seitlich aus dem Maul heraus. Fredsch lächelt mich an. „Wenn du dich besonders beliebt machen willst, dann ziehst du noch ein, zwei Mal an seiner Feder", deutet er auf den Penis des Hundes und grinst. „Das mach ich aber nicht."

12 WETTEN

„Haaaa uaaaaah uaaaaah uaaaaah!" Tarzanschreie lassen mich wissen, dass Fred etwas von mir will. Dieser Klingelton für ihn hat mir gleich außerordentlich gut gefallen, so kann ich schon akustisch erkennen, wenn er anruft.

„Fredsch, was kann ich tun?"

„Michl, du musst mir dringend helfen. Hör zu: Ich steh da gerade im Posch am Klo. Komm bitte mit deinem Auto her, park dich um die Ecke ein, sodass dich auf keinen Fall jemand vom Posch aus sehen kann. Wenn du so weit bist, ruf mich an und lass einmal läuten."

Zehn Minuten später gebe ich das vereinbarte Signal. Es dauert nicht lange und Fredsch zieht auf Inline-Skates elegant um die Kurve. Er war in jungen Jahren ein sensationeller Eisläufer und hatte sich diese Begabung erhalten. Eilig öffnet er die Beifahrertür und setzt sich mit den Worten „Schnell, fahr los!" in den Wagen. Nachdem wir Fahrt aufgenommen haben, werde ich aufgeklärt: „Es ist nämlich Folgendes: Die Runde im Posch hat mich mit meinen neuen Inline-Skates gesehen. Dann haben sie in einer Tour gelacht und gesagt, ich soll nicht so angeben. Ich könne zwar in meinem Alter mit den Inline-Skates noch blödeln und tricksen, aber nicht mehr schnell fahren, haben sie gemeint. Jetzt hab ich gerade einen Tausender gewettet, dass ich die große Runde um das Kloster bis zurück zum Posch in unter zehn Minuten schaffe. Du bringst mich jetzt bis zur Ecke vor der Zielgeraden, von dort fahr ich dann wieder weiter."

Wetten und Zaubern – in diesen Disziplinen war Fredsch in seinem Element.

An besagter Stelle angelangt, bleibt er noch kurz im Auto sitzen, da wir viel zu früh dran sind. „Ich hab innerhalb der nächsten Viertelstunde abkassiert. Komm dann vorbei und tu so, als ob du von nix weißt. Da sind ein paar Spatzerl dabei. Ich glaub, ich kann heute noch den einen oder anderen abputzen."

„Geht in Ordnung, Fredl!"

Eine halbe Stunde später betrete ich das Posch, Fredsch begrüßt mich freudig.

„Ja, Michl! Dass du wieder einmal herfindest. Das freut mich jetzt aber! Was trinkst du denn? Das geht auf mich, ich hab gerade eine Wette gewonnen!"

„Ein Mineral, bitte! Was hast du denn gewettet?"

„Die Herren haben geglaubt, ich gehöre schon zum alten Eisen. Da habe ich ihnen zeigen müssen, dass ich in unter 10 Minuten mit Inline-Skates die große Runde um das Kloster schaffe."

„Saubere Leistung, gratuliere!"

„Geh, Anni! Gib mir für den Michl ein Tschapperl*-Wasser. Warte, ich nehme es gleich mit." Fredsch geht zur Theke, kramt dort einen Notizblock heraus, tut so, als würde er sich etwas Wichtiges aufschreiben. Dann kehrt er mit meinem Mineral zurück.

„Weil wir gerade so nett zusammensitzen, muss ich euch jetzt was fragen. Am Tisch haben sich ja auch ein paar richtige Haudegen versammelt", spannt Fredsch geschickt den Bogen zu seinem nächsten Tagesordnungspunkt.

„Dass ihr keine Ahnung vom Inline-Skaten habt, haben wir heute ja schon gesehen. Jetzt würde ich gerne wissen, ob ihr wirklich solche Helden seid, wie ihr dauernd erzählt. Ich zeig euch eine Übung für richtige Männer. Wer gegen mich antreten will, legt einen Tausender auf den Tisch. Ihr macht die Übung zuerst, wir stoppen mit. Ich bin dann der Letzte. Derjenige, der es am längsten schafft, kriegt den Pott. So, und das ist jetzt die Übung: Man nimmt eine frische Zigarette und zündet sie an. Dann macht man ein paar Hacker*, damit sich eine anständige Glut auf der Zigarettenspitze bildet." Während er erklärt, führt er die beschriebenen Handlungen aus. Die Zigarette glüht bereits ordentlich.

„So, wenn dann richtig viel Glut zu sehen ist, nimmt man die Zigarette mit einer Hand und hält das Ende mit der Kuppe vom Daumen, die glühende Spitze mit der Kuppe vom Zeigefinger. Die Frage ist: Wer ist hart genug und hält das am längsten aus?"

„Was? Die Fingerkuppe auf die Glut drücken?", will einer wissen.

„Ja! Aber nicht so, dass die Glut ausgedämpft wird. Der Tschick* darf nicht beschädigt werden. Ihr müsst die Zigarette gerade so zwischen den beiden Fingerkuppen einklemmen, dass sie nicht kaputt wird."

Mittlerweile haben sich weitere Neugierige um den Tisch versammelt und lauschen konzentriert den Erklärungen. Nachdem keine Fragen mehr offen geblieben sind, legen insgesamt neun Personen einen Tausender hin. Ich selbst bleibe auf die Beobachter-Position reduziert. Aus einem ganz einfachen Grund: Fredsch wettet in der Regel nicht, wenn er nicht schon vorher weiß, dass er mit hoher Wahrscheinlichkeit gewinnen wird. Nach und nach versuchen die Spieler ihr Glück. Die glühend heiße Zigarettenspitze sorgt dafür, dass der Glimmstengel meist nach wenigen Sekunden in hohem Bogen mit lautem Schnaufen weggeworfen wird. Einige, die allen Ernstes demonstrieren wollen, wie schmerzresistent sie sind, halten die Glut fast fünf Sekunden lang. Ergebnis: eine fette Brandblase auf der Kuppe des Zeigefingers. Schließlich ist Fredsch an der Reihe.

„So, schaut euch noch einmal genau meine Finger an. Da ist nix angespuckt oder so, da ist nix feucht. Es gibt keinen Trick! Das ist alles nur auf mentale Stärke zurückzuführen! Es spielt sich ausschließlich im Kopf ab. Das schafft nur jemand, der jahrelang täglich meditiert."

Er nimmt die Zigarette und bringt sie in Position: 21, 22, 23, … 33, 34 …

Nach 19 Sekunden legt Fredsch die Zigarette ohne Eile im Aschenbecher ab, nimmt sie ordentlich wieder auf und inhaliert einen tiefen Zug. Der Zweitplatzierte liegt mit 4,9 Sekunden deutlich abgeschlagen hinter ihm.

„Zeig die Finger sofort her, das gibt's ja nicht!"

„Was? Ich hab euch vorher ja schon die Gelegenheit gegeben, meine Finger aus der Nähe anzuschauen. Da!", hält er dem Zweifler die Hand hin. Dieser prüft die Finger eingehend. „Greif nur auf die Kuppe drauf! Du wirst sehen, da ist nichts manipuliert."

Wirklich, es war kein Hinweis auf einen Trick zu finden. Die Fingerkuppe war zwar schwarz von der Zigarettenasche, aber nicht wie bei den anderen durch eine Brandblase verunstaltet.

„So, Burschen! Für heute ist es aber genug. Ich muss noch was erledigen." Mit diesen Worten schiebt Fredsch die auf dem Tisch liegenden 9.000 Schilling zusammen. Sauber gefaltet steckt er sie ein und steht auf. Anni wird noch fürstlich entlohnt, wir verabschieden uns und verlassen das Posch.

Die Autotüren fallen in ihre Schlösser. Erst nachdem ich mich versichert habe, dass uns niemand belauscht, bricht es aus mir heraus: „Sag einmal, wie geht denn das?"

„Ganz einfach!", grinst Fred. „Als ich dein Wasser von der Theke geholt und etwas auf den Block gekritzelt habe, hat mir die Anni heimlich einen Eiswürfel aus dem Eiswürfel-Automaten zugeschoben. Während ich die Übung ausführlich erklärt hab, hab ich die ganze Zeit unter dem Tisch die Fingerkuppe fest auf den Eiswürfel gedrückt. Der Effekt ist dann der gleiche, als würdest du einen Vereisungsspray draufsprühen. Nachdem ich der Letzte in der Reihe war, hab ich mehr als ausreichend Zeit gehabt, meine Fingerkuppe zu betäuben. Bevor ich dran bin, muss ich mir halt nur die nassen Finger ordentlich in der Hose abwischen, damit sie trocken und unauffällig sind."

„Geil!", nicke ich anerkennend.

„Ja, das waren jetzt insgesamt zehn Fleckerl* für zwei Stunden Arbeit. Das kann man lassen. So, jetzt fahren wir noch zum Heli in die Hundeschule. Die anderen waren beim Spiel* und kommen auch dort hin."

Kurze Zeit später betreten wir das Gelände der Hundeschule und werden mit lautem Gröhlen empfangen. Eine Gestalt balanciert auf einem ungefähr 20 Meter langen Holzzaun. Am Ende des Zaunes steht ein Marmelade-Glas, in dem sich offensichtlich ein Büschel Geld befindet. „Begrüße, meine Herren!", ruft uns Heli zu. „Derjenige, der es schafft, nach zwei Schnäpsen auf dem schmalen Zaun bis zum Marmelade-Glas zu balancieren, darf den Inhalt behalten. Der Topf ist gerade mit 10.000 Schilling gefüllt", fährt er im Stile eines Auktionators fort. Das war zu dieser Zeit ein stolzer Betrag. Mein Blick bleibt auf dem T-Shirt eines breitschultrigen Hundeschule-Besuchers hängen. Die Vorderseite des Kleidungsstückes zieren die Worte „Prototyp Gottes". Auf der Rückseite ist zu lesen: „Nicht zur Serienproduktion freigegeben." Während ich darüber sinniere, wie jemand aussehen könnte, dem solche T-Shirt-Designs einfallen, signalisiert mir lautes Geschnatter, dass das Marmelade-Glas soeben erfolgreich geleert wurde. Noch bevor ich meinen Plan, mich zur Theke zu drehen und ein Bier zu bestellen, in die Tat umsetzen kann, ziehen zwei Männer bündelweise Geld aus ihren Taschen. Die Stoß-Party dürfte heute äußerst einträglich verlaufen sein. Das Marmelade-Glas wird umgehend neu befüllt. Diesmal mit 30.000 Schilling. Geänderte Rahmenbedingungen: vier Schnäpse vor dem Balance-Akt. Nach und nach werden Einsätze und Schnaps-Rationen gesteigert, bis selbst die Geschicktesten keine Chance mehr haben, das andere Ende des Zauns unfallfrei zu erreichen. Geld zirkuliert in atemberaubenden Mengen und scheint nichts weiter als buntes Papier zu sein. Die Augen von so manchem einfachen Arbeiter, der sich den ganzen Monat körperlich schindet, um danach mit einem Bruchteil der hier eingesetzten Summen nach Hause zu gehen, spiegeln eine Mischung aus Ungläubigkeit, Gier, Wahnsinn und Begeisterung wider.

Heli reißt zwei Bierflaschen auf und stellt sie uns mit den Worten „Die Mühlgang-Wette ist heute gestorben!" vor die Nase.

„Wahnsinn! Wer hat es geschafft?" Fredsch ist außer sich. Mit dem Wasser des Mühlgangs wurde, wie man sich denken kann, eine Mühle betrieben. Irgendjemand hatte vor langer Zeit die Idee gehabt, eine Wette zu definieren. Man musste von einem festgelegten Punkt bis zu einer kleinen Brücke gegen den Strom schwimmen. An der Brücke selbst war Geld deponiert. Wer die Aufgabe bewältigte, konnte sich an einer mehr als attraktiven Summe erfreuen. Die Mühlgang-Wette lief nun schon jahrelang, und es gab niemanden, der den Pott auch nur annähernd gefährden konnte. Die Probanden waren äußerst einfallsreich. Sie versuchten sich in verschiedensten Schwimmstilen, einige waren davon überzeugt, durch die Verwendung von Hilfsmitteln – wie beispielsweise Flossen – ans Ziel zu gelangen. Trotz angestrengter und nachhaltigster Bemühungen war niemandem Erfolg beschieden. Über die Zeit machte sich in den Gehirnen die Überzeugung breit, es handle sich um eine unlösbare Aufgabe. Diese Erkenntnis wirkte sich umgehend auf die Wetteinsätze aus. Der Pott wurde immer ansehnlicher gefüllt, da das Risiko, dass er geknackt würde, ohnedies gegen null zu gehen schien. Schließlich pendelte sich der Maximaleinsatz bei etwa 80.000 Schilling ein. Und heute war nun das offensichtlich Unmögliche passiert. Ein junger, blonder Bursche hatte sich an dem für die Wette definierten Sprungpunkt eingefunden. Niemand kannte ihn näher, er war keiner aus dem Viertel. Ein Schiedsrichter stellte sicher, dass die geltenden Regeln verstanden worden waren und gab schließlich das Startsignal. Es folgte der Sprung in den Mühlgang. Bis zu diesem Moment schien nichts ungewöhnlich zu sein. Nach wenigen Augenblicken war allen Schaulustigen klar, dass nun Geschichte geschrieben würde. Nie zuvor hatte jemand derart mächtigen Vortrieb erzeugen können. Mit beeindruckenden Beinschlägen und kräftigen Armzügen kraulte der Schwimmer den Mühlgang aufwärts. Er hatte 40, vielleicht 50 Meter zurückzulegen. Wenige Meter vor dem Ziel sah es kurz so aus, als würde ihm die Kraft ausgehen. Schließlich schlug er doch mit der Hand an der Brücke ab. Die Mühlgang-Wette war gestorben.

„Sie sagen, es war ein Wasserballer aus Eggenberg. Heute lecken sich einige ihre Wunden." Der leere Blick von Heli lässt vermuten, dass vor seinem geistigen Auge gerade nochmals die beeindruckende Schwimmszene abläuft. Auch wenn diese Erfahrung für so manchen bitter war, sollte sie der allgemeinen Wettbegeisterung und dem Einfallsreichtum der Szene in diesen Belangen nicht nachhaltig abträglich sein.

13 LEO, DER BOXER

„Grüß euch, meine Herren!" Mit festem Schritt betritt Leo kurz vor Sperrstunde das Sitsch und freut sich, Bekannte anzutreffen.

„Leo, alte Seegurke!", begrüßt ihn die Runde.

Der äußerst talentierte junge Boxer beeindruckte vor allem durch seine Nehmerqualitäten, aber auch durch seine unglaubliche Niederschlagskraft. Er war in jungen Jahren vom Land, wo er aufgewachsen war, nach Graz gezogen. Naiv und unverdorben anfänglich. Sein großes, gutes Herz öffnete ihm rasch die Türen in die eingeschworene Runde. Während er mit unvergleichlicher Beharrlichkeit an seiner sportlichen Karriere feilte, verdiente er sich seinen Unterhalt als Maurer für eine Fensterfirma. Der tägliche Kontakt mit Häfenbrüdern und Strizzis[*] beim Training ließ seine Naivität bald weichen. Wenn man seine Entwicklung von außen beobachtete, hatte man den Eindruck, er wäre von der Volksschule – nein, eher vom Kindergarten – direkt auf die Universität geschickt worden. Er lernte rasch, bald waren ihm kein Vokabel und kein Trick mehr fremd. Speziell die vielen kleinen psychologischen Interventionen, derer sich Zuhälter im Alltag bedienen, hatten es ihm angetan. Obwohl ich es nicht beweisen kann, so vermute ich doch, dass gerade dieser Teil der beschriebenen Weiterentwicklung ihm letztendlich den Aufstieg vom Maurer zum Fensterverkäufer ermöglichte. Der Karrieresprung war aufgrund des nun integrierten erfolgsorientierten Gehaltsanteils mit einer Verdoppelung bis Verdreifachung seines monatlichen Salärs verbunden. Er verdiente in Dimensionen, die er sich vor Kurzem noch nicht einmal zu erträumen gewagt hätte. Entsprechend entspannt und sorgenfrei war sein Leben.

Leo liebte das rote Licht. Als gutem Kommunikator, der gleichzeitig über das notwendige Fachwissen für den Fenstereinbau verfügte, ging ihm das Verkaufen der Produkte leicht von der Hand. Da er leistungsorientiert entlohnt wurde, reduzierte sich sein täglicher Zeitaufwand für den Broterwerb rasch auf ein Minimum. Schon bald verbrachte er seine Nächte hauptsächlich im Milieu und erlernte sein späteres Handwerk auf die intensivste, ursprünglichste Art des Lernens: durch „Nachäffen". Wie schon der Begriff erahnen lässt, beschreibt diese Lernstrategie das Verhalten eines Affenbabys, das seinen Eltern auf die Finger schaut und jedes noch so kleine Detail imitiert. Dabei saugt es Wissen in Höchstgeschwindigkeit auf. Die Eigenschaft, sich nie zufrieden zu geben und immer höher hinaus zu wollen, machte Leo zu einem Musterschüler. Der nächste Entwicklungsschritt vom Fensterverkäufer zum Zuhälter erstaunte daher niemanden. An diesem Punkt seiner beruflichen Laufbahn konnte er auf ein Puff in der Obersteiermark sowie fünf Top-Pferderl in der Hacke verweisen. Auch ihn verband eine tiefe Freundschaft mit dem Langen.

„Was gibt's Neues, alte Hummel?", will man von ihm wissen.

„Ich hab schon lang aufgehört mitzuzählen, wie oft ich meinen Eseln gesagt hab, sie sollen den Langen nicht ankobern", poltert Leo los. „Heute kommt er um 9 ins Lokal, vor 12 oder 1 Uhr ist bei mir nix los. Die depperten Huren haben sich für besonders schlau und witzig gehalten und den Langen dann natürlich wieder um ein Flascherl gefragt. Eigentlich wollte er mich besuchen kommen, ich war aber gerade nicht da. Wir haben grundsätzlich ausgemacht, dass wir nicht jedes Mal, wenn der eine zum anderen in die Hütte kommt, Flascherl zahlen. Denn in Wahrheit hat das alles keinen Sinn. Das Ergebnis am Ende des Tages ist ja nur, dass ich ihm mein Geld rübertrage und er trägt es mir dann wieder zurück. Gleichzeitig sind die Weiber danach jedes Mal so angesoffen, dass sie, wenn die richtigen Flascherl-Gäste kommen, keine Kraft mehr haben. Ja, und meine Elche haben die nobelpreisverdächtige Idee gehabt, den Langen entgegen meiner Weisung doch zu fragen. Woraufhin er gesagt hat: ‚Selbstverständlich kriegt ihr etwas zu trinken! Ich zahl euch sogar so viele Flascherln, bis mir das Geld ausgeht.' Da haben sie dann vor lauter Freude die Welle gemacht, die schlauen Damen. Aber wer den Langen kennt, der weiß, dass an solche Geschäfte immer eine Bedingung geknüpft ist; dass so ein Angebot in aller Regel einen Pferdefuß hat. Der Nachsatz war nämlich: ‚Unter einer Bedingung: Es wird nix gesprudelt, es wird nix geschüttet und solange ich euch flaschenweise den Sekt herstelle, verlässt niemand den Raum. Sobald eine von euch hinausgeht oder ihr nicht mehr trinken könnt, müsst ihr eure Zeche selbst bezahlen.'"

Auch wenn die Anweisungen des Langen eindeutig waren, hatten die Mädchen diese in ihrer ersten Euphorie ähnlich nachlässig behandelt wie jemand, der einen Vertrag unterzeichnet und dabei das Kleingedruckte nicht liest. So zog der Lange eine Rolle mit Geldscheinen nach der anderen aus der Tasche und bezahlte Flasche um Flasche. Kaum wurde eine Sektflasche im Kübel auf den Kopf gestellt und damit signalisiert, dass sie geleert war, winkte er die Kellnerin mit dem Nachschub herbei. Nach etwa einer Stunde hüpft das erste Mädchen vom Barhocker mit dem Plan, die Toilette aufzusuchen.

„Wo gehen wir denn hin, Madame?", will der Lange wissen.

„Lulu*", kommt es kichernd zurück.

„Sag einmal, hast du Alzheimer oder was?"

„Wieso?"

„Weil wir ausgemacht haben, dass niemand den Raum verlässt, bevor mir das Geld ausgeht."

„Aber ich muss dringend …", fleht sie.

„Also, wenn ich mich darum auch noch zu kümmern anfange, werde ich nie mehr fertig. Jeder ist selbst seines Glückes Schmied!"

Die Konditionen waren eindeutig. Kleinlaut setzte sich die Prostituierte wieder auf den Barhocker zurück, während die Kellnerin bereits mit der nächsten vollen Flasche antrabte. Neben den prall gefüllten Blasen hatten die Mädchen zu diesem Zeitpunkt mit weiteren Herausforderungen zu kämpfen. So war ihnen, wie schon erwähnt, auch das Sprudeln nicht gestattet. Entsprechend rasch entfaltete der Schlumbi seine Wirkung und lähmte ihre Gehirne. Was zu Beginn lustig war, wurde rasch zur Qual.

„Bitte, bitte, ich muss raus!"

„Selbstverständlich, geh nur!"

Erleichtert stellte sich die Hure auf ihre wackeligen Beine. Just in dem Augenblick, als sie sich in Bewegung setzen wollte, fügte der Lange hinzu: „Das wird heute offensichtlich ein günstiger Abend für mich. In diesem Fall bezahlt ihr natürlich die Rechnung selbst."

Fein säuberlich sortiert standen die leeren Sektflaschen auf der Theke. Es war zu beobachten, dass die Mädchen ihre Blicke rasch über die lange Reihe der Leergebinde schweifen ließen und überschlagsmäßig die Kosten, die auf sie zukommen würden, kalkulierten. Das Ergebnis dieser groben Berechnung motivierte sie schließlich dazu, doch noch durchzuhalten. Der Lange orderte und orderte und orderte … Als Leo etwa vier Stunden später in seine Bar kommt, haben einige der Mädchen ihre Blasen auf dem Barhocker sitzend, mitten im Lokal entleert. Andere, die sich ihres Schamgefühls nicht erwehren konnten, waren – als sie bemerkten, dass sie nicht länger in der Lage waren, ihre Schließmuskeln zu kontrollieren – nach draußen auf die Toilette gerannt. Der Lange war Sieger dieser Begegnung. In kurzen Worten erklärte er seinem Mitbewerber den Sachverhalt und verließ das Puff. Leo hatte die Bescherung nun in mehrfacher Hinsicht zu verkraften. Der versaute Gastraum musste gereinigt werden. Die gesamte Mannschaft war so sturzbetrunken, dass er, noch bevor die ersten Gäste ins Lokal trudelten, für diesen Abend geschlossen hielt. So hatten die Mädchen die konsumierten Flaschen Sekt zu entgelten und Leo trotzdem den Geschäftsentgang zu verkraften. Der Lange wurde danach nie wieder um eine Flasche Sekt gefragt. Ein Jugendlokal im Grazer Univiertel führte zwei Jahrzehnte später jeden Mittwoch eine Veranstaltung mit dem Titel „Pinkel-Party" ein. Die Getränke sind an diesem Abend so lange gratis, bis der erste Gast die Toilette aufsuchen muss. Ob der Lange mit der soeben erzählten Begebenheit den Impuls für dieses Veranstaltungskonzept gegeben hat, kann vom Autor nicht nachvollzogen werden.

„Ich hätte Fenster-Verkäufer bleiben sollen!", schließt Leo seine Erzählung. Dann räuspert er sich wie ein Tenor in der Arena von Verona und singt: „Mein patschertes Leben …" Dieser autobiografisch gefärbte Schlager des ehemaligen österreichischen Box-Europameisters Hans Orsolics hatte es ihm angetan. Der durch den Alkoholismus schwerst gezeichnete Orsolics war insgesamt 14 Mal im Schmalz. Ein Kaffee-Hersteller wollte ihm angeblich einmal für einen Werbespot 300.000 Schilling zahlen. Obwohl zu dieser Zeit bereits völlig mittellos, ließ er den Termin sausen, weil er zu betrunken war. Leos Zuhörer fanden die Titel-Wahl gelungen und lauschten andächtig.

Kaum hatte er seinen inbrünstigen Gesang beendet, kam eine seiner Huren bei der Tür herein.
„Leo, ich hab solche Sehnsucht nach dir!"
„Das kann ich verstehen! Ich kenne einige, denen es so geht!"
„Kann ich heute bei dir schlafen?"
„Du weißt genau, dass das unmöglich ist."
„Warum?"
„Weil immer nur diejenige bei mir schlafen darf, die sich am meisten bemüht."

Leo hatte das leistungsorientierte System, das er selbst als Fensterverkäufer kennengelernt hatte, auf sein neues Geschäftsmodell übertragen. Bei ihm durfte immer jenes Mädchen übernachten, das am Ende der Woche am meisten Geld ablieferte.

„Schau, du bist in der Rangliste momentan auf Platz Nr. 3. Wenn ich dich heute mitnehme, dann ist die Nr. 1 zu Recht beleidigt, weil ich die Vereinbarung, die wir alle getroffen haben, breche. Sie war nämlich die ganze Woche sehr brav. Und dann heißt es sofort, mein Wort ist nichts wert! So etwas spricht sich in Windeseile herum, das weißt du ja selbst. Jetzt frag ich dich: Hast du schon einmal erlebt, dass ich mich nicht an mein Wort halte?"

„Nein", antwortet sie kleinlaut.

„Hab ich dir gegenüber schon einmal etwas nicht erfüllt, was ich dir versprochen habe?"

„Nein."

„Hab ich dir schon einmal nicht die Mauer gemacht, wenn du in Bedrängnis warst – durch einen psychopathischen Gockel, der mit einer scharfen Klinge herumfuchtelt, oder irgendeinen dahergelaufenen Strolch mit einer geladenen Kanone in der Hand?"

„Nein."

„Na eben, was fragst du dann? Es ist doch eh alles so einfach. Bemüh dich! Die Hoffnung stirbt zuletzt. Die Karten werden jede Woche neu gemischt. Wenn du nächstes Mal die Nr. 1 bist, schläfst du bei mir." Damit war gesagt, was es zu sagen gab.

Während ich noch damit beschäftigt war, alle Facetten dieses Dialoges zu verarbeiten, verdunkelte sich der ohnedies spärlich beleuchtete Eingang. Martin, ein 1,98 Meter großer und 130 kg schwerer Laufhausbetreiber hatte im Zuge seiner nächtlichen Tour ins Tanzcafé gefunden. Auch sein Name klang – mit französischem Akzent gesprochen – sehr gefällig: „Martöööh". Für die Glatze hatte er sich schon vor mehr als 20 Jahren entschieden – zu einer Zeit, als wir im selben Kickbox-Verein trainierten. Sein Gang erinnerte mich unwillkürlich an Balu, den Bären aus dem Dschungelbuch, dem er übrigens auch, was den Humor betraf, um nichts nachstand.

„Da schau her, alles vertreten, was Rang und Namen hat!", gesellt er sich zu den Anwesenden.

„Ja, Martööööh! Alles im grünen Bereich?", wird mit einer unbeschwert-ober-flächlichen Floskel das Gespräch eingeleitet.

„Aber geh! Nur Bröseln! Am Nachmittag haben drei rabiate Schnapsnasen im Laufhaus eine Tür eingetreten und danach die Mädchen drangsaliert*. Ich versuche die Geschichten eh immer gütlich zu klären, weil ich froh bin, wenn es keinen Ärger gibt. Mein freundliches Ersuchen, sie sollen sich doch beru-higen, wurde nicht nur ignoriert, nein, sie sind zu allem Überfluss auch noch zu dritt auf mich losgegangen, die Wabbler. Ich wollte ihnen nicht weh tun und hab deshalb auf meine Spezialität, die gesunde steirische Hauswatschn* zurückgegriffen. Wenn ich den Randalierern mit meinen Pratzen auf die Lauschlappen* hau, torkeln sie immer herum wie angesoffene Steinpiperl*. Während ich mit den ersten beiden beschäftigt war, wollte mir der Dritte in die Flanke fahren. Ich geb ihm einen Haken und bleib zu allem Überfluss so blöd bei seiner Nase hängen, dass mir die Rolex davonfliegt. Jetzt hat sich das schöne Uhrband auch noch aufgelöst. Ich habe mich von dem Schock noch nicht erholt, rudern die nächsten drei Experten um die Ecke. Offensichtlich Freunde der Schnapsnasen. In diesem Fall Kartoffelnasen. Ja, und den Kartof-felnasen sind dann plötzlich zwei Feitel* aufgesprungen. Da wär ich in dem engen Gang chancenlos gewesen. In meiner Not greif ich nach dem Feuer-löscher, der neben mir an der Wand befestigt ist ... so ein CO_2-Löscher, der dem Feuer den Sauerstoff entzieht. Den hab ich dann auf die Kartoffelnasen leer gesprüht. Ich hab mir erst gedacht, den Löscher kann ich später auch gut gegen die Messer verwenden. Das war aber nicht notwendig – sie haben sich anfänglich mit dem Atmen ein bisserl schwer getan, dann sind sie bewusstlos geworden und schließlich auf dem Rücken gelegen wie die Käfer."

„Eine echte Glücksssträhne, also", ergänzt Leo.

„Genau! Wenn's rennt, dann rennt's! Am Abend hat zu guter Letzt noch Fredsch angerufen. Zwischendurch übernimmt der Fredl ja für die Hütte vom Uhrmacher die Geschäftsführung. Er hat berichtet, dass im Lokal vier Bauernbuben auf die Mädchen losgegangen sind. Wir sind gerade nett zu-sammengesessen und wären deswegen nicht losgefahren – so etwas erledigt der Fredl alleine. Als er uns dann aber erzählt hat, dass die Unruhestifter über sein Leiberl* gelacht haben, sind wir ausgerückt wie die freiwillige Feuerwehr. Der Uhrmacher ist ins Lokal gestürmt und hat gleich den ersten gewürgt. Das macht er immer so. Der Gockel hat mit letzter Kraft gehaucht: „Ich gehöre nicht dazu." Erwischt der Uhrmacher doch glatt den Falschen. Na ja, beim zweiten Anlauf hat es aber dann funktioniert."

„Und?"

„Das Übliche halt: Ich hab den Hauptakteur knien und ein Entschuldigungs-gedicht aufsagen lassen. Dann musste er noch mit einem Spitz* diszipliniert werden, weil er mir auf meine neuen Schuhe geblutet hat. Schließlich haben wir ihn dazu verdonnert, mit dem Mädchen, das er besonders gequält hat, strafweise ins Zimmer zu gehen. Eine Flasche Champagner inklusive – als kleine Wiedergutmachung. Sie hat nachher erzählt, dass er aufgeregt war wie ein Taferlklassler* und keinen mehr hochgebracht hat."

„Ich will mein Geld zurück!", unterbricht ein erboster Gockel jäh Martöhhhs Berichterstattung.

„Was ist denn jetzt schon wieder?", wird Gertschi dienstlich. „Was hat sie denn falsch gemacht?"

„Gar nichts. Aber die Wände sind so dünn, dass ich die beiden nebenan immer stöhnen, quietschen und schnaufen höre, da kann ich mich einfach nicht konzentrieren."

Dieses Argument war zwar gänzlich neu, zählte aber nicht zur Klasse der Geld-zurück-Argumente. Dem Gast wird keinerlei weitere Beachtung ge-schenkt, was er eigenartigerweise kommentarlos akzeptiert.

„Michl, ich hab im Laufhaus jetzt eine geile Aktion!", fährt Martin fort. „Schnäppchen des Tages."

„Was ist denn das schon wieder?"

„Ja, echt! Jeden Tag ist eine andere Alte ‚Schnäppchen des Tages'. Da kann man zu einem absoluten Kampfpreis für eine halbe Stunde einbiegen! Eine super Werbung für die Bude und die Weiber machen auch richtig gutes Ge-schäft. Am Anfang haben die Mädels gestrampft*, keine wollte Schnäppchen sein. Dann haben sie gesehen, dass das Schnäppchen immer den ganzen Tag ausgebucht ist und eine Kabine noch der anderen macht. Jetzt stellen sie sich schon in Zweier-Reihen vor dem Büro an und wollen wissen, wann sie end-lich Schnäppchen sein dürfen. Es gibt praktisch schon eine Warteliste. Da hast einen Gutschein – das musst du unbedingt ausprobieren."

„Danke!"

14 DIE GESCHICHTE MIT DER MAUS

Freitagnachmittag.

„Haaaaa uaaaaaa uaaaaaa!"

„Ja?"

„Hallo Michl, ich muss dringend mit dir reden, kannst du vorbeikommen?"

„Jetzt gleich?"

Ein Thema, das er nicht am Telefon besprechen will, also. Das kommt öfters vor, aber dass es gleich sein muss, ist eher selten. Es hat nicht so geklungen, als wäre Fredsch sehr aufgeregt. Hmmm, ungewöhnlich! Er schafft es einfach immer wieder, mich neugierig zu machen. Ich schwinge mich aufs Rad, wenige Augenblicke später läute ich an der Haustür. Als mich der Aufzug im 10. Stock ausspuckt, ist die Wohnungstüre bereits geöffnet. Ich marschiere ein und bücke mich, um die Schuhe auszuziehen. Fred begrüßt mich wie immer mit „Lass an!" Ich antworte wie immer mit „Nein, das mag ich bei mir zu Hause auch nicht." Dieser Dialog läuft mittlerweile automatisiert ab, ist fast schon eine Art Begrüßungsritual. Ich mustere ihn neugierig. Seine Augen leuchten, die Gesichtszüge sind entspannt. Es scheint keine Gefahr im Verzug zu sein. „Komm mit, ich muss dir was zeigen." Insgeheim tippe ich auf eine neue Pflanze, mit der man sich in eine andere Dimension schießen kann, während ich artig hinter ihm hertrotte. Fred führt mich zum Aquarium. „Bitte schau dir einmal das an!" Keine Ahnung, was er von mir will. Die Piranhas stehen wie immer in Reih und Glied. Der Stärkste, der irgendwann bei einem seiner Rangordnungskämpfe ein Auge verloren hat, beansprucht für sich den besten Platz direkt an der Umwälzpumpe. Die anderen Tiere richten sich dahinter in dem riesigen Becken, das 500 Liter fasst, streng gemäß ihrer Position in der Gruppe aus. „Langweilige, hässliche Fische", denke ich mir. Anders als die bunten karibischen Barsche, die Fredsch vorher im Becken hatte, sind die Piranhas echte Langweiler. Sie stehen fast den ganzen Tag regungslos auf demselben Platz und glotzen grimmig. Ich für meinen Teil fand ja früher den eifrigen Putzerfisch am allerlustigsten. Ich konnte ihn stundenlang dabei beobachten, wie er mit seinen ausgestülpten Lippen über das Glas rutschte. Wir verbrachten damals viel Zeit vor dem riesigen Aquarium und Fredsch war in der Lage über jeden seiner Fische eine Geschichte zu erzählen. Er kannte die Ausmaße der jeweiligen Reviere, die Eifersüchteleien, wusste, wer mit wem etwas hatte und natürlich, welches Weibchen gerade trächtig war.

„Was stimmt nicht?", frage ich. „Die sind hässlich wie immer und glotzen wie immer." Fredsch weist mit einem Kopfnicken auf den Beckenrand. Erst jetzt fällt mir eine kleine, nasse, braune Maus auf, die sich auf selbigem sitzend possierlich ihr Fell putzt.

„Was macht denn die da?"

„Ich zeig dir was", entgegnet er und schubst den kleinen Nager ins Piranha-Becken. Der Mäuserich paddelt quer durch das riesige Aquarium, während die großen, dämlichen Fische unbeeindruckt nach vorne glotzen und ihn ignorieren. Schließlich klettert das patschnasse Tierchen auf den Beckenrand, schüttelt sein Fell aus und beginnt sich wieder zu putzen. „Und?" Ich verstehe den tieferen Hintergrund der Präsentation nicht. Fredsch wird ob meiner Begriffsstutzigkeit ungeduldig und beeilt sich zu erklären: „Ich hab vor einer Stunde in der Tierhandlung an der Ecke diese Maus um 5 Schilling gekauft und wollte zusehen, wie die Piranhas jagen. Sie schwimmt jetzt schon das 15. Mal quer durchs Becken und die fetten Idioten bewegen sich keinen Millimeter. Sind sie krank, oder was? Was mach ich jetzt mit der nassen Maus? Soll ich sie föhnen und zurückbringen? Ich hab das gerade vorher versucht. Sie wird ganz flauschig. Was soll ich sagen, wenn man mich fragt, was ich mit ihr gemacht habe …" Spannung fällt von mir ab. Mit den Worten „Wenn die Piranhas kein Blut riechen, tun sie gar nix" wende ich mich vom Aquarium ab, steuere Richtung Sitzgarnitur und lasse mich in diese fallen. Zu meinem Erstaunen stelle ich fest, dass Fredsch weg ist. Er klappert und rasselt bereits in der Küche. „Fredsch?" „Momehhhent, komme gleich." Wenige Augenblicke später kehrt er mit einem Stanley-Messer bewaffnet zurück. Noch ehe ich reagieren kann, hat er den kleinen Mäuserich vom Beckenrand gehoben, ihn mit dem Messer ins Bein geritzt und wieder abgesetzt. Während das Tierchen noch nicht recht orientiert zu sein scheint, schnippt er es mit dem Mittelfinger in das Becken. 2-3 Schwimmbewegungen zähle ich noch, dann kocht das Wasser kurz auf, als hätte es jemand auf magische Weise in einem Sekundenbruchteil erhitzt. Einen Atemzug später steht jeder Piranha wieder auf seinem Platz, als wäre das immer so gewesen und glotzt dämlich. Von der Maus ist weit und breit nichts mehr zu sehen, nicht einmal ein Stück Fell. Während ich noch dabei bin, die Eindrücke zu ordnen und wie versteinert ins Becken starre, grunzt Fredsch zufrieden und wendet sich ab.

15 SIAM

„Bist du deppert, geht mir das diesige Wetter auf die Eier[*]. Können wir nicht irgendwo hinzischen?", macht Gertschi seiner Herbst-Depression Luft.

„Wohin zum Beispiel?", wird Fredsch von Neugier getrieben.

„Siam wär leiwand[*]! Fein essen, blödeln, ein bisserl Kultur, Sonne, Weiber und Shopping!"

„Dann müssen wir uns halt um einen Flug kümmern."

„Schmarrn! Wir fahren heute Nacht nach Wien raus, um 23.00 Uhr geht der nächste Flieger. Vielleicht nimmt uns der Niki[*] mit."

Gesagt, getan! Eine kleine Gruppe Schnellentschlossener, bestehend aus Gertschi, Fredsch und meiner Wenigkeit, sitzt etwa eine Stunde später, bewaffnet mit jeweils einer Zahnbürste, Zahnpasta und Reisepass im Automobil. Mehr braucht man für Thailand nicht, alles Nötige kann man vor Ort günstig kaufen. Ich habe Klaus, einen Freund, der seit vielen Jahren in München lebt und seinen Unterhalt als Architekt verdient, von unserem Vorhaben informiert. Wir wollen innerhalb der nächsten 30 Stunden in Bangkok miteinander verschmelzen.

Knappe 40 Stunden später haben freundliche Mekong-Moleküle bei einer Außentemperatur von entspannten 35 Grad Celsius und einer Luftfeuchtigkeit von um die 85 % in unendlicher Zahl den Weg über die Magenschleimhaut in die Blutbahn und von dort weiter in unsere Gehirne gefunden. Keiner von uns kann sagen, was sie da genau anstellen, aber es fühlt sich irgendwie watteartig an. Von Zeit zu Zeit haben wir den Eindruck, der dichte Grazer Novembernebel sei als blinder Passagier in unseren Köpfen mitgereist. Mekong ist ein milder Sherry-artig schmeckender Thai-Whiskey, der mit beeindruckender Vehemenz ins Gehirn zischt.

„Tequila-Girl" lese ich auf dem T-Shirt einer hübschen Asiatin. Pop-Musik dröhnt in unseren Ohren und an ungefähr 30 Stangen tanzen Gogo-Girls, die Plaketten mit Nummern an ihren BHs tragen. Dass in Siam auch Halloween gefeiert wird, war uns bis zu diesem Zeitpunkt unbekannt. Ich hatte mit Klaus ungefähr fünf Monate zuvor in Merida, einer Universitätsstadt in den Anden, einen Zwischenstopp eingelegt und bei dieser Gelegenheit auch ein „Tequila-Girl" kennengelernt. Während ich damit beschäftigt bin, die einlangenden

Informationen zu verarbeiten, meint Klaus: „Im Nachmachen sind sie Welt-meister, die Thai! Aber so eine schlechte Kopie hab ich noch nie gesehen!"

Er hatte recht. Das venezolanische Tequila-Girl damals war eine ausgespro-chen hübsche Studentin mit makelloser Figur und beeindruckender Ober-weite. In den Patronengurten des als Cowgirl verkleideten Mädchens steckten Gläser, in den beiden Pistolenhalftern war jeweils eine Flasche Tequila und eine Flasche Seven-up verstaut. Der tief dekolletierte Kuhfell-BH brachte ihre prallen Brüste entsprechend zur Geltung. Außer einem String-Tanga trug sie noch lederne Cowboy-Reiterhosen, die im Schritt offen waren. Einen US-Dol-lar sollte der Spezial-Tequila in der von jungen Venezolanern und wenigen Touristen bevölkerten Disco kosten. Neugierig beobachteten wir das Treiben. In Zweierreihen stellten sich Männer bei dem Mädchen an und lieferten in rauen Mengen Geldscheine ab.

Nach dem Inkasso passierte Folgendes: Das Tequila-Girl mixte aus Seven-up und Tequila einen sogenannten „Tequila Bang Bang". Sie deckte das Glas mit einem Bierdeckel zu, schlug es mit dem Boden auf die Theke, was zur Folge hatte, dass das Seven-up explosionsartig aufschäumte. Der Gast beeilte sich, das Glas so rasch wie möglich zu leeren. Kaum hatte er den letzten Trop-fen geschluckt, wurde er vom Tequila-Girl sanft am Hinterkopf ergriffen und mit dem Gesicht zwischen ihre Brüste, die Michelangelo nicht besser meißeln hätte können, geschoben. Diese schlug sie ihm dann in hoher Frequenz links und rechts ins Gesicht. Mit verzückten Mienen drehten sich die Männer nach dieser Behandlung um, zogen einen weiteren Dollar aus der Tasche und stell-ten sich artig wieder ganz hinten in der Reihe an. Das Geschäftsmodell des Mädchens schien äußerst valide zu sein. Ein kurzer Blickkontakt zwischen Klaus und mir reichte aus, um klarzustellen, dass wir uns einig waren. Weni-ge Augenblicke später warteten auch wir geduldig in der langen Reihe. „Sozi-ale Bewährtheit" nennt man die psychologische Dynamik, die uns überzeugt hatte. Wenn Menschen sehen, dass andere in ihrer Umgebung etwas tun, was ihnen offensichtlich gut tut, neigen sie dazu, es nachzumachen. Das Warten gestaltete sich kurzweilig und bald war ich dran. Es folgte das Prozedere, das ich nun schon viele Male beobachtet hatte, die Mischung der Komponenten, das Abdecken des Glases, das Aufschlagen auf der Theke, ich beeilte mich, den aufschäumenden Cocktail möglichst rasch zu trinken. Die mit Alkohol vermischte Kohlensäure explodierte in meinem Schädel und vermittelte das Gefühl, als säße ich in einem Gefährt – eine Achterbahn und Raumschiff Enterprise verschmolzen zu einem Prototypen – das gerade auf Warp-Antrieb umschaltet. Orientierungslos fühlte ich eine Hand an meinem Hinterkopf, die mich sanft nach vorne zog. Ich hatte mich ergeben. Angenehm süßes Parfum stieg mir in die Nase und betäubte mein Reptiliengehirn zusätzlich. Weiche Haut rieb an meinem Gesicht, ich versank zwischen den beiden warmen Hügeln und gab an diesem Punkt die Kontrolle vollständig ab. Alles drehte sich, Zeit und Raum waren Illusion geworden. Später – keine Ahnung, wann genau – wurde ich liebevoll umgedreht und mit einem Klaps auf den Hintern wie ein Volksschüler weggeschickt. Noch während ich versuchte, meine Gedanken zu ordnen, zog ich vollautomatisch einen Dollar aus der Tasche. Danach stellte ich mich – als wäre es die selbstverständlichste Reaktion der Welt – wieder artig am Ende der Reihe an.

Nun, einige Monate später und in einem anderen Breitengrad, sollte uns also das Tequila-Girl wiederbegegnen. Ein Detail störte Klaus und mich allerdings vom ersten Moment der Begegnung an. Im Gegensatz zur Venezolanerin, die schätzungsweise in die Kategorie „Körbchengröße D" einzuordnen war, musste man davon ausgehen, dass die Körbchengröße für das thailändische Tequila-Girl noch nicht erfunden war. Das eng anliegende T-Shirt wies nicht einmal auf die Existenz von Bienenstichen hin. Würden BH-Produzenten von Frauen dieses Typs leben müssen, hätte das mit absoluter Sicherheit den Untergang einer ganzen Industrie zur Folge.

Nachdem Fredsch und Gertschi in die Situation eingeweiht worden waren, meint Letzterer, an dessen Frisur deutlich zu erkennen ist, dass der Mekong sein System in der Zwischenzeit auf Autopilot geschaltet hatte: „Gebt ihr halt eine Chance! Ich weiß nicht, ihr seid immer so negativ!"

„Warum eigentlich nicht?", denke ich mir und winke das Mädchen mit dem sympathischen Lächeln näher. Gertschi sollte recht behalten. Das thailändische Tequila-Girl war nicht einfach eine hirnlose Kopie der venezolanischen Variante. Ich werde angewiesen, mir meine Favoritin aus den Gogo-Girls, die sich wie Schlangen an den Stangen räkelten, auszusuchen. Nr. 17

ist genau meine Kragenweite. „Number seventeeen, number seventeeen, please!", kräht der verantwortliche thailändische Moderator in Abendgarderobe ins Mikrofon. Er ist so eine Art Manager hier. Mein Blick sucht nach der Mama-san, die in Etablissements dieser Art klassischerweise die Fäden zieht. Während ich eine gemütliche, dicke Thailänderin als solche identifiziere, beeilt sich number seventeeen auf dem Weg zu mir. „Topless please*", ordnet der Manager an, nachdem sie sich zu meiner Rechten eingebremst hat. Sie legt ab, ihre Bombenfigur lässt ein Raunen durch die Menge gehen. Nun tritt das Tequila-Girl in Aktion. Die Kleine reibt die Brustwarzen von seventeen mit Orangenspalten ein und streut schließlich noch eine Brise Zimt darüber. Dann wird mir ein mit Tequila gefülltes Glas in die Hand gedrückt. Aufmunternd nickt mir die Schönheit zu. Gertschi, Fredsch und Klaus grinsen ob der unerwarteten Wendung. Ich schmunzle. „Du bist eingeladen", gebe ich dem Tequila-Girl zu verstehen. „Diese Runde geht auf mich." Ihre Augen spiegeln blankes Unverständnis wieder. Obwohl ihr klar ist, was ich gemeint habe, hat sie Schwierigkeiten, mit der neuen Situation zurechtzukommen. Nach wenigen Schrecksekunden lehnt sie meine Einladung entschieden ab. Mama-san hat alles aus der Ferne neugierig beobachtet … so, wie die Mädchen an den restlichen 29 Stangen. „Das ist unhöflich", moniere ich, winke Mama-san herbei und hole freundlich die Erlaubnis ein. Nun stehen wir also da. Mama-san hat an unserem Tisch Platz genommen und wird freundlich mit einem Mekong begrüßt. Das Tequila-Girl stülpt seine Lippen über seventeens Nippel, die sich schon beim Einreiben mit Orangenspalten versteift haben, leckt die Mischung aus Orangensaft und Zimt gewissenhaft ab, um danach den Tequila hinunterzustürzen. Die ganze Bar applaudiert ausgelassen, von den Tanzstangen ist aufgeregtes Gackern und Kichern zu vernehmen.

„Eleven, eleven!", schreit Klaus. „Number eleven please, number eeeeleven!" Nachdem auch für eleven alle Vorbereitungen getroffen worden sind, gibt sich Klaus gegenüber dem Tequila-Girl ebenfalls spendabel. Die anfängliche Scheu ist ausgelassenem Lachen gewichen und das Tequila-Girl scheint an der neuen Variante Gefallen gefunden zu haben. Fredsch und Gertschi folgen dem Beispiel ebenfalls, dann machen es uns die anderen männlichen Gäste aus aller Herren Länder gleich. 20 Runden später zeigt das Tequila-Girl verlängerte Reaktionszeiten und murmelt jedes Mal, wenn es an mir vorbeiwankt: „You

… you … you …"

Wir waren in der Zwischenzeit auch nicht untätig gewesen und hatten unsere Schluckgeschwindigkeit deutlich erhöht. Hinter Gertschi schleicht sich ein Mädchen an, das eine furchterregende Frankenstein-Silikon-Maske – sogar mit Schrauben durch Hals und Schläfen – als Verkleidung gewählt hat. Sie deutet mir, sie nicht zu verraten. Nachdem Fräulein Frankenstein nahe genug gekommen ist, klopft sie dem Grazer Puff-Betreiber auf die Schulter. Als sich dieser langsam umdreht, tritt sie blitzschnell mit der grauenhaften Maske an sein Gesicht heran und schreit: „HUUUAAAAAAAAAAAAAA!" Gertschi verzieht keine Miene. Er zuckt weder zusammen, noch bewegt er die Augenbrauen oder blinzelt. Unverständnis macht sich breit. Enttäuscht zieht das zierliche Mädchen seine Maske vom Kopf. In diesem Moment reagiert Gertschi mit einem erschrockenen „Huuuuuhhhh!". Wir verfallen auf unseren Barhockern … ich habe Schwierigkeiten, Luft zu holen, Tränen laufen mir über die Wangen. Es scheint eine Ewigkeit zu vergehen, bis wir uns wieder eingerenkt haben.

„Alei na?", frage ich erstaunt eine hübsche Tänzerin, die neben mir Platz genommen hat. Mein Thai ist zwar holprig, aber ich habe mir angewöhnt, zumindest die Grundlagen der Sprache eines Landes zu lernen, für das ich mich interessiere. Meine Frage bedeutete: „Was ist los?" und ich deute auf ihr ausgeprägtes Veilchen. Sie sieht aus, als hätte sie gerade einen Thai-Boxkampf beendet. Ich vermute, dass sie von einem Gockel eine abgeräumt haben könnte. Nicht wenige Sextouristen sind rabiate Idioten.

„Gimmifei-accident!", antwortet sie.
„Alei?"
„Gimmifei-accident!", wird die erste Aussage mit eifrigem Nicken bekräftigt.

Als ihr klar wird, dass ich mit dieser Erklärung gar nichts anfangen kann, demonstriert sie, was ihr zugestoßen war, indem sie ihre rechte Hand hebt und laut „Gimmiiiiiifeiiiii!" ruft.

Der ganze Tisch verstummt für einen Augenblick. Dann brüllen wir los. Sie hatte mit ihrer Freundin wahrscheinlich in einem Zustand jenseits der Zwei-

Promille-Grenze „gimme five" gerufen. Die Hände waren statt – wie geplant – aufeinander im jeweils anderen Gesicht gelandet und hatten zu einem Veilchen in gewaltiger Ausprägung geführt. Die Kleine lächelt.

„Was denkst du gerade?", will Fredsch wissen, nachdem er offensichtlich bemerkt hat, wie mein Blick nachdenklich zu den Stangen wandert, an denen die Mädchen tanzen.

„Eigenartig! Alles, was du da gerade siehst – das ganze, schrille und bunte Theater – das ist der Thailänder in Wahrheit nicht."

„Ah so? Wieso machen sie das dann?"

„Die Thai sind gastfreundliche, nette und äußerst religiöse Menschen, eher schüchtern, eigentlich. Ich bin monatelang durch das ganze Land gereist, hab dabei viele Leute kennengelernt und mich mit der Kultur auseinandergesetzt. Ich kenne viele Geschichten von den Thaiboxern, mit denen ich trainiere. Die Prostitution, die sich hier zu einem riesigen Geschäftszweig entwickelt hat, wurde vom Ami eingeschleppt. Die Amerikaner haben ihre Soldaten während des Vietnam-Kriegs nämlich flugzeugträgerweise hierher gebracht. Diese waren dermaßen traumatisiert vom Töten Unschuldiger, dass man ihnen zwischendurch die Gelegenheit geben musste, ihr Ventil zu öffnen. So ein Flugzeugträger fasst zwischen 3.000 und 6.000 Mann. Ich habe schon einige Male erlebt, was sich abspielt, wenn sie hier anlegen. Das tun sie nämlich regelmäßig, wenn irgendwo in der Nähe Krieg geführt wird. Wenn es nicht gerade Thailand ist, dann machen sie das auf den Philippinen, in Vietnam oder was weiß ich wo noch. Die halbe Besatzung hat dann jeweils Dienst und bleibt an Bord. Die andere Hälfte kommt an Land. Wenn ein kleinerer Träger vor Anker geht, bedeutet das also, dass hier auf einen Schlag 1.500 Wahnsinnige einfallen. Im schlechteren Fall sind es mit einem Schlag 3.000 Mann. Sobald sich die Burschen entsprechend Alkohol oder Gift oder beides eingepfiffen haben, kannst du dir den Sturzhelm aufsetzen. Wenn die Hemmschwellen heruntergesetzt werden, verlieren sie rasch die Kontrolle. Kurze Zeit später haben sie nicht mehr die Kraft, den Deckel auf die ganze Scheiße zu halten, die in ihnen brodelt. Dann geht die Party los. Die Military Police hat jedenfalls Stress ohne Ende. Die Ordnungshüter fahren jedesmal dazwischen wie Kettenhunde. Unterm Strich hilft es allerdings so gut wie nix. Im Golfkrieg 1991 waren sie auch da. Ich hab mit Gertschi gerade im Araber-Viertel gemütlich

Billard gespielt. Plötzlich ist ein Haufen Marines an uns vorbeigewankt. In der Mitte von dem Rudel haben zwei einen Grillspieß mit einem riesigen Spanferkel getragen. Auf dem stand mit Spraydosen geschrieben: ‚Mohammed ist a pig*‘. Das Schwein ist für die Islamisten ein ekelerregendes, unsauberes Tier. Wenn du den Propheten Mohammed ein Schwein nennst, ist das eine Beleidigung, die man kaum mehr überbieten kann.

Ich hab das damals gelesen, mein Queue auf den Tisch gelegt und zu Gertschi gesagt: ‚Wenn du noch ein bisserl leben willst, dann nimm die Beine in die Hand – jetzt!‘ Das mit dem ‚Beine-in-die-Hand-Nehmen‘ war grundsätzlich kein schlechter Plan. Es war nur so, dass in dem Moment, in dem ich den Satz ausgesprochen hatte, dem ersten Marine bereits ein Krummdolch in den Bauch gefahren ist. Ich hab noch zugesehen, wie die Spitze des Dolches auf der Marine-Rückseite wieder ausgetreten ist. Der Platz hat sich in Millisekunden in einen Hexenkessel verwandelt. Ich hab keine Ahnung, wie viele Tote es damals geben hat. Zu unserem Glück hat uns ein kleines Thai-Mädchen, von dessen Mutter wir uns mittags immer Seafood in allen Varianten zubereiten haben lassen, über einen Schleichweg rausgeholt. Ich kann nicht sagen, ob wir das allein noch geschafft hätten.

Ja, und diese Herren sagen uns heute, wer ein Schurkenstaat und was richtig und was falsch ist. Zu Hause sind sie prüde und erzählen jedem, dass Prostitution ganz, ganz schlecht ist. Dass sie selbst in Ländern wie Thailand, Vietnam, den Philippinen und anderswo den Impuls dafür geben, lassen sie sicherheitshalber weg. Über die Thai rümpft der Rest der Welt die Nase. Man hält sie für ein versautes Volk, weil niemand den Aufwand betreibt, hinter die Kulissen zu schauen. Eine verlogene Welt! Die thailändischen Prostituierten kommen jedenfalls meist aus kleinen Dörfern. Menschenhändler kaufen sie ihren Eltern ab. Für ein Mädchen, dem dieses Schicksal widerfährt, gabelt sich der Weg folgendermaßen: Entweder wird sie in ein Puff für Thailänder verfrachtet. Dort fallen rudelweise Soldaten ein, die nicht einmal wissen, wie man das Wort Gummi schreibt. Damit reduziert sich die Lebenserwartung der Prostituierten dramatisch. Nebenbei zahlen die inländischen Freier selbstverständlich Thai-Preise. Das bedeutet, sie verdient dort auch nicht sonderlich aufregend. Das Verhältnis Risiko zu Ertrag brauche ich ja nicht weiter auszuführen. Im anderen Fall kommen die Mädchen in Etablissements in Touristengegenden. Dort verdienen sie sehr gut. Mit dem Großteil ihrer Einnahmen unterstützen sie ihre Familie. Zusätzlich haben sie die Chance, einen Touristen aufzureißen, der sie heiratet und hier heraußholt. Die Australier beispielsweise haben sich Thailänderinnen in großer Zahl in die Outbacks geholt. Frauen sind dort ohnedies selten. Wenn der Farmer endlich eine findet, kann ihm passieren, dass sie nach einiger Zeit in der Einöde in die Knie geht. So holen sie sich eben Thais, auf die können sie sich verlassen. Auf jeden Fall hat man in verschiedenen Touristen-Regionen Thailands Aids-Tests auf freiwilliger Basis durchgeführt. Die Durchseuchungsquote liegt teilweise um die 80 %, wenn die Zahlen stimmen. Jeder, der hier aktiv wird – vor allem ungeschützt –, ist ein Lemming. Das Umfeld ist gleichzeitig teuflisch. Alkohol, Party-Stimmung – da setzt das Gehirn schnell einmal aus. Genau diese Parameter machen Aids so gefährlich. Unterm Strich habe ich gerade wieder viel zu weit ausgeholt. Ich kann das alles sowieso nicht ändern."

Wenig später wanken Gertschi und ich an die frische Luft, während sich der Rest der Truppe fürs Bleiben entschließt. Eines der Mädchen hatte Gertschi zuvor unter dem Tisch eine Trompete* mit feinstem kambodschanischem Kampfgras zugeschoben, die er nun andächtig entzündet. Das charakteristische Knistern hat etwas Beruhigendes, ein trockenes Samenkorn explodiert.

„Probieren?", hält er mir die Tüte* hin.

Ich nehme an, dass meine Zurückhaltung das Thema Drogen betreffend mit meinen leistungssportlichen Aktivitäten zu erklären ist. Möglicherweise auch damit, dass ich oftmals miterlebt habe, wie der regelmäßige Konsum Menschen verändert. Einige Freundschaften sind dadurch auf der Strecke geblieben. Bei Gras mache ich hin und wieder eine Ausnahme, auch wenn mir als Nichtraucher Lungenzüge schwerfallen. Ich ziehe dreimal kräftig an, dann habe ich genug. Entgegen dem vielen Unsinn, den die Medien oft berichten, ist das grüne Zeug ein relativ harmloses Vergnügen. In jedem Fall deutlich harmloser als Alkohol.

„Letztens war in der Zeitung zu lesen, dass sich ein Junkie Marihuana gespritzt hat", lache ich.

„Ausgezeichnet recherchiert! Wahrscheinlich hat er daraufhin noch ein

Stamperl* Heroin getrunken", bläst Gertschi eine Rauchwolke in die Luft.

Eigentlich wollten wir ins „Marine", eine Disco in der Walking Street, weiterziehen. Der Kambodschaner dämpft uns allerdings vorzeitig aus. Wir schaffen es mit letzter Kraft zu einer äußerst gemütlich wirkenden Rattan-Sitzgarnitur in etwa 25 Meter Entfernung, die vor einer der Freiluft-Bars aufgestellt ist. Gertschi bestellt noch ein Bier, ich einen Ananas-Saft. Danach frieren wir ein. Ich kann meine Umgebung einwandfrei wahrnehmen, auch das Denken klappt hervorragend. Allerdings bin ich nicht mehr in der Lage, mich auch nur einen Millimeter zu bewegen.

Die Buddhisten sagen ja, es gibt keine Zufälle. Ob nun Zufall oder nicht – wir haben uns in einer Haltung zu Stein verwandelt, in der unsere Blicke genau auf die gegenüberliegende Bar gerichtet sind. Dort lehnt zu diesem Zeitpunkt das wahrscheinlich schönste Mädchen, das ich je gesehen habe. „Jeder Mann, der bei diesem Anblick nicht mit Anlauf in die Knie geht, hat entweder mit Frauen nichts am Hut oder eine Besorgnis erregende Störung", denke ich mir.

Sie wirkt stolz und siegesgewiss. Ich bin überzeugt davon, dass es hier nicht viele Mädchen gibt, die sie als ernst zu nehmende Konkurrentinnen betrachtet. Sie steht definitiv an der Spitze der Nahrungskette. Naturgemäß interpretiert die Schönheit unser Starren als das dämliche Glotzen hormongesteuerter Vertreter des anderen Geschlechts. Eben noch untätig, bewegen sich ihre Hüften nun fast unmerklich und geschmeidig zum Takt der Musik. Zwischendurch prüft sie beiläufig unsere mimischen Reaktionen. Begeistert von der Performance, versuche ich anerkennend eine Augenbraue zu heben und scheitere kläglich. Irritiert durch das fehlende Feedback werden ihre Tanzbewegungen ausholender. Wieder ein prüfender Blick, wieder kein befriedigendes Ergebnis. Nach und nach legt sie Gang um Gang zu. Ich breche ob der einzigartig erotischen Tanzeinlage, gefangen in meinem versteinerten Körper, in die Knie. Äonen vergehen. Das Mädchen schwitzt und ich habe erstmals den Eindruck, die eine oder andere Verrenkung zuvor schon einmal gesehen zu haben. Offensichtlich ist ihr Repertoire ausgereizt und sie muß daher wiederholend auf bereits präsentierte Bewegungsmuster zurückgreifen.

Ich bilde mir ein, dass sich mein Mund anfühlt, als hätte ich ihn mit einer riesigen Wollsocke zugestopft. Das ist ein gutes Zeichen. Offensichtlich kann ich meinen Körper langsam wieder wahrnehmen. Erste Versuche, meine Zunge zu bewegen, gebe ich auf, da diese hoffnungslos an meinem trockenen Gaumen festklebt. Ich entschließe mich, es mit dem Bewegen der linken Augenbraue zu versuchen, und habe Erfolg. Tollkühn beuge ich mich nach vor, hebe mein Glas, nehme einen kräftigen Schluck von dem Saft, der seit ungefähr 45 Minuten vor mir steht. Ananas-Moleküle explodieren auf meinen Papillen, meine Geschmacksnerven klatschen freudig in die Hände.

Gertschi greift, motiviert durch meine Heldentat, mit den Worten „Wenn ich wieder aufstehen kann, geh ich rüber und hau ihr auf den Arsch!" zu seinem Bier.

Wir schaffen es schließlich doch noch ins Marine. Die Hütte brodelt, und ich tanze den Kambodschaner raus. Gertschi springt ausgelassen am anderen Ende der Tanzfläche auf und ab. Die treppenartige Konstruktion dort hat es ihm angetan, speziell die oberste Stufe, von wo aus er die ganze Diskothek überblicken kann. Im Gegensatz zu jenen, die solch exponierte Plätze aufgrund ihrer exhibitionistischen Ader bevorzugen, begeistert ihn der imposante Ausblick auf die Menschenmenge, die sich wie ein einziger Organismus im Takt wiegt. Großartige Lichteffekte lassen einen auch ohne grüne Unterstützung in Trance gehen. Ich tanze, freue mich, dass Gertschi sich freut und plötzlich ... ist er weg. Die Tatsache, dass mir in seiner Nähe niemand aufgefallen war, der David Copperfield ähnlich gesehen hätte, macht mich nervös. Offenbar geht es nicht nur mir so. Der DJ schaltet die Musik aus und das Licht an. In dem riesigen Lokal wird es umgehend taghell, die Tranzfreudigen drehen sich suchend in alle Richtungen. Gertschi ist aus ungefähr 4 Metern Höhe durch ein Loch, unter dem eine Stiege zu einem Technikraum und einem Getränkelager führt, nach unten geköpft. Die Öffnung war – wie in Siam üblich – nicht gesichert. Ein Holländer hatte sich genau auf die gleiche Art wenige Monate zuvor das Genick gebrochen. Dieses Ereignis motivierte die Thai allerdings nicht, über entsprechende Sicherheitsvorkehrungen nachzudenken. Wahrscheinlich gehen sie einfach davon aus, dass die Dummen und Schwachen sich eben selbst ausmerzen. Sekunden wollen nicht vergehen und erscheinen wie Ewigkeiten. Es ist mucksmäuschenstill. Der Kontrast zwischen dem Schalldruck der gerade eben noch dröhnenden Musik und dieser unerwarteten Ruhe lässt mich die Situation als unangenehm und kaum erträglich wahrnehmen. Plötzlich taucht ein Kopf auf ... Gertschi! Er tanzt über die Treppe wieder nach oben. Offensichtlich hört er noch die Musik von vorhin – ein Effekt, der sich aus der durch den Kambodschaner verzögerten Sinneswahrnehmung ergibt. So wie ein Hase die Sprengung eines Pulverturms in jedem Detail sieht und der gleiche Vorgang von einer Schnecke als „Pulverturm da / Pulverturm nicht mehr da" wahrgenommen wird, ist Gertschi noch im Modus „Musik da". Tausende Schutzengel haben ihn bewacht und es gut mit ihm gemeint, die Menge kreischt und ahmt seine Bewegungen nach. Der DJ gibt mit einem breiten Grinsen seine ebenmäßigen Zahnreihen frei, löscht das Licht und fährt die Schieberegler auf seinem Mischpult wieder hoch. Ich schließe die Augen. Bass dringt dumpf in meinen Körper und bewegt mich unaufdringlich, ohne dass ich etwas dazu beitragen muss.

Angenehm müde wandern wir einige Stunden später in die Barmeile auf der anderen Straßenseite. Wir wollen in einer dieser Freiluft-Bars noch einen Bekannten besuchen und haben vor, einer Flasche Thai-Whiskey den Garaus zu machen. Entspannt lasse ich eiskalten Mekong on the rocks in meine Kehle laufen und sehe einem Touristen zu, der mit einer Barmaid „4 gewinnt" spielt. Selbstverständlich um Getränke. Er ist chancenlos, das Mädchen zwinkert uns zu und stellt das Spiel zum unzähligen Mal neu auf.

Jemand klopft mir auf den Oberschenkel, ich drehe mich um, mein Blick fällt auf ein etwa fünfjähriges hübsches Mädchen mit Gretel-Zöpfen. Sie verkauft Kaugummi in allen Varianten. „Wahnsinn! Die Kinder arbeiten noch um diese Zeit. Während unsere, fett und krank vom Überfluss, die Oberschenkel beim Laufen nicht mehr auseinanderbringen und keine Ahnung haben, welches Spielzeug sie besitzen, sind die Kinder hier noch mitten in der Nacht auf der Spur, um Geld zu verdienen." Ich kaufe der Kleinen einige Packungen Kaugummi ab und multipliziere den von ihr verlangten Preis mit 3.

„Sag, wie naiv bist du eigentlich? Denkst du wirklich, es geht hier um Kaugummi?"

Irritiert versuche ich aus Gertschis Mimik mehr zu lesen. Er deutet mit einem Kopfnicken auf eine erwachsene Thai, die in einem Abstand von ungefähr 20

Metern das Kind beobachtet. „Schau einmal die Pupillen von dem kleinen Spatzen an. Fällt dir was auf?" Die Pupillen des Mädchens sind geweitet. „Sie haben ihr was eingeworfen, damit sie die Nacht durchhält", fährt Gertschi fort. „Die Kaugummi-Geschichte dient nur der Kontakt-Aufnahme. Das Geld, das sie damit verdient, darf sie behalten, das andere nicht. Es geht schon los … siehst du?" Das Mädchen war 10 Meter weiter bei einem stämmigen Mann mittleren Alters, mit Kugelbauch und rotem Gesicht, stehen geblieben. Ein Wiener, er ist zufällig im Flieger einige Reihen vor uns gesessen – sofern es Zufälle wirklich gibt. Sie bietet ihm Kaugummi an, er kauft ihr etwas ab und streicht mit der Hand über ihren Kopf. Es ist in Siam ein schweres Vergehen, jemandes Kopf in der Öffentlichkeit zu berühren, auch dann, wenn es sich um ein Kind handelt. Nun könnte man meinen, wir haben es in dieser Situation mit einem Menschen zu tun, der sich nicht die Mühe gemacht hat, die grundlegenden Regeln der fremden Kultur, die er besucht, zu verstehen. Von dieser Art Touristen gibt es viele. Mich stört gerade etwas völlig anderes. Ich stoße mich von meinem Barhocker in Richtung Rotgesicht ab. „Was hast du vor?", ruft mir Gertschi nach. „Bin gleich wieder da", gebe ich zurück. Augenblicke später begrüße ich den Dicken mit den Worten: „Wenn du im Begriff bist zu tun, was ich glaube, dass du vorhast, gebe ich dir einen Rat: Tu es nicht!"

„Schleich dich, solange du noch kannst, du Schoitl*! Wenn ich wegen dir aufstehen muss, tu ich dir weh!" Seine vom Fett zu schmalen Schlitzen verschwollenen Augen blitzen mich zornig an. Blut pocht in meinen Carotis-Strängen und schnürt mir den Hals zu. Ich kenne dieses Gefühl. Freunde haben mir erzählt, dass mein Gesicht dann weiß wird, wie ein Joghurtbecher. Sie berichten, beobachtet zu haben, dass es mir in diesem Zustand eine dicke, blaue, hässliche Ader mitten aus der Stirn drückt. Manch einer hat die noble Blässe für ein Zeichen von Angst gehalten. In Wahrheit ist sie die Folge einer Reaktion, die Fachleute den Fight-or-flight-Reflex nennen. Dabei wird das Blut primär aus dem Rumpf in die großen Muskelgruppen gepumpt. Eine unbewusste Vorbereitung auf Kampf oder Flucht. Wenn es etwas gibt, woran ich im Moment gar nicht denke, so ist das Flucht.

„Mit neine geht er eine, mit zwa geht's a!" (Mit neun geht er hinein, mit zwei geht's auch!), grinst mich der Dicke an.

Wie ein 60-Meter-Sprinter katapultiere ich mich nach vor und lenke meine Körpermasse in das fette Schwein. Ich rotiere die Hüften maximal, um meinen Schlägen möglichst großen Nachdruck zu verleihen. Schon die ersten Hiebe wischen ihm das dreckige Lachen aus dem Gesicht, das wenige Augenblicke später unter meinen Händen zu Brei wird. Ich vermisse den Impuls, aufhören zu wollen. Zeit wird bedeutungslos. Irgendwann dringt Gertschis Stimme wie durch eine dichte Nebelwand zu mir durch: „Michl, komm jetzt! Wir müssen weg!" Sirenengeheul lässt mich klar werden, wir suchen das Weite.

„Ich kann ja nachvollziehen, wie es dir gegangen ist ..." Die Stimme von Gertschi ist ruhig. „In Wahrheit hast du mit deiner Aktion gerade unseren Urlaub gefährdet und außerdem nichts geändert. Der Niki bringt morgen 50 Neue und übermorgen ..."

Ich habe keine Lust zu antworten, eigentlich mag ich im Moment gar nicht sprechen. Mein rechter Mittelhandknochen schmerzt. Das ist angesichts der Tatsache, dass ich noch immer bis unter die Haarwurzeln mit Adrenalin vollgepumpt bin, ein schlechtes Zeichen. Eigentlich sollte ich in diesem Zustand gar nichts spüren. Wir verzichten auf das Taxi und schlendern zu Fuß zum Hotel. Auf dem Weg besorge ich mir in irgendeiner Bar eine große Flasche Mekong und betäube damit meinen Schmerz. Ich habe nicht das Gefühl, dass es mir dabei um den körperlichen Schmerz geht.

16 ESSEN MIT MUTPROBE

Wieder ins winterliche Graz zurückgekehrt, lädt Fredsch-„Bocuse" zu einem Abend, der wie immer ein Fest der Sinne zu werden verspricht. In der Küche dampft, brodelt und zischt es, Fred ist in seinem Element. Die fünf geladenen Gäste mit insgesamt um die 40 Vorstrafen haben es sich inzwischen im Wohnzimmer gemütlich gemacht und tratschen über die Ereignisse der letzten Woche. Der eine oder andere wird ausgerichtet, wenn es die Zeit erlaubt, teilt man zwischendurch verbale Seitenhiebe aus.

„Michi, komm einmal mit, ich muss dir was zeigen", ruft mich Fredsch zu sich.

Neugierig folge ich ihm auf den Balkon.

„Da schau her: Ein gelber Himbeer-Strauch, kannst du den für deine Mutter brauchen? Der wird mir am Balkon viel zu groß. Die gelben Himbeeren schmecken sensationell! Da drüben hab ich noch eine Physalis, die wuchert mir alles zu. Das sind Stachelbeeren, sehr vitaminreich!"

Fredsch hatte wirklich einen grünen Daumen und pflegte seinen kleinen Küchengarten im 10. Stock des Wohnhauses liebevoll. Tomaten, ein reiches Angebot an Gewürzen, Erdbeeren und sogar ein kleiner Apfelbaum fühlten sich auf dem Balkon ausgesprochen wohl.

„Warte, ich gebe dir für die Mutter ein paar Pflanzen mit. Sag ihr Danke für die feine Schokoladenminze und den Zitronenthymian. Brauchst du Tomaten?"

„Wahnsinn, das sind schöne Tomaten! Was ist das für eine Sorte?"

„Das hat weniger mit der Sorte zu tun, da gibt es einen Geheimtipp!"

„Welcher wäre?"

„Beim Fischen darf man die Fischschädel nicht wegwerfen. Man muss sie eingraben und die Tomaten darauf pflanzen. Die Fischschädel verfaulen dann und die Tomaten holen sich die ganzen Nährstoffe. Dann werden sie so schön. Wenn man selber nicht fischt, muss man halt zum Fischhändler gehen und ihn um die Köpfe bitten."

„Schmecken die Paradeiser dann nach Fisch?"

„Aber Blödsinn! Ich pack dir ein paar ein. Gut ist es auch, wenn du ein paar Regenwürmer in den Topf gibst. Sie kitzeln die Tomaten an den Wurzeln. Das gefällt ihnen!"

„Und ich dachte immer, die Würmer sorgen mit den Gängen, die sie graben, für eine bessere Belüftung der Erde und düngen diese gleichzeitig mit ihren nährstoffreichen Exkrementen ...“

Vollbeladen mit Tomaten und einer bunten Mischung aus Gewürz- und Obstpflanzen wanke ich ins Wohnzimmer zurück. Fredsch schneidet noch ein paar frische Kräuter für das kulinarische Geheimnis, mit dem er uns heute überraschen würde, und huscht damit in die Küche.

Einige Zeit später poltert er mit den Armen rudernd in das Zimmer, in dem er schon vor Stunden den Tisch mit viel Liebe zum Detail gedeckt hat. Ein fetter Joint glost in seiner rechten Hand und geht bald die Runde. Den Augen nach zu schließen, dürfte es sein zehntes Gerät an diesem Tag sein.

„Puhhh, der pfeift!“

„Wieso dreht's mich denn so, ist das so ein starkes Zeug?“, will einer der Gäste wissen.

„Nein, der Fredl tut immer so viel Tabak rein, darum dreht's dich!“

„Echt?“

„Seid ihr komplett geisteskrank? Ich geb nie viel Tabak rein!!!“

„Siehst du, so kann man den Fredl nehmen, wenn man ihn kennt.“

„So hat halt jeder seine Tasten“, schmunzelt Fredsch.

„Also, ich bin mir gerade selbst genug!“, wird ein Gast philosophisch.

„Und ich bin mir gerade selbst zu viel!“, antwortet ein anderer.

„Ich werde mich jetzt von mir verabschieden – ich lass mich nämlich gleich gehen!“, lässt ein dritter verlauten.

„Ich hab in dem Moment alles vergessen! Auch das, was ihr gerade gesagt habt!“

„Ich tu mir schon beim Reden schwer!“

„... und ich beim Zuhören!“

„Passt, dann gleicht sich das eh aus!“

Fredsch ist jedenfalls aufgedreht und in Erzähler-Laune. „Burschen! Bevor wir essen noch schnell eine Mutprobe!“ Geschmeidig schiebt er den Ärmel seines Pullovers bis zum Trizeps hoch, tritt entschlossen an das Aquarium heran, fährt mit dem Arm tief in das Becken, beschreibt damit Kreise in Form einer liegenden Acht und bringt ordentlich Unruhe in die militärisch positionierten Piranhas. Unwillig weichen sie seinem immer wiederkehrenden Arm aus und versuchen, so rasch wie möglich wieder an ihre Plätze zurückzukehren. Triumphierend schaut Fred in die staunende Menge, zieht seinen Arm aus dem Becken, trocknet ihn ab und verschwindet in die Küche. Kurze Zeit später ist er wieder da und möchte von den Anwesenden wissen, wie sie seine Show-Einlage gefunden haben. Ich ertappe ihn, wie er in Bühnen-Magier-Manier mit einer Hand wild gestikulierend die Aufmerksamkeit seiner Gäste fesselt und mit der anderen hinter seinem Rücken das Blut von einem Schweineherzen, dass er bereits nachmittags aufgetaut hatte, in das Aquarium leert. Augenblicklich wirkt der Blick der gerade noch trägen Piranhas irre.

„So, meine Herren! Fünf Fleckerl für den, der das nachmacht, was ich gerade vorgezeigt habe." Während das Verhalten der Piranhas mittlerweile blanke Fresslust widerspiegelt, schauen die Strolche sanft durch ihre grasgetrübten Augen. Mein Herz pocht. Ist Fredsch geisteskrank? Das ist die einzig annehmbare Erklärung. Würde er so etwas mit Fremden machen, wäre ich nicht weiter überrascht. Aber mit Freunden …?

„Was ist? Was ist? Ihr Hasenherzen!" Mit einiger Verzögerung räuspert sich der Lange: „Fred, du hast recht! Dafür bin ich einfach viel zu feig … aber ich geb dir 10.000, wenn du es mir noch einmal zeigst." Für einen kurzen Augenblick könnte man eine Stecknadel fallen hören, dann breche ich zusammen. Ich bin kurz davor, mitten im Wohnzimmer, einem Welpen ähnlich, eine kleine Lacke zu hinterlassen. Fredsch grinst, verschwindet in der Küche, um gleich darauf mit einem Kochlöffel zurückzukehren. Er hält den hölzernen Stiel ins Aquarium, das Becken brodelt auf und die fressgeilen Fische greifen den Kochlöffel umgehend an. Als Fredsch ihn wieder herauszieht, sieht er aus, als wäre er stundenlang mit einer Laubsäge bearbeitet worden. Das Küchengerät wird im Kreis gereicht, sorgt für anerkennendes Kopfnicken und staunendes Brummen. Dann zaubert Fredsch Hirschgulasch auf den Tisch, über das die Mannschaft wie ein Wolfsrudel herfällt.

17 MEDIZINISCHE BETREUUNG (TEIL 1)

Am darauffolgenden Arbeitstag verweigere ich in einer kurzen Besprechungspause das gemeinsame Mittagessen mit Kollegen, weil ich, was die Auffrischung meiner Zeckenschutzimpfung betrifft, schon längst überfällig bin. Meine Großmutter, die mich als Diplomkrankenschwester mein ganzes Leben lang in diesen Dingen betreut hat, war mittlerweile verstorben. Ich musste mich daher neu orientieren. Das Warten in Arztpraxen lag mir nicht. Schließlich lernte ich Ivette, eine Hure aus Budapest um die 50, die im City ihren Dienst versah, kennen. Sie hatte eigenen Angaben zufolge in Ungarn als Diplomkrankenschwester gearbeitet, zumindest war mir das von Gerhard so mitgeteilt worden.

Mit ihrem herzhaften Lachen knackte die schrille Person mit lustigem Wesen jeden noch so introvertierten Gockel in Rekordzeit. Bei einer Generalüberholung war der Chirurg sehr großzügig mit den Silikonfüllungen umgegangen und wenn sie über den Lendplatz in die Arbeit stöckelte, konnte wirklich jeder die Berufsgruppe erraten, für die sie stand. Mit anderen Worten: Beim heiteren Beruferaten mit Robert Lembke wäre sie in der ersten Runde ausgeschieden. Der Lebensweg, den sie gegangen ist, würde ausreichen, um mich die nächsten Jahre mit ihren Erzählungen beschäftigt zu halten.

„ÄÄÄÄÄHHHH, Michiiiiii", begrüßt sie mich mit ihrem kreischenden Organ, als ich das City mit dem Serum unter dem Arm betrete. Ich habe es eilig, der Verkehr hat mich länger als erwartet aufgehalten. Es ist absehbar, dass ich mich beeilen muss, um rechtzeitig zur Fortsetzung der Besprechung wieder da zu sein. Ich löse meinen Krawattenknoten und knöpfe mein Hemd auf, um meinen Oberarm freizumachen. Ivette winkt ab und gibt mir zu verstehen, dass sie vorhat, mir die Impfung in den Hintern zu verabreichen. Ich war schon einige Male FSME geimpft worden ... nie in den Hintern ... im ersten Moment halte ich diese Anweisung für einen ihrer Späße. Augenblicke später wird mir aber klar, dass sie darauf besteht. Um weitere Diskussionen zu vermeiden und damit wertvolle Zeit zu sparen, lasse ich meine Hose bis zu den Knöcheln nach unten. Mit Erstaunen beobachte ich, wie Ivette nach einer riesigen Flasche billigen Parfums greift. In einer Geschwindigkeit, die es mir unmöglich macht, ihrem Treiben Einhalt zu gebieten, verstäubt sie große Mengen davon auf meinem Hintern. Ihre Absicht ist klar. Sie desinfiziert in

Ermangelung medizinischen Alkohols die spätere Einstichstelle mit einem Substitut.

„Huaaaaaa!", schreie ich entsetzt.

„Waaas dääääänn?"

„Ivette, bitte! Ich muss zurück in die Bank! Meine Besprechung dauert mindestens noch vier Stunden. Jetzt stinke ich wie eine Straßenhure vom Wiener Prater auf drei Kilometer."

„ÄÄÄHÄÄÄÄHÄÄÄÄ!", lacht sie und ich bin mir nicht sicher, ob sie mich verstanden hat.

Kurze Zeit später strample ich mit einem überdimensionalen Pflaster auf meinem Hintern davon. Eingehüllt in besagte Parfumwolke beeile ich mich, zurück in die Bank zu kommen. Der Besprechungsraum füllt sich schließlich innerhalb weniger Minuten mit dem billigen, süßlich-schweren Duft und ich ertrage geduldig die prüfenden Blicke meiner Kollegen. Es war absehbar und unvermeidlich, dass die folgende Frage von einem meiner Sitznachbarn kommen musste: „Sag, wo genau lässt du dich Zecken-Impfen?"

Abends berichte ich Gertschi von meinem Impf-Ausflug.

„Und hat sie wenigstens impftechnisch alles ordnungsgemäß erledigt?", will er wissen.

„Jawoll!"

„Das passt mir gut. Ich brauch die Kombi-Impfung Hepatitis A, B. Das Serum habe ich schon zu Hause. Da werde ich die Frau Doktor gleich morgen bitten." Am nächsten Tag wird auch Gertschi die Injektion in den Hintern verabreicht.

Einige Monate später unterzieht er sich im Rahmen einer Routine-Untersuchung einer Überprüfung seiner Abwehrkräfte. „Hepatitis A, B hab ich erst impfen lassen. Das ist in jedem Fall in Ordnung", lässt er den Mediziner wissen. Interessanterweise ergibt ein nachfolgender Test, dass diesbezüglich keine wie immer gearteten Abwehrstoffe in Gertschis Körper nachzuweisen sind. Gut möglich, dass meine Zeckenschutzimpfung in ähnlicher Qualität verabreicht würde. Durch das überraschende Testergebnis misstrauisch geworden, erkundigt sich Gertschi nochmals bei Ivette hinsichtlich ihrer Befähigung.

„Du, Michl, ich muss dir etwas beichten", wendet er sich etwas später in dieser Angelegenheit an mich. „Aufgrund der sprachlichen Barriere ist es zwischen Ivette und mir zu einem Missverständnis gekommen. Nicht sie, sondern ihre Tochter ist Diplomkrankenschwester."

„Na, da hab ich ja noch Glück gehabt, dass ich mich nicht mit einer Blinddarm-Entzündung an sie gewandt habe."

18 FAMILIENAUFSTELLUNG

Ich öffne die Eingangstüre zum Operncafé und lasse Fredsch den Vortritt. Er hatte mich von der Bank abgeholt. Ich freue mich darauf, einen anstrengenden Arbeitstag mit einem gemütlichen Schwätzchen ausklingen zu lassen. Auf der Suche nach einem freien Platz in dem stark frequentierten Kaffeehaus kreuzen sich unsere Wege mit denen meines Rechtsanwalts, der mit einem befreundeten Steuerberater, beide in Begleitung ihrer besseren Hälfte, die gleiche Idee hatte. Fredsch und ich setzen uns an den Tisch der Vierer-Runde und es entsteht wieder einmal dieser faszinierende Mix aus Menschen, die unterschiedlicher nicht sein können. Modelle der Welt, die am jeweils anderen Ende des Spektrums ihren Ursprung haben. Für mich gibt es nichts Schöneres, als das Aufeinanderprallen dieser Gegensätze miterleben zu dürfen. „Also, ich bin von gestern noch immer fix und fertig", piepst das tief dekolletierte, wasserstoffblonde Weibchen mit aufgeklebten Fingernägeln und aufsehenerregenden „Bitte-fick-mich"-Schuhen an der Seite des Steuerberaters. „Wovon denn?", gibt sich Weibchen Nr. 2, das bis auf die Haarfarbe – in diesem Fall „Schneewittchen-Schwarz" – ein Abziehbild von Weibchen Nr. 1 ist, neugierig. „Ja, diese Familienaufstellung, bei der ich gestern war", holt sie Luft, um von ihren Erfahrungen zu berichten. Noch bevor sie fortfahren kann, fällt Fredsch mit dem Satz „AU-WEEEHHH, Familienstellen, das hab ich auch schon gemacht", ins Wort. Der gelbe Esel holt ein zweites Mal Luft, um nun endlich seine Geschichte loszuwerden. Fredsch ist wieder um die entscheidende Hundertstelsekunde im Vorteil. „Der Michi organisiert ja solche Sachen. Er hat mich neugierig gemacht und einmal mitgenommen. Da war ein ganz berühmter Therapeut da. Mir ist aufgetragen worden, einen Haufen Spieler aufzustellen … und denen hat es dann allen das Heu rausgehaut, als sie meine Geschichte nachspielen haben müssen. Irgendwann, als es komplett eskaliert ist, hat dann der Therapeut denjenigen, der mich gespielt hat, herausgenommen und mich hineingestellt. Der Therapeut hat mich prüfend und mitleidig angeschaut und gefragt: ‚Hast du dich schon jemals zum Tod hingezogen gefühlt?' Sag ich: ‚Wenn ich jetzt sterben müsste, wäre es mir egal.' Daraufhin ist er wie von einer Tarantel gestochen herumgesprungen und hat gerufen: ‚Das müssen wir auflösen, das müssen wir SOFORT auflösen!' Und wisst ihr, wie wir das aufgelöst haben?", lässt Fredsch mit viel Geschick eine rhetorische Frage folgen.

„Wie denn?", platzen die beiden Frauen fast vor Neugier.

„Er hat gesagt, ich soll mir einen Spieler suchen, der für das Leben steht."

„Ja und dann?"

Die Spannung erreicht ihren Höhepunkt. „Ich hab die mit den größten Titten genommen – für das Leben halt. Und weil ich ja vor versammelter Mannschaft nicht sagen kann, ich nehme dich, weil du die größten Wolken* hast, hab ich gesagt ‚DU bist für mich das LEBEN' … und hab sie mit dem Satz gleich ein bisserl mitangebraten*."

In diesem Moment suche ich verzweifelt nach einem Loch, in das ich versinken könnte.

„Sie schaut mich groß an und war komplett hin und weg", fährt Fredsch fort. „Der Therapeut hat gestrahlt, weil ich so eine gute Wahl getroffen habe. ‚Und jetzt such dir jemanden für den Tod', hat er gemeint. Das ist aber für mich komplett unangenehm. Wenn alle merken, was ich für einen guten Griff beim Leben gehabt habe und ich das steigern oder zumindest das Niveau halten soll, dann müsste ich ja einen nehmen, zu dem der Tod passt. Das ist ja dann fast ein bisserl eine Beleidigung für den, den ich auswähle."

Die Blicke der Zuhörer am Tisch werden leer, ihre Aufmerksamkeit ist nach innen gerichtet, um die Vielfalt der angebotenen Informationen verarbeiten zu können. Fredsch hat sie offensichtlich an ihre Limits geführt. „Jetzt sag ich höflichkeitshalber: ‚Ich sehe keinen Tod. Es passt da niemand.' ‚Irgendwer wird schon passen', drängt der Therapeut. Ich soll noch einmal genau schauen. Nachdem ich ein zweites Mal prüfend in die Runde geschaut hab, sag ich zu ihm ‚Ich hab nur mehr Augen für das Leben!' und wollte damit indirekt den Hasen mit den großen Tutteln noch einmal anbraten. Nach diesem Satz ist sie komplett ausgebreitet vor mir dagelegen. Der Therapeut schreit: ‚Er hat sich fürs Leben entschieden, er hat sich fürs Leben entschieden!' und damit war die Aufstellung beendet."

„Also das ist ja arg!", haucht die Gelbe. „… und dann?", will die Dunkle weiter wissen.

„Ja, dann hab ich abends das Leben geschoben. Arg, wofür die Leute alles Geld ausgeben …"

„Apropos Geld ausgeben, ZAHLEN bitte!", nutze ich Fredschs künstlerische Pause und werfe dem Anwalt einen entschuldigenden Blick zu. Er scheint aus seiner Starre noch nicht erwacht zu sein. Ich entschließe mich, die Gunst des Augenblicks zu nutzen und möglichst schnell das Weite zu suchen. Dass die Blonde nun noch in der Stimmung ist, von ihren Familienaufstellungs-Erfahrungen zu berichten, halte ich ohnedies für zweifelhaft.

19 MEDIZINISCHE BETREUUNG (TEIL 2)

„Ja Sepperl, was ist denn los? Geht es dir nicht gut?"

Auf dem Heimweg vom Operncafé habe ich mich unintelligenterweise dazu überreden lassen, noch einen Sprung mit ins PK zu kommen, wo wir erwartungsgemäß hängen bleiben. Fredsch befindet es nämlich für notwendig, einen anwesenden Gast darüber aufzuklären, dass der ebenfalls gerade im Lokal sitzende Postler auf der täglichen Zustell-Tour regelmäßig dessen Gattin bespringt, während er selbst in der Arbeit ist. Nachdem sich der Rauch im Posch verzogen hat, entscheide ich mich, auf dem Heimweg noch im Sitsch nach dem Rechten zu sehen. Fredsch bleibt, nachdem er erst gemütlich die Auseinandersetzung der beiden Streithähne beobachtet hat, beim Spiel hängen.

Ich steuere auf den kräftigen, alten Mann zu, der mit hängenden Schultern in der hintersten Ecke im City sitzt. Er war früher ein ausgezeichneter Kampfboxer, sein Geld verdiente er sich als Eisenbahner. Mit 79 Jahren konnte er nun schon seit Jahrzehnten seine Pension genießen. Seine Freude am Boxen hatte er sich erhalten. Es machte ihm großen Spaß, mit jungen Menschen zusammen zu sein. Er hielt uns oft die Schlagtatzen auf und gab sein umfangreiches Wissen mit Begeisterung weiter. Während andere in diesem Alter bereits unter schwerer Demenz leiden und im Stadtpark die Eichhörnchen oder die Tauben füttern, war Sepp im Vollbesitz seiner geistigen und körperlichen Kräfte.

„Das Leben macht keinen Spaß mehr!", stammelt er und schaut dabei traurig in sein fast leeres Bierglas.

„Red nicht so einen Unsinn! Was ist denn passiert?"

„Ich war gerade vorher im Zimmer …" Dieses Vergnügen leistete sich Sepp, seit seine Frau vor einigen Jahren an Lungenkrebs gestorben war. Mit ihr hatte er die einzige Beziehung seines Lebens, sie war seine große Liebe gewesen. An einer neuen Partnerschaft war er nicht interessiert. So kaufte er sich im Rahmen seiner finanziellen Möglichkeiten einmal im Monat diverse Dienstleistungen im City zu.

„Und?"

„Es ist nichts gegangen. Er ist mir nicht gestanden. Ich hab einfach nichts zusammengebracht!"

„Sag einmal! Du bist jetzt 79 Jahre alt. Du kannst doch nicht so tun, als wäre dein Körper eine Maschine, die immer klaglos funktioniert!"

„So etwas ist mir noch nie passiert. NOCH NIE! Wenn ich das nicht mehr kann, will ich nicht mehr leben!"

„Sepperl, hör mir einmal zu. Hast du eigentlich eine Ahnung, wie viele Männer, die nicht einmal halb so alt sind wie du, genau das schon unzählige Male erlebt haben? So etwas passiert zwischendurch. Frag einmal den Gertschi oder den Leo. Wenn die beiden angesoffen sind, funktioniert nicht einmal mehr die hinterindische Schlangenbeschwörer-Technik. Und trotzdem ist keiner der beiden deshalb deprimiert, weil sie wissen, dass es halt beim nächsten Versuch wieder klappt. Es ist ja schon verwunderlich, dass du diese Erfahrung mit 79 Jahren das erste Mal machst!" Ich rede auf ihn ein wie auf eine kranke Kuh. Es hilft alles nichts. Keines meiner Argumente kann ihn überzeugen.

„Mit wem warst du überhaupt in der Kabine?"

„Ilona heißt sie. Eine Zwanzigjährige, die da drüben."

„Wieso nimmst du dir so einen Grünling und nicht jemanden, der etwas von seinem Geschäft versteht?"

„Ja, wen denn?"

„Warte einen Moment. Ich regle das." Kurze Zeit später habe ich Gertschi von Sepps Verzweiflung unterrichtet. Wir beschließen, den Fall in die Hand zu nehmen. Ivette, die großartigste aller Huren, die locker als Diplomkrankenschwester durchgehen könnte, wird eingeweiht. Lächelnd nimmt sie den alten Herren an der Hand und verschwindet mit ihm nach hinten.

Kaum sind die beiden versorgt, stolpert die Krankenschwester aus Leoben zu Gerhard hinter die Theke. Sie war nach einer vierzehntägigen Pause wieder einmal zum Dienst erschienen. Es lässt sich nicht leugnen, dass sie schon ordentlich aufgetankt hat. Übrigens: Auch wenn es vielleicht danach aussieht – Krankenschwestern sind nicht so häufig im Milieu anzutreffen, wie man bei der Lektüre dieser Zeilen vielleicht vermuten möchte. Bei genauerer Betrachtung lässt sich erkennen, dass es sich ja hier in Wahrheit nicht um zwei, sondern nur um eine Krankenschwester handelt. Ivette zählt eigentlich gar nicht dazu, sie ist ja nur mit einer verwandt. Gut, man könnte sie aufgrund ihrer natürlichen Begabung als halbe Krankenschwester bezeichnen – dann kommen wir eben insgesamt auf eineinhalb.

„Du, Gerhard, der Gast, mit dem ich gerade im Zimmer bin, möchte es mit einem Vibrator machen. Ich hab so etwas gar nicht. Was soll ich tun?" Auch wenn sie ihren Horizont mittlerweile etwas erweitert hatte, war die Teilzeit-Hure noch immer nicht das, was man sich unter einer Professionellen vorstellt.

„Wird umgehend erledigt!", antwortet der Koberer. „Wir benötigen dringend Kriegsspielzeug, wer kann aushelfen?", ruft er in die kollegiale Runde. Eines der Mädchen erklärt sich bereit, ihren Vibrator gegen eine Gebühr von 50 Schilling zu verleihen. Dankbar eilt die Leobnerin zurück zu ihrem Klienten.

„JA, ABER HALLO!", grölt ein Sturzbetrunkener, der sich gerade durch den schweren, roten Vorhang im Eingangsbereich kämpft, ins Lokal. Die Anbringung des Vorhangs an Eingängen von Rotlicht-Etablissements ist zwingend vorgeschrieben. Mit dieser Regelung soll sichergestellt werden, dass Passanten, speziell Minderjährige, keinen Blick in das Bordell werfen können, wenn die Tür geöffnet wird.

„ICH BIN'S, DER KARL! BESSER BEKANNT ALS RINGEL, DIE NATTER!"

„Wer ist denn der Löwinger*?", interessiert sich Leo.

„Oje! Der Ringel. Und schon wieder voll dicht. Das kann ja heiter werden!" Gertschi scheint es zu grausen.

„Wo hat er denn den Namen her?", setzt Leo nach.

„Er ist ein Experte!"

„... und was für ein Experte?"

„Er hat sich auf Cunnilingus spezialisiert!"

„Kannst du bitte Deutsch mit mir reden!!!", verliert Leo die Contenance.

„Wenn er fett ist, schleckt er alle Weiber, die seinen Weg kreuzen, gnadenlos zusammen. Ob sie wollen oder nicht. Vom Pudern hält er gar nichts. Er fällt einfach vor der Alten auf die Knie und tut, was er am besten zu können meint. Woher der Name kommt, weiß ich nicht. Ich glaube, er ist abgeleitet von einer Figur aus einem Kinderbuch – vielleicht hat ihn aber auch nur einer der Gäste erfunden. Einige wollten den Karl anfangs mit dem Spitznamen aufziehen. Das ist aber zur Enttäuschung aller nicht gelungen; er hat ihn nämlich von Anfang an schön gefunden. Wenn du ihn besonders loben oder ihm eine Freude machen möchtest, sagst du einfach ,Ringel, die Königsnatter' zu ihm." Bereits während des Gesprächs hat Ringel seine Lieblingsposition eingenommen und rutscht auf Knien einem Mädchen nach, das panisch vor ihm flüchtet.

Ungefähr eine Stunde später kehrt Sepp zurück. Neugierig versuche ich aus seinem Gesicht abzulesen, ob er erfolgreich war.

„Die Fliege mit dem Nagel* eines Mittelgewichtlers!", begrüßt er mich freudestrahlend. Wenn er mich dermaßen übertrieben lobte, musste die Welt wieder in Ordnung sein.

„Na, wie war es? Spann mich nicht so auf die Folter!"

„Groooooßartig! Danke für den Tipp! Ich kann mich nicht erinnern, schon einmal Ähnliches erlebt zu haben." Ivette grinst über das ganze freundliche Gesicht.

„Na eben! In Fällen wie diesen muss man eben zum Experten gehen. Das zahlt sich aus."

„Sepperl, das Rezept kannst du nächsten Monat bringen", mischt sich Gertschi ein.

„Welches Rezept?"

„Die Wiederholungsrunde geht aufgrund der therapeutischen Intervention von Frau Dr. Ivette auf Krankenschein. So, Sperrstunde!"

Die Musik wird ab-, das Licht aufgedreht, nach und nach mit dem Personal abgerechnet, die Gäste trollen sich inklusive Sepp nach Hause. Fredsch schlendert lässig zur Tür herein. Beim Stoß war es zufriedenstellend gelaufen. Nun wollte er noch nach dem obersteirischen Nasenbären sehen. „Wo ist denn die Leobnerin?" „Besetzt! Sie hat mit dem Gockel im Zimmer so einen Spaß, dass sie gar nicht mehr aufhören will", gebe ich bereitwillig Auskunft. Gemäß dem Sprichwort „Wie man den Esel nennt ..." hastet das hübsche Mädchen Augenblicke später in den Gastraum.

„Gerhard, ich weiß nicht mehr weiter. Es ist etwas schiefgegangen."

„Was ist denn bitte jetzt schon wieder?"

„Ich hab dem Herrn den Vibrator reingeschoben, weil er das verlangt hat. Vorher musste ich das Gerät einölen, damit es nicht so schwer hineingeht. Meine Hände waren auch voll Öl, alles war so glitschig ... und dabei ist es mir dann ausgekommen."

„Ja und? Wo ist es jetzt?"

„Drinnen! Und zwar eingeschaltet. Auf höchste Stufe. Ich hab alles probiert, ich kriege ihn nicht mehr heraus."

„Gut gemacht! Was für ein Glück, dass er sich die Spezialbehandlung bei einer medizinisch gebildeten Fachkraft angedeihen hat lassen. Dann hol den Gockel einmal aus der Kabine. Schauen wir, was wir machen können."

Verlegen schleicht der Gast zur Theke. Das Mädchen schaut betreten. Im Lokal ist es totenstill. Man hätte eine Stecknadel fallen hören können – wäre da nicht dieses verdächtige Brummen gewesen. Wenn man neben dem Gast stand, konnte man den Vibrator deutlich auf Hochtouren arbeiten hören.

„Also für mich sieht das so aus, als würden wir einen Arzt brauchen. Ich kann da nichts machen, da bin ich nicht kompetent genug", nimmt der Koberer dem armen Tropf die letzte Hoffnung auf eine diskrete Lösung.

„Bitte nicht!", stammelt dieser. „Mir ist das dermaßen unangenehm. Gibt es gar keine Alternative?"

„Na ja, ich kann einmal beim Notarzt anrufen und ihn um Rat bitten."

„Das wäre sehr nett!", klammert sich der Pechvogel an den nächsten Strohhalm.

Gesagt, getan! Wenige Augenblicke später hat Gertschi dem Mediziner telefonisch die Situation erklärt. Ernst lauscht er den Anweisungen des Fachmannes am anderen Ende der Leitung und verabschiedet sich dann höflich.

„Du musst ins Krankenhaus, leider. Der Notarzt hat mich gebeten, dir noch etwas auszurichten: Falls ein Eingriff nötig ist, darf das Gerät nicht mehr in Betrieb sein. Es ist also davon auszugehen, dass sie im Krankenhaus erst aktiv werden können, wenn die Batterien leer sind." Der Gockel verfällt zu einem Häufchen Elend.

„Hoffentlich sind es keine Duracell!", rutscht es mir heraus. Ich sehe dabei den Hasen, der läuft und läuft und läuft … wenn andere schon müde sind.

Während der am Boden zerstörte Gast in das nächste Taxi Richtung Krankenhaus verfrachtet wird, ich mich selbst einen Idioten schimpfe, weil nun kurz nach 5.00 Uhr in der Früh sogar dem Morgen graut und ich um 7.00 wieder raus muss, verabschiedet sich Fredsch mit der Vibrator-Expertin.

20 NOCH MEHR SELBSTERFAHRUNG

„Lass an!"

„Nein!", kürze ich das Wohnungseingangsritual ab.

„Wieso bist du denn so wortkarg? Du schaust abgekämpft aus. Geht es dir nicht gut?", will Fredsch besorgt wissen.

„Pffffhhhh! Ich hab ein hartes Wochenende hinter mir! Dazu müsste ich aber weiter ausholen. Ich will dich nicht damit belasten."

„Was, belasten? Erzähl schon!"

„Na ja, ich habe wieder jemanden für ein Seminar-Wochenende eingeladen. Einen großartigen Hypnotiseur und NLP-Master* – von Freitagabend bis Sonntagnachmittag hat die Geschichte gedauert, in einer alten Mühle, die zu einem Seminarhaus umgestaltet worden ist. Du kennst die Seminar-Geschichten eh schon. Mir macht es großen Spaß, so etwas zu organisieren, auch wenn das grundsätzlich eine undankbare Arbeit ist. Dieses Mal hat die Bank einigen interessierten Kunden die Teilnahme bezahlt. Als kleine Aufmerksamkeit quasi. Du weißt ja, im Institutional Sales* betreuen wir ja nur Großkunden. So waren in der Teilnehmergruppe einige Leiter von Wertpapier- und Veranlagungsabteilungen aus Banken und Versicherungen vertreten, mittleres und Top-Management also. Daneben gab es natürlich auch die Regulär-Bucher, die sich für das Thema begeistern. Ich wollte dem Mike eine Freude machen und habe ihn dazu eingeladen, weil noch ein Platz frei war."

„Den Bussi-Mike?"

„Ja, genau!" Mike war ein ehemaliger Strolch, der sich im Gegensatz zu vielen seiner Kollegen gegenüber den für ihn arbeitenden Mädchen immer sehr nett und zuvorkommend verhielt. Niemand wusste hinter seinem Rücken ein schlechtes Wort zu verlieren, was grundsätzlich ungewöhnlich ist. Wenn sich Mike von einem Mädchen trennte, dann putzte er sie niemals ab, um sie dann mittellos zurückzulassen, sondern teilte das aufgebaute Vermögen großzügig. Das war im Übrigen eine Gemeinsamkeit, die ihn mit Fredsch verband. Ach ja, Bussi war einer der Erfinder des Schlossbergers. Um genau zu sein derjenige, der seinen Partner dauernd auslösen musste.

Jedenfalls war Mike begeistert. Einige Tage, nachdem ich die Einladung ausgesprochen hatte, wollte er von mir wissen, ob er einen Freund mitbringen könne. „Ohne Weiteres!", habe ich ihm geantwortet. Na ja, es wäre eine Wiener Rotlicht-Größe. Aber ein ausgesprochen netter Bursche und so weit er das beurteilen könne, würde ich mich sicher gut mit ihm verstehen. So ist es dann weitergegangen: Wir reisen an und treffen uns nach dem Beziehen der Zimmer in der Mühle im Gemeinschaftsraum. Die Truppe ist bunt zusammengewürfelt. Ärzte, Diplomingenieure, Banker, Führungskräfte von börsennotierten Unternehmen und ... zwei Strolche. Mike stellt mir seinen Freund Harry vor. Ein drahtiger Bursche, man spürt, dass er gewohnt ist, sich durchzusetzen. Ich bin solchen Menschen schon viele Male begegnet und nehme ihn überhaupt nicht als unangenehm wahr. Harry erzählt mir, dass er seit einiger Zeit meditiert und sich mit Buddhismus beschäftigt. Diese Themen haben ihm die Augen geöffnet und er wisse nun, dass er einiges in seinem Leben ändern möchte. Speziell die Tatsache, dass Gewalt seinen Alltag so sehr prägt, ginge ihm sehr auf die Nerven.

Ein Jugendfreund, der es in einem großen Telekommunikations-Unternehmen bis ins Management geschafft hat, gesellt sich zu uns. Wir vier verstehen uns prächtig; ich bin etwas unruhig, weil der Referent eigentlich schon längst da sein sollte. Plötzlich klingelt mein Telefon, das Sekretariat des Vortragenden teilt mir mit, dass er den Flieger versäumt hätte und die Reise deshalb mit dem Auto antreten musste. Verzögerung: 4-5 Stunden. Ich übernehme die unangenehme Aufgabe, die Teilnehmer über diesen unglücklichen Umstand zu informieren.

Plötzlich zeigt einer aus der Gruppe auf: „Ich zaubere in meiner Freizeit ein wenig und hätte zufällig einige Tricks dabei. Wenn ihr Lust habt, könnte ich euch so die Wartezeit vertreiben." Dankbar wird der Vorschlag angenommen. Der Mann mittleren Alters verschwindet nach draußen, um wenige Augenblicke später mit zwei riesigen Koffern, prall gefüllt mit Zauber-Utensilien zurückzukehren. Das waren also „einige" Tricks, die er „zufällig" dabei hatte. Es folgt eine Zauber-Show, durch die er das Publikum sehr liebenswürdig führt. Der Pausenfüller wäre äußerst gelungen gewesen, hätte nicht Harry das Bedürfnis gehabt, dem Publikum jeden einzelnen Zaubertrick umgehend zu erklären. Der Magier fällt immer mehr in sich zusammen und bald regt sich Unmut unter den Seminarteilnehmern. Harry wird von der Gruppe gemaßregelt – besonders von einem Wertpapierfachmann einer Bank. Es knistert, die Meinungsverschiedenheit muss kalmiert werden, und zwar vom Organisator

– also mir. „Fängt ja großartig an!", denke ich mir. Was mir dabei allerdings entgangen ist: Harry hat sich den Wertpapiermann insgeheim notiert ... auf seiner schwarzen Liste. Etwas später trudelt endlich der Referent ein und erlöst mich. Es folgen intensive Prozesse, die so manchen Teilnehmer tief berühren. An diesem Wochenende soll jeder die Gelegenheit haben, ein Thema seiner Wahl zu bearbeiten. Der Abend neigt sich dem Ende zu. Alle sind froh, in die Betten zu kommen.

Am nächsten Morgen stelle ich mich hinter Harry am Frühstücksbuffet an, als jener, der sich, ohne es zu wissen, auf der schwarzen Liste befindet, an uns vorbeizischt. Er drängelt sich in die Müsli-Ecke.

„Sag einmal? Mit dem Eilzug durch die Kinderstube, oder was? Siehst du nicht, dass wir uns da alle in einer Reihe anstellen?", will Harry wissen.

„Oh! Na ja, ich nehme mir nur schnell ein Müsli!", bleibt der Banker von der Frage unbeeindruckt und wendet sich wieder dem Buffet zu.

„Hör zu einmal! Wenn du den Löffel jetzt ins Joghurt reinsteckst, wird das das Letzte gewesen sein, was du auf diesem Planeten gemacht hast."

Die Stimme von Harry ist ruhig, eher leise. Sie elektrisiert mich, ich habe Sätze dieser Art schon oft gehört, auch den dazu gehörigen Blick viele Male gesehen. Der Tonfall ist mir vertraut und vor allem das, was danach folgt. In meinem Hirn baut sich gerade ein buntes Bild auf. Ich sehe mich mit hängenden Schultern vor dem Vorstand der Bank stehen. Neben mir der besagte Wertpapier-Experte mit einem Gips im Gesicht und Panzerknacker-artigen dunklen Ringen um die Augen.

Der Wertpapier-Mann stutzt zwar, ich bin mir aber sicher, dass er das dünne Eis, auf dem er sich gerade bewegt, nicht erkennt. Menschen, die wohlbehütet in einem Wattebausch aufgewachsen sind, haben oft die Fühler für Gefahr nicht. Entweder wurden ihnen diese irgendwann auf ihrem Lebensweg gezogen oder sie haben sich gar nie entwickelt, weil sie ohnedies nicht benötigt werden. Einige Male habe ich erlebt, dass solche Leute in ähnlichen Situationen entrüstet die Frage stellten: „Willst du mir drohen?" und sich glücklich schätzen konnten, wenn sie sich wenige Augenblicke später nur mit verbogener Nase auf dem Boden wiederfanden. Menschen wie Harry drohen nicht. Sie setzen um. Sie sind wie Hunde, die nicht bellen oder knurren, bevor sie beißen. Drohungen auszusprechen kostet nämlich Zeit, die einem im weiteren Verlauf möglicherweise abgeht. Wenn dir jemand, der aus diesem Holz geschnitzt ist, sagt, dass es dich morgen nicht mehr geben wird – dann gibt es dich morgen nimmer. Für die Erstellung von Prognosen dieser Art benötigt er weder eine Glaskugel noch andere Hilfsmittel.

Mein Hypothalamus hält den Zeitpunkt für passend, die Hypophyse mit der Produktion einer beachtlichen Menge Adrenalin zu beauftragen und selbiges im Anschluss in mein System ausschütten zu lassen. Der gerade eben noch etwas zu niedrige morgendliche Blutdruck schnellt in die Höhe. Mir bleibt nichts anderes übrig, als die Position des Schlichters einzunehmen. Üblicherweise wehre ich mich mit Händen und Füßen dagegen, das zu tun. Schlichter zu sein ist nämlich die undankbarste aller Aufgaben. Nicht selten habe ich Schlichter, die naiv waren und es gut gemeint haben, in die Knie gehen sehen. Oft werden sie von den Streithähnen, welche die Welt nur mehr mittels Tunnelblick wahrnehmen, nicht als die Guten erkannt. Am Ende kann es sogar passieren, dass sich die ursprünglichen Kontrahenten verbünden und ihre Wut gemeinsam an dem Schlichter auslassen. Wie auch immer, der Gedanke, eine Wahl zu haben, ist für mich in diesem Moment nur eine Illusion.

„Meine Herren, bitte! Verderben wir uns nicht schon am frühen Morgen die Laune wegen solcher Lächerlichkeiten." Mit diesen Worten schiebe ich den Banker sanft auf die Seite und stelle mich zwischen die beiden. Kurz habe ich den Eindruck, dass er mir dafür dankbar ist. Harry besinnt sich auf die eine oder andere buddhistische Bauernregel und nickt mir zu, obwohl ich spüren kann, dass er das in diesem Zusammenhang von mir verwendete Vokabel „Lächerlichkeiten" für unpassend hält. Auch wenn ich seiner Meinung bin, hilft mir das im Augenblick nicht weiter. Primär ist es mein Ziel, die Situation zu entspannen. Insgeheim bin ich Harry aufrichtig dankbar für seine Zurückhaltung, weil ich weiß, wie viel Kraft ihn das gerade kostet. Der Banker hat umdisponiert und den Entschluss gefasst, auf das morgendliche Müsli zu verzichten. Mir ist der Hunger auch vergangen. Bussi-Mike hat die Szene von etwas weiter hinten beobachtet, unsere Blicke treffen einander. Es bedarf keiner weiteren Worte.

Etwas später starten die nächsten Selbsterfahrungs-Durchgänge. Diverse

Traumata werden aufgelöst. Eine Traumatisierung entsteht, wenn jemand von einem bedrohlichen Erlebnis derart überfordert wird, dass er es mit den ihm zur Verfügung stehenden Mitteln nicht verarbeiten kann. Das Überschreiten der Belastungsgrenzen führt dazu, dass das jeweilige Erlebnis nachhaltig abgespeichert wird. Die traumatisierte Person kann in der Folge von Leid- und Angstzuständen geplagt werden. Gerade Traumata, die in der Kindheit entstehen, führen oftmals zu massiven psychischen Störungen. Ein Kind hat naturgemäß weniger Möglichkeiten, belastende Erfahrungen zu bewältigen als ein Erwachsener mit gefestigter Persönlichkeit. Interessanterweise werden die Skalen für unser Empfinden in der frühen Kindheit geprägt. In dieser Phase wird also definiert, was wir als warm oder kalt, schmerzhaft oder angenehm erleben. Dieser Prägung entsprechend ist es einem Eskimo in einem Iglu bei 0 Grad angenehm warm, während der neben ihm sitzende Afrikaner zu erfrieren meint. Ebenso geht ein Watussi mit Schmerz anders um als ein bierbäuchiger Mitteleuropäer.

Alle erwähnten Grundlagen der Psychologie wirken selbstverständlich auch in der bunt zusammengewürfelten Runde. Am Gesichtsausdruck von Harry, der dem Geschehen aufmerksam folgt, kann ich erkennen, dass er das, was andere als belastend empfinden, für nicht einmal erwähnenswert hält. Er kommt gerade in Kontakt mit einer für ihn völlig fremden Welt. Schließlich ist es an ihm, neben dem Coach Platz zu nehmen. Auch er nutzt die Möglichkeit, an einem Thema, das ihm wichtig ist, mit einem Profi zu arbeiten.

„Schau her!", beginnt er dem Referenten zu erklären „Sie haben mir da und da hineingeschossen, die Kugel ist dort wieder ausgetreten, dann hat man mir hier hineingestochen, knapp an der Lunge vorbei, und schließlich ..." Nun sind es die übrigen Teilnehmer, die mit einer völlig fremden Welt in Kontakt kommen.

„ ... das ist unterm Strich alles gut gelaufen und damit erledigt. Es gibt mich noch. Mein Problem aber ist ..." Harry erklärt, an welcher Geschichte er arbeiten möchte. Es versteht sich von selbst, dass weiterführende detaillierte Informationen zu den Inhalten seines Themas hier keinen Platz haben.

Der Coach reagiert äußerst professionell und beginnt mit dem Prozess: „Wenn du in der Zeit zurückgehst, gibt es da ein Erlebnis, das dir dazu einfällt?"

„Ja!"

„Was ist damals genau passiert?"

„Das kann ich dir nicht sagen."

„Erinnerst du dich nicht mehr?"

„Doch."

„Ist es dir unangenehm, darüber zu reden?"

„Nein, aber wenn ich es dir erzähle, muss ich dich im Anschluss töten."

Derart motiviert, entschließt sich der Therapeut, ausschließlich auf der Prozess-Ebene weiterzuarbeiten, ohne die Inhalte des Problems im Detail zu kennen. Das ist im NLP durchaus möglich. Am Ende löst er das Thema bravourös durch sogenanntes „Anker-Kollabieren". Zur Erklärung: Beim Anker-Kollabieren (collapsing anchors) werden zwei Anker für zwei gegensätzliche Reaktionen gleichzeitig ausgelöst. Da das Nervensystem nicht in der Lage ist, zwei Gefühle gleichzeitig zu repräsentieren, entsteht ein neuer, dritter Zustand, in dem der stärkere der beiden geankerten Zustände dominiert. [*]

Harry wirkt zufrieden und wir gehen in die Pause. Mike flüstert mir im Vorbeigehen zu: „Sorry, ich hab gedacht, das würde besser funktionieren."

„Ich vertrau dir, Mike!", antworte ich.

Nach dem Mittagessen sind Harry und Mike nicht mehr da. Sie haben sich entschieden abzubrechen. „Ja, das war mein Wochenende! Gott sei Dank ist alles gut gegangen!"

„Hmmm, der Mike ist immer für eine Überraschung gut!", lächelt Fredsch.

21 DIE SACHE MIT DEM WEISSEN

Fredsch hatte mit Gift zu tun. Professionell, meine ich. Anfangs war ich zu unbedarft, um die subtilen Abläufe in ihrer Gesamtheit wahrzunehmen. Mit der Zeit wurden mir die Zusammenhänge klar und ich begann nach und nach mehr Durchblick zu bekommen. Irgendwann fing Fredsch damit an, selbst die eine oder andere Linie vor mir aufzuziehen. Manchmal hatte ich den Eindruck, er würde auf Fragen warten. Ich fragte nie. Er wollte auch niemals wissen, ob ich Lust hätte zu probieren. Wir hatten auf irgendeine Art ein stilles Übereinkommen getroffen. „Warst du eigentlich noch nie neugierig, was ich da mache?", hält es Fredsch eines Tages doch nicht mehr aus.

„Nein, Fredl."

„Komisch, ich wär neugierig."

„Schau, für mich ist das so: Ich brauch das nicht. Und ich will mich diesbezüglich auch nicht mit Wissen belasten. Damit kann ich nämlich immer sagen, falls mich eines Tages jemand fragen sollte: Ich hab KEINE Ahnung! Und verplappern kann ich mich auch nicht. Wenn also irgendwann etwas daneben geht, kannst du sicher sein, dass von mir niemand was weiß."

„Hmmmmm", grunzt er zufrieden. Damit war unser einziges Gespräch zu diesem Thema beendet.

In Graz hatte sich viele Jahre davor die halbe High Society das weiße Pulver in die Birne geschnupft. Selbst höchste Polizeikreise waren damit verseucht. Die Tatsache, dass viele einflussreiche Persönlichkeiten involviert waren, vermittelte einigen Beteiligten das Gefühl der Unverwundbarkeit und das ließ sie unvorsichtig werden. Jugendliche Mädchen wurden mit der Partydroge gefügig gemacht. In dem einen oder anderen Lokal legte man sie am frühen Morgen kurzerhand gleich auf den Tisch und rutschte über sie drüber. Man machte sich nicht mehr die Mühe, es heimlich zu tun, manche streuten die Linien mitten im Lokal auf die Theke, als handle es sich um Kinderbrausepulver. Da – wie schon erwähnt – auch Polizisten zu dieser Zeit dem weißen Staub nicht abgeneigt waren, schneite es damals in Graz das ganze Jahr ausgiebig. Die Sprüche, die Eltern oder Großeltern mahnend einem Kind vermitteln, wirken im ersten Moment oftmals trivial. Später stellen sie sich mitunter als tiefe Weisheiten heraus. „Der Krug geht so lange zum Brunnen, bis er bricht" erscheint im konkreten Fall passend. Mathematisch betrachtet lässt sich der Ausgang von Geschichten wie dieser mit dem „Gesetz der großen Zahlen", das auch in der Versicherungsmathematik seinen Platz hat, erklären. Je größer die Zahl der involvierten Personen und je häufiger eine mit Risiko behaftete Handlung wiederholt wird, desto höher die Wahrscheinlichkeit, dass ein Schaden eintritt. Schließlich kam es also, wie es kommen musste. Angesichts der offensichtlichen Verstrickung führender Polizeikräfte wurde still und heimlich ein Großaufgebot an Gendarmerie-Beamten bereitgestellt und eine Sondereinheit gebildet. Auf diese Art konnte sichergestellt werden, dass die Ermittlungen unbeeinflusst blieben. In akribischer Kleinarbeit wurde Puzzle-Teil um Puzzle-Teil zusammengetragen, bis sich die Netze schließlich zuzogen. Die Aktion hatte für viel Aufsehen gesorgt. In einer Gesellschaft, in der ein Skandal den nächsten jagt, vergisst man in der Regel selbst große Schweinereien rasch wieder. Anders wäre die permanente Überladung mit Informationen auf Dauer nicht zu bewältigen. Und so war bald auch über diese Geschichte Gras gewachsen.

In einer Reportage über die Wirkung von Drogen auf das Gehirn habe ich einmal gesehen, dass Koks sich beim Aufziehen durch die Nase für einen kurzen Moment im ganzen Gehirn ausbreitet. In der Aufnahme mit einer Wärmekamera ist zu Beginn fast das gesamte Gehirn knallgelb. Danach zieht sich diese sattgelbe Farbe auf einen Kreis in der Größe einer 10-Schilling-Münze zusammen. Das Besondere daran: Der Bereich, der nun abgedeckt wird, liegt exakt über dem Belohnungszentrum in unserem Gehirn. Angeblich ist es für einen Kokser unmöglich, den Flash, den er das erste Mal erlebt hat, in seiner Qualität zu wiederholen. Er läuft den Rest seines Lebens diesem Referenz-Erlebnis nach, eine Sisyphus-Qual also. Kokain führt zwar nicht zu einer körperlichen Abhängigkeit, sehr wohl kann es aber zu einer psychischen führen. Das Abhängigkeitspotenzial ergibt sich aus dem schnellen Abklingen der Wirkung nach einem intensiven Hochgefühl. Die extreme Wechselwirkung führt nach dem Trip in eine Koks-Depression, die wiederum das Verlangen nach erneutem Konsum auslöst. Und so beginnt sich eine unheilvolle Spirale zu drehen. Oftmals treten am Ende dieses Weges paranoide Wahnvorstellungen auf. Diesen Umstand bezeichnet man als „Koks-Psychose".

Interessanterweise ist mir kein einziger Dealer bekannt, der nicht auch selbst konsumiert. Trotz meines laienhaften Zugangs zum Thema hat mich diese Erkenntnis überrascht. In jedem Hollywood-B-Movie kann man erfahren, dass ein Dealer auf keinen Fall sein eigenes Zeug nehmen sollte. Ähnliche Regeln wurden im Milieu strikt beachtet. So wurde man niemals müde, deren Wichtigkeit immer wieder zu betonen. „Hausfick bringt Unglück!" war beispielsweise eine davon. Man wollte damit zum Ausdruck bringen, dass sexueller Kontakt mit den eigenen Angestellten in jedem Fall zu vermeiden war. Die Verletzung dieser Regel untergrub nämlich die Autorität des Bordellbetreibers. Daneben entstand ein ausgezeichneter Nährboden für Missgunst und Eifersucht. Die Streitigkeiten, die sich daraus beim weiblichen Personal ergaben, konnten im schlechtesten Fall deutlich mehr Geld kosten, als hätte man sich im Bordell eines Geschäftskollegen professionell betreuen lassen. Während sich deshalb die meisten in diesem Punkt sehr diszipliniert verhielten, nahm man es beim Gift nicht so genau. Zugegeben: Wenn Gertschi nach massivem Bierkonsum mit Bussi-Bären-Frisur hinter der Theke herumhampelte, drückte er bei der Hausfick-Regel auch das eine oder andere Mal ein Auge zu.

Zurück zum Thema: Die Kokser, die ich kenne, haben jedenfalls in „aufgezogenem" Zustand Selbstvertrauen ohne Ende, wirken zappelig und aufgedreht wie Sprechpuppen. In aller Regel werden sie über kurz oder lang „hirngeil". Das bedeutet, sie sind unendlich scharf, können aber in diesem Zustand unangenehmerweise nur auf ein sogenanntes „Koks-Pimperl" verweisen – einen kleinen, runzligen Wurm. Um seinem Leid Abhilfe zu verschaffen, behilft man sich im Allgemeinen mit einer „Blauen". Für den chronischen Kokser bedeutete die Erfindung von Viagra gleichzeitig die Lösung eines seiner brennendsten Probleme.

Die Schwierigkeit dabei: Einerseits macht es die Kombination von Weißem mit Blauem oftmals unmöglich abzudrücken[*]. Andererseits berichten die Konsumenten am nächsten Tag davon, dass sich ihr Kopf anfühlt, als hätte ihnen jemand mit dem Baseball-Schläger eine übergezogen. Die Huren, denen sie in diesem Zustand auftragen, ihnen einen zu blasen, müssen im Halbstundentakt ausgetauscht werden, weil ihre Lippen von der Mühe schlauchbootartig anschwellen.

Aber dann kam „Cialis". Das verträgt sich angeblich bestens mit Schnee und

... versetzt den Kokser in die Lage, multiple Orgasmen zu erreichen. Kein Kopfweh, kein gar nix. Jetzt macht das tagelange Partyfeiern wieder Spaß.

„Cialis – und die Hühner können auf deinem Rohr Klimmzüge machen", lässt mich Dreifinger-Joe eines Tages im Sitsch wissen, und wenn er in dem Moment nicht so überzeugend dreingeschaut hätte, hätte ich ihn für einen Pharmavertreter gehalten. „Jawoll, den Erfinder möchte ich gern kennenlernen, dem würde ich ein Busserl* geben, das ist ein echter Held! Ich finde, er gehört für den Nobelpreis vorgeschlagen", kommt ein anderer ins Schwärmen.

„Michl, am Rettich* liegt ein Naserl für dich", raunt mir einer aus der zweiten Reihe zu. Den Strolchen war es lieber, wenn jemand mit ihnen gemeinsam konsumierte. Tat man es nicht, machte sie das misstrauisch.

„Das ist eine Einladung!", setzt der Gönner mit finsterer Miene nach.

„Das hab ich schon verstanden, das ist nett von dir. Der Punkt ist nur, ich fange damit nichts an. Schau, ich kann so tun, als wäre ich begeistert. Dann geh ich raus, blase alles vom Deckel runter, komme zurück und mache auf lustig. Damit ist ein Tausender für den Kanal und du lebst in der Illusion, mir eine Freude gemacht zu haben. Ich sag es dir aber lieber ehrlich und du tust stattdessen dir selbst oder einem anderen einen Gefallen. Denn so hat keiner etwas davon."

Sein Blick ruht aufmerksam auf mir, er wirkt nachdenklich. Ich habe den Eindruck, dass er ein Gespräch dieser Art zum ersten Mal erlebt.

„Dem Michl kannst du damit keine Freude machen, der rüsselt* nicht", mischt sich Leo bestätigend ein. „In einem Vierer-Bob wäre er der Bremser. Er will viel lieber 'n Möhrchen, viel lieber 'n Möhrchen ...!", singt der Boxer ausgelassen.

„Arg!", schnauft mein Gegenüber. „Hast du schon einmal probiert?"

„Nein, noch nie. Nicht einmal damals in Kolumbien, wo das Gramm reinste Ware 60 statt wie hier 1.000 Schilling gekostet hat. Ein eigenartiges Gefühl, in Äquator-Nähe mitten im Sommer von so manchem Wintereinbruch überrascht zu werden. Ich war jedenfalls nie gefährdet."

„Stimmt, da war ich selbst dabei!", bestätigt Leo.

„Was? Wie kann man sich eine Meinung bilden, wenn man das noch nie probiert hat?"

„Ich hab schon viele Male gesehen, was es aus Leuten, die mir nahestehen, macht. Mehr brauche ich nicht zu wissen. Ich bilde mir auch nichts darauf ein, bin weder Moralapostel noch Polizist. Es hat mich einfach nie interessiert."

„Die Frage ist immer, ob du es im Griff hast oder nicht", wirft der Spendable ein.

„Ich sehe das so: Es gibt Menschen, die rauchen jeden Tag drei Packerl Zigaretten, werden 97 Jahre alt und haben noch nie einen Arzt gesehen. Andere bekommen von einem Drittel der Dosis Lungenkrebs und verrecken elendig. Wie hat der Großvater immer gesagt? ,Trifft es einen Schwachen, haut's ihn um.' Was die Kontrolle im Zusammenhang mit diesen Geschichten betrifft, gibt es eine Vielzahl von Graustufen. Einige Konsumenten halten ab und zu den Rüssel rein und zeigen keinerlei Suchttendenzen. Andere kriegen die Kurve schon nach kurzer Zeit nicht mehr. Diese verschiedenen Typen findest du in allen Bereichen: Einer genießt ein Achterl Rotwein und hat damit genug. Der andere sauft Flasche um Flasche, bis er ihn wieder speibt. Ich zerbreche mir jedenfalls nicht den Kopf anderer, und die fertiggefahrenen Kokser habe ich alle schon gesehen: mit dem Schweiß auf der Stirn, der rotzigen Nase, das Pulver über das Gesicht bis hinter die Ohren verteilt, eine hochrote Birne, dass du glaubst, sie explodieren jeden Moment, und paranoid ohne Ende. Manche ziehen so lange weiter, bis die Nasenlöcher mit dem weißen Brei komplett verstopft sind, als hätten sie Tampons im Riechkolben*. Dann rinnt ihnen das Blut aus der Nase, weil die gepeinigten Schleimhäute wund sind und die Mengen einfach nicht mehr bewältigen können. Sie suchen den Kick, den es in der gewünschten Form für sie nicht mehr geben wird. Die echten Experten übertreiben so lange, bis ihre Nasenscheidewand löchrig wird wie ein Nudelsieb. Alles Effekte, die ich nicht für erstrebenswert halte. Übrigens, der Freud hat auch geglaubt, er hat es im Griff, und das war kein Trottel."

„Echt, der Freud hat gegiftelt?"

„Ja, und es hat ihm nicht gut getan! Schau, es gibt die, die sich etwas einpfeifen, weil sie ihr Bewusstsein erweitern wollen oder Sachen sehen möchten, zu denen man sonst keinen Zugang hat. Einige gescheite Leute sind davon überzeugt, dass sich viele Hochkulturen nur aufgrund ihrer Experimente mit psychoaktiven Substanzen so schnell weiterentwickeln konnten. Manche meinen sogar, die Menschheit als Rasse hätte ihre Position auf diesem Planeten unter anderem auch diesem Umstand zu verdanken. Dann gibt es noch die anderen: Die hauen sich halt was rein, weil es zischt. Ich bin, was das Thema Drogen betrifft, völlig leidenschaftslos. Mir ist egal, warum einer was auch immer nimmt. Es stört mich auch nicht, wenn er es neben mir tut, solange es ihn nicht so aushängt, dass ich unangenehm davon betroffen bin. Mit anderen Worten: Ich kratze mich nur, wenn es juckt. Am Ende des Tages zahlt ohnedies jeder die Rechnung für sein Tun selbst … und auch das ist völlig in Ordnung. Im Leben ist nichts umsonst. Es gibt unendlich viele Währungen. Manche Dinge bezahlt man mit Geld, andere mit Gesundheit, Einsamkeit, Zeit, Freiheit … was auch immer. Ich habe irgendwann einmal begonnen, mir im Zusammenhang mit wichtigen Entscheidungen zwei Fragen zu stellen: In welcher Währung zahle ich? Wie hoch ist der Preis? Das Thema Gift sehe ich so: Wenn du eine Substanz nachhaltig missbrauchst, dann wird dir irgendwann die Rechnung dafür präsentiert. Wenn du den Preis und die Währung kennst, die Entscheidung also bewusst triffst, dann kann es nachher auch keine Enttäuschung oder Überraschung geben. Etwas natürlich Gewachsenes scheint mir ja noch überschaubarer zu sein. Synthetische Sachen beispielsweise in Tablettenform sind aber meines Erachtens unberechenbar. Sie werden oftmals in irgendeinem grindigen Hinterhof gemischt, es ist kaum möglich, Qualität und Zusammensetzung zu beurteilen, wenn man kein Profi ist. Das wäre mir zu riskant. Wie auch immer. Der Punkt bei all diesen Geschichten ist grundsätzlich – und das haben uns viele Naturvölker voraus: Du darfst den Respekt nicht verlieren. Wenn du es tust, dann musst du es mit einer gewissen Demut machen."

„Du bist ein arger Hawara*!"

Damit war die Diskussion beendet.

22 DIE FEINE FINANZWELT

„Michl, ich glaube, heute solltest nicht vorbeikommen!" Eigentlich war vereinbart, dass ich Gertschi ein paar Filme im Tanzcafé vorbeibringe und bei der Gelegenheit Fredsch treffe.

„Wieso?"

„Im Whirlpool-Zimmer feiern gerade drei Banker eine Orgie."

„Da schau her."

„Ja, sie kommen aus deiner Bank."

„Woher weißt du denn das?"

„Das ist recht einfach, sie sind dicht wie die Don Kosaken und streuen mit ihren Visitenkarten herum, als wären's Konfetti. Arge Typen! Der Bursche, der die Party schmeißt, ist gerade Vater geworden. Seine Frau wird in dem Moment aus dem Kreissaal geschoben, einen Buben hat er bekommen. Bist du deppert, das ist sogar mir zu steil."

„Ruf mich an, wenn sie weg sind, vielleicht geht sich noch was aus."

Stunden später sitze ich mit Fredsch an der Theke im Tanzcafé und blättere die Visitenkarten durch, die Gertschi für mich gesammelt hatte.

„Spannend – da waren ja genau die richtigen Eierköpfe beieinander. Genau die, die in der Bank auf Sir machen."

„Ja, die haben es ordentlich krachen lassen."

„Der fickt eine Hur, während die eigene Frau im Kreissaal auf dem Tisch liegt und unter Schmerzen sein Kind gebärt. Ich hab immer gedacht, mich kann nichts mehr erschüttern. So etwas würde mir nicht einfallen!", murmelt Fredsch.

„Wenn du wüsstest, wie sich die Arschlöcher am Tag, in feines Tuch gehüllt, aufplustern. Da tät's dir erst richtig schlecht werden!", lasse ich ihn wissen.

„Gertschi, wieso packt denn die Martha schon zusammen?"

„Die war mit den drei Managern in der Kammer und hat heute schon genug verdient."

„Wie, genug verdient? Das hab ich noch nie gehört, dass eine heimgeht, weil sie schon genug verdient hat."

„Das ist diesmal eine Ausnahme, das war nämlich so: Als die Burschen die Martha gesehen haben, waren sie hin und weg. Sie wollten unbedingt zu dritt mit ihr ins Zimmer gehen. Am Anfang war die Martha zögerlich, aber schließlich hat sie es dann doch gemacht. Was im Detail alles passiert ist, weiß ich nicht. Die drei haben jedenfalls darauf bestanden, dass ich den Sekt serviere.

Und jedes Mal, wenn ich eine neue Flasche ins Whirlpool-Zimmer gebracht habe, hab ich einen Eindruck bekommen, wie es dort läuft. Das waren durchgeknallte Typen. Sie haben nicht nur gesoffen, sondern dürften sich auch noch etwas anderes eingeworfen* haben. Während die Martha am Bett gekniet ist und dem einem einen geblasen hat, hat der andere immer gerufen: ‚Mein Gott, ist die brav, also soooo brav!!!' Dann hat er einen Tausender nach dem anderen zusammengerollt und ihr wie einem Sparschweindl in den Hintern geschoben. Soweit ich das hochgerechnet hab, hat sie nach zwei Stunden mindestens zwölf Tausender im Darm gehabt. Da kann ich verstehen, dass sie jetzt einen Kassasturz machen möchte."

Ich schüttle ungläubig den Kopf. „Sag, Gertschi, hast eine neue Mannschaft?", wechsle ich das Thema, nachdem ich mich wieder gefangen habe.

„Na ja, ein paar sind neu. Die meisten sind momentan in der Kabine."

„Was für Nationalitäten?"

„Piefkinesien – die hat eine totale Baustelle im Mund, ist aber nur auf der Durchreise. Schließlich eine aus Vulgarien, äußerst attraktiv. Den Käfer muss ich noch wegmachen lassen, dann ist sie perfekt." Mit diesen Worten deutet Gerhard auf ein großes Muttermal neben der Nase der Bulgarin. „Dann noch einen Dracula, einen roten Khmer und eine aus Zigeunien."

„Oje, die haben so ein blaues Zahnfleisch, auf das kann ich gar nicht", wirft Fredsch ein.

„Nein, nein! Die ausnahmsweise nicht. Das ist nebenbei noch eine Lustige. Normalerweise ist sie eine Plaudertasche, aber gestern hat sie der Zigeunerprinz gewachselt*, weil sie nur 300 Schilling heimgebracht hat. Deswegen ist sie jetzt ein bisserl schaumgebremst unterwegs. Ich kann das sowieso nicht verstehen. Sie kommt hierher, weil es ihr zu Hause schlecht geht. Dann nimmt sie sich so einen ungarischen Würstelsieder mit, da hätte sie gleich daheim bleiben können. Er ist heute Nachmittag vorbeigekommen und hat so getan, als wäre gar nichts passiert. Ich hab mit ihm geschimpft und ihn vom Platz verwiesen. Zu ihr hab ich gesagt: ‚Wenn du auf Sado-Maso stehst, kannst von mir auch jeden Tag ein paar hinter die Löffel haben. Wenn du das brauchst, können wir das ganz entspannt abwickeln. Ich verstehe zwar nicht, wozu das gut sein soll, es macht mir auch keinen Spaß. Aber bevor du dich von dem Idioten dauernd so zurichten lässt, zünde lieber ich dir eine. Das hat zwei Vorteile für dich: Ich bin dir danach nicht böse und du kannst dir dein Geld selbst behalten.'"

„Gibt's schon Kritiken?"

„2 bis 3 auf der Schulnoten-Skala. Gummi kennt sie keinen!"

„Aaaahja!"

„Es ist wirklich eigenartig! Ich bin mittlerweile davon überzeugt, dass es so etwas wie ein übergeordnetes System gibt", fährt Gertschi fort.

„Wie meinst du das?"

„Speziell die Mädchen aus Zigeunien und die Draculas aus Transsilvanien nehmen sich fast alle so einen Parasiten mit. Der haut ihnen ordentlich auf die Mütze und nimmt ihnen das Geld weg, um es dann im Spielcasino auf den Kopf zu stellen. Während sie arbeitet, ist ihm zu Hause in Ermangelung sinnvoller Freizeitbeschäftigung extrem langweilig. Irgendwann beginnt er dann, sich nach neuen Aufgaben und Herausforderungen umzusehen. Interessanterweise kommen sie alle auf die gleichen Ideen. Sie brechen dann tagsüber Wohnungen auf, während sich die Gemahlin vom Nachtdienst ausschläft. Sehr beliebt ist auch das Überfallen oder Ausrauben von irgendjemandem, den sie schon länger beobachten und für schwach und ungefährlich halten. Pensionisten, die man leicht umschupfen* kann, stellen die beliebteste Zielgruppe dar. Mir wird mittlerweile schon schlecht, wenn so ein Esel in derartiger Begleitung zur Tür hereinkugelt. Wenn ich nicht gerade zu wenig Personal habe, nehme ich sie dann gar nicht."

Eine Vulgarin und ein Dracula stöckeln aus dem Separée und stellen sich neben einem schüchternen, als recht spendabel bekannten Gast auf. Nach kurzem Smalltalk beginnen die beiden, sich über ihn lustig zu machen. Es sieht so aus, als würden sie eine Show abziehen, um Fredsch zu beeindrucken. Irgendwann treiben sie es so bunt, dass der Gockel verschämt die Rechnung verlangt und unverrichteter Dinge abzieht.

„Du, kommt's her einmal, ihr zwei – ich möchte euch gern was fragen", ruft ihnen Fredsch zu. Kichernd traben die bestrapsten Schlampen an. „Das war komisches Vogel", gluckst der Dracula.

„Ich würd' gern Folgendes von euch wissen: Wer ist schlauer? Einer, der

– wann immer er will – Geld über den Tisch schiebt und bestimmt, wann ihr für ihn die Gabel* macht, oder jemand, der sich für Geld ficken lässt? Dir ist es wurscht, oder? Na ja, nicht wurscht, aber egal, stimmt's?", wendet er sich direkt an die Vulgarien. Das Lächeln in den Gesichtern war eingefroren, auch dem Allerdümmsten im Raum ist klar, dass es sich um eine rhetorische Frage handelt.

Just als die Stimmung den Nullpunkt erreicht hat, kommt Werner zur Tür herein. Es handelt sich um einen Akademiker mit sonnigem Gemüt. Hinter vorgehaltener Hand erzählt man sich, er wäre irgendwann in jugendlichem Alter aufgrund seiner ausgeprägten Experimentierfreudigkeit auf einer Überdosis LSD hängen geblieben, habe Jahre gebraucht, um sich wieder einzurenken, und am Ende wieder alles gut hingekriegt. Heute, in angesehener Position, glaubt er an das Gute im Menschen, hat sich seine Experimentierfreudigkeit erhalten und ist in Bezug auf Fredsch das, was man als die andere Seite des Spektrums bezeichnen könnte.

„Wie war es?", frage ich den liebenswerten Kerl, der über das ganze Gesicht strahlt. Ich hatte ihm den Laufhaus-Gutschein für das „Schnäppchen des Tages" gegeben, um ihm eine Freude zu machen. Insgeheim hoffte ich, dass Martin nicht bemerkt, dass ich sein Geschenk weitergereicht hatte. So etwas tut man nicht, das ist unhöflich. Andererseits, wie sollte er da draufkommen? Dieses Risiko geht gegen null, war ich mir sicher.

„Säääähr, säääääähr fein!", schwärmt Werner. „Als ich reingekommen bin, hat sie den Gutschein nicht gleich erkannt oder gar nicht gewusst, dass es so etwas gibt. Ich denke, sie war neu. Ein wunderhübsches Mädel – aus der Slowakei!"

„Wie hast du die Situation gelöst?", frage ich erstaunt.

„Ich bin mit ihr zum Chef gegangen – Martin heißt der – und hab ihm gesagt, dass ich den Gutschein von dir bekommen hab. Er hat gleich gewusst, wer du bist."

„Danke, Werner!", denke ich mir.

„Und dann?"

„Dann hat er zu ihr gesagt: ‚Geht in Ordnung! Gleiches Programm wie beim Chef!' Pffffuhhh, mir glühen jetzt noch die Ohren! Ich überlege gerade, ob ‚SAGENHAFT!' das richtige Zeitwort dafür ist."

„Nein, auf keinen Fall!"

„Wieso?"

„Weil es kein Zeitwort ist."

„Jedenfalls hat sie mich sooo begeistert – ich ziehe ernsthaft in Erwägung, mich ihr zum Geburtstag zu schenken."

„Zu deinem oder zu ihrem Geburtstag?"

„Zu meinem selbstverständlich!"

Während Werner von einer alten Hure, die aussieht wie die Witwe Polte abgelenkt wird, wendet sich Fredsch an mich: „Der Werner ist aber ein Sympathischer. Woher kennst du den?"

„Ein alter Jugendfreund. Ganz ein Netter! Hat vor vielen Jahren ein Riesenglück gehabt. Er wollte einmal LSD versuchen und hat von einem Kenner der Szene was gekauft. Leider ohne Gebrauchsanleitung. Ich kenne mich mit dem Zeug nicht aus, aber damals waren das angeblich so kleine Löschblätter, die man unter die Zunge gelegt hat. Nachdem die Schleimhäute die Substanz aufgenommen haben, ist man auf die Reise gegangen. Das hat Werner dann ausprobiert – im Selbstversuch. Dabei hat er übersehen, dass das kleine Würferl*, das er bekommen hat, in Wahrheit 10 übereinandergelegte Löschblätter waren. Die Dosis war also für Mehrfachanwendungen gedacht. Jedenfalls hat er sich angeblich das ganze Würferl auf einmal unter die Zunge gelegt. Danach hat es ihn ausgehängt. Er war eine ganze Woche nicht auffindbar."

„Hör mir bitte auf mit dem LSD, das brauch ich überhaupt nicht. Das haben wir einmal in Thailand genommen."

„Ja und?"

„Ja, das war so: Wir stehen da am Strand mit Palmen und Sand und so. Der Peter und ich … und reißen uns zwei Hasen auf. Später gehen wir dann in unser Zimmer und ich sag: ‚Ich hab was für euch.' Dann gebe ich ihnen von den Tabletten … die waren sooo klein." Fredsch nimmt einen Block zur Hand, um mit einer Zeichnung zu unterstreichen, wie klein die LSD-Tabletten waren. „Da gebe ich jeder ein Viertel; der Peter und ich haben jeweils eine halbe genommen."

„Ich hab gar nicht gewusst, dass es das auch als Tablette gibt", staune ich.

„Jaja. Jedenfalls, nach 30 Minuten fängt die eine Alte zu lachen an. Die andere aber schneidet auf einmal komische Grimassen und fährt sich immer so irre mit der Hand durch das Gesicht. Je nervöser und irrer sie wird, desto mehr lacht die andere. Inzwischen fährt das Zeug dem Peter und mir auch schon ein. Die Puppe, die den Trip nicht verkraftet hat, schaut aus, als würde sie gleich panisch werden. Jetzt ist das am Flughafen in Thailand aber so: Wenn du aus dem Flieger aussteigst, gibt es überall Taferln*, auf denen steht in allen möglichen Sprachen, wenn sie dich mit Drogen erwischen, BRINGEN SIE DICH UM!!! Dieses Thema ist den Thai so wichtig, dass sie es zusätzlich auch noch ins Visum hineinschreiben. Wir wollen aber eigentlich morgen heimfliegen. Ich schau den Peter an und stelle fest, dass er gar keine Übersicht mehr hat. Mir wird's ganz anders, weil die Thai immer ärger grimassiert. Auf einmal fangt der Peter an: ‚Wir müssen die umbringen. Das ist zu gefährlich! Die bringen wir um!‘ Dadurch wird das Ganze mit einem Schlag für mich noch steiler. Ich sag dauernd: ‚Peter, red nicht so! Wir müssen schauen, dass wir hier wegkommen.‘ Der Peter dreht sich zur anderen Thai, die inzwischen noch viel mehr lacht, weil die Freundin ja gleichzeitig noch viel ärgere Grimassen schneidet, und sagt in einem fort zu ihr: ‚Ihr zwei geht's heut noch schwimmen, gell?‘ Die versteht natürlich kein Deutsch und lacht. Mich belastet das alles komplett.“

„Ja, wo habt ihr denn die Tabletten her gehabt?“

„Wir haben sie in irgendeiner Bar in Bangkok gekauft. Das Zeug war damals gerade brandneu. Niemand hat sich damit ausgekannt. Ich hab es abgepackt, damit es besser zu verstauen war. Jeweils vier Stück habe ich zwischen zwei Tixo-Streifen geklebt. Dadurch konnte man immer genau so viel abschneiden, wie man gerade gebraucht hat. Nachher hab ich einen Schnitt in die Schuhlaschen gemacht und die Streifen dort hineingeschoben. Schließlich haben wir es dann gemeinsam mit den beiden Hasen ausprobiert. Die haben auch keine Ahnung gehabt.“

„Wie ist das weitergegangen?“

„Der Peter hat immer zu mir gesagt: ‚Fredl, reiß dich zusammen. Wenn wir die umbringen, dann ist das gut für uns. Und weißt du warum? Sonst bringen die Thai nämlich uns um.‘ Jetzt sag ich zu der Thai auf Englisch: ‚One hour, it is over‘ und hab damit gemeint: ‚Beruhig dich, in einer Stunde ist alles vorbei‘, was zwar eh ein Blödsinn war, weil der Trip ja viel länger dauert. Mir ist nix Besseres zur Beruhigung eingefallen. Sie hat aber verstanden, sie ist in einer Stunde tot, und ist daraufhin schreiend davongelaufen. Wir haben dann beim Fenster hinuntergeschaut und gesehen, wie sie zum Sicherheitsdienst, der den ganzen Häuserblock überwacht, läuft und dort anklopft. Dem Thai, der aufgemacht hat, hat sie auf einen Zettel die Tabletten aufgezeichnet. Heute weiß ich, wozu man beim LSD einen Schlichter braucht."

„Einen was?"

„Einen Schlichter! Das ist einer, der sich auskennt, nix nimmt und immer, wenn das eskaliert, sagt: ‚Hol dich runter, du hast gerade vorher LSD geschluckt, deswegen hängt es dich jetzt aus.' Wenn wir einen Schlichter dabei gehabt hätten, wär das alles nicht passiert. Der hätte dem Peter, den Weibern und mir nämlich dauernd gesagt: ‚Ihr habt LSD gschluckt!' Dann hätten wir das wieder gewusst und alles wäre leiwand gewesen. So aber hat jeder geglaubt, er hat recht. Die irre Thai hat das geglaubt, der Peter und ich auch."

„Wahnsinn, wie ist denn das weitergegangen?"

„Die irre Thai ist irgendwann zurückkommen, Gott sei Dank ohne Polizei. Plötzlich hat sie dann mit der Freundin dauernd gelacht. Offensichtlich hat das Zeug auch bei ihr in einen Lach-Flash umgeschlagen."

„Ja und dann?"

„Ich war angespannt wie eine Feder, weil der Peter und ich noch immer gleich drauf waren. Für uns war das alles überhaupt nicht witzig. Wir haben die Bremse einfach nicht mehr gefunden. Der Peter wollte die ganze Zeit mit der Puppe schwimmen gehen. Das mit dem Schwimmen war einfach nicht mehr abzustellen. Ich hab ihn dann mit aller Kraft von dort weggebracht und wir sind ins Hotel gefahren. Im Taxi schau ich auf die feinen Haare auf meinem Unterarm, weil es dort so kribbelt. Plötzlich sehe ich dort statt der Haare lauter Schlangen. Die haben sich um meine Unterarme gekringelt. Ich hab gedacht, ich speib mich an. Später im Hotel war in der Lobby ein großer Käfig mit so einem geisteskranken Affen. Ich wollte das Teufelszeug vor dem Fliegen nur mehr loswerden und hab nicht gewusst, wohin damit. Darum hab ich die letzten Tabletten in eine Banane gesteckt. Der Affe hat dann alles mit großer Freude weggefressen. Wie es ihm gegangen ist, weiß ich nicht mehr, da sind wir dann schon im Flieger nach Hause gesessen. Nie wieder nehm ich so einen Scheißdreck!"

„Das LSD ist ja eher was für die Künstler, hab ich einmal gehört."

„Ja, weil sie sich das Weiße nicht leisten können."

„Siehst du da drüben den Herrn Generaldirektor mit den goldenen Manschettenknöpfen und der Krawatte?", unterbricht Gertschi unseren Exkurs mit einer Frage.

„Was ist mit dem?"

„Das ist ein Schnüffler!"

„Was? Von der Kripo?", will ich wissen.

„Nein, Damenslips!"

„Ah so!"

„Ein gemütliches Hackerl! Ich kauf die billigen Slips im 10er-Pack, da kostet mich einer 15 Schilling. Die Mädels müssen sie dann eine Woche durchgehend anhaben. Nachher verpacke ich sie in so luftdicht verschließbare Sackerln, damit sich das Aroma nicht verflüchtigt. Er zahlt pro Stück einen Fünfhunderter. Letztens hab ich ihn mit der Lieferung ein bisserl warten lassen, weil ich neugierig war, wie er darauf reagiert. Als es dann so weit war, hat er das Sackerl aufgerissen wie einer, der drei Wochen nix gegessen hat und jetzt eine Wurstsemmel auspackt."

„In Japan kann man die gebrauchten Slips aus der Wand ziehen", hebe ich das Gespräch auf internationale Ebene.

„Was ist jetzt das schon wieder?", zeigt Fredsch Interesse.

„Die Schulmädchen machen das Gleiche wie die Angestellten vom Gertschi und verdienen sich halt damit ein Taschengeld. Sie tragen ihre Slips eine Woche lang durch. Dann verkaufen sie die präparierten Textilien an einen Automatenaufsteller. Der befüllt damit diese Geräte, die eigentlich für den Verkauf von Snacks gedacht sind. Der Kunde wirft schließlich das Geld ein und nimmt das Sackerl heraus. Das Herunterziehen der Klappe beim Öffnen nennt man in den Niederlanden ‚aus der Wand ziehen'. Dort sind diese Automaten hauptsächlich für den Verkauf von Lebensmitteln in Verwendung."

„Wie auch immer", nimmt Gertschi den Faden wieder auf. „Die letzte Lieferung hab ich ihm in einem Auto übergeben. Wir sind dabei beide in der zweiten Reihe gesessen. Er reißt das Sackerl voller Freude auf – wie ein Volksschüler eine Wundertüte –, drückt sich den Slip ins Gesicht und nimmt einen tiefen Atemzug. Dann hält er ihn mir her und will mich einladen. So nahe stehen wir uns schon. Als ich dankend abgelehnt habe, war er fast ein bisserl beleidigt. Er ist irgendein Direktor von einer Versicherung."

„Gääärhard, machst du wenig Licht auf die Biene!", kräht eine ältere Tschechin durchs Lokal. „Was hätte sie gern?", möchte ich wissen. „Ah, weniger Licht will sie auf der Bühne. Sie muss gleich tanzen und möchte nicht, dass der Gast die Orangenhaut sieht."

„Ah so!"

„Habt ihr schon den letzten Schwank vom Langen und dem Leo gehört?", fährt Gertschi fort.

„Lass mich raten: Sie haben ein neues Geschäftsmodell entwickelt", versuche ich mein Glück.

„Nein, gar nicht. Es ist gestern folgendermaßen eskaliert: Der Lange und der Leo haben beide ein Mädel in der Schweiz. Die arbeiten dort im selben Lokal und sind auch miteinander befreundet. Fast jede Woche dürfen sie dann über das Wochenende nach Graz kommen und bringen dabei gleich das Geld mit. Der Lange und der Leo sagen immer ‚Ameisen' dazu. Auf dem 1.000-Franken-Schein sind nämlich Ameisen abgedruckt. Die Mädchen waren brav und übergeben jeweils ungefähr 50.000 Schilling in Ameisen. Man hat sich vorgenommen, die beiden Damen einmal auszuführen, und ist mit ihnen ins Casino gegangen. Vor dem mehrgängigen Dinner haben sich die Herren der Schöpfung zum Roulette-Tisch gesetzt, mit ihrer Begleitung im Anhang. Dann hat jeder 50.000 Schilling gesetzt, der Croupier hat den Kessel angedreht, wenig später sein Schauferl[*] genommen und die Kohle vom Tisch gekehrt. Das Abenteuer hat weniger als 90 Sekunden gedauert. Schließlich ist der Leo mit den Worten ‚So, jetzt bin ich aber wirklich hungrig!' aufgestanden. Der Lange tat es ihm gleich. Die beiden Mädchen haben noch immer auf das Schauferl vom Croupier gestarrt und es nicht glauben können."

„Also, zum Motivations-Trainer fehlt dem Leo das nötige Rüstzeug. Ich bin ja ein Freund des perspektivischen Wechsels, aber wenn ich durch die Augen der beiden Mädchen schaue, kann ich das alles gar nicht mehr nachvollziehen. Die lassen sich eine ganze Woche lan von unzähligen Freiern wetzen und müssen dabei saufen, bis es ihnen schlecht wird. Allein zu diesem Punkt könnte man noch sehr weit ausholen: Wenn du in jemanden eindringst, hat das aus psychologischer Sicht eine völlig andere Qualität, als wenn in dich eingedrungen wird. Wie muss sich das anfühlen, wenn plötzlich ein Mensch in dir steckt, zu dem du gar keinen Bezug hast?"

„Michl, darf ich dich was bitten", wendet sich Gertschi vertrauensvoll an mich.

„Wenn es nichts Unanständiges ist, gerne!"

„Hör bitte mit diesen Sachen auf. Ich lebe so mit, dass mir gleich übel wird."

„Bin eh gleich fertig. Der Alltag der Mädchen besteht aus Arbeiten und Schlafen, sonst gibt es da nicht viel. Wie muss man aufgestellt sein, dass man nach so einer Aktion in die Schweiz zurückfährt und weitermacht, als wäre nichts geschehen?"

Niemand antwortet.

„Was die Psyche betrifft, hast Du noch etwas vergessen", räuspert sich Fredsch.

„Was denn?"

„Fleisch kann man waschen, die Seele nicht!" Fredsch hat im Gegensatz zu mir die Gabe, komplexe Inhalte auf wenige Worte zu komprimieren.

„Wenn das die Investment-Banker auch wüssten!" Während ich mich noch darüber wundere, wie tief meine Bank-Allergie sitzt, ergänzt Gertschi: „Oder so mancher Politiker ..."

„Nicht auszudenken!" Fredsch ist sichtlich entschlossen, das letzte Wort zu behalten.

„Wo Menschen sind, menschelt es." Mit seiner Interpretation eines Zitats von Eugen Roth entscheidet Gertschi das Match für sich.

„Sag einmal, der da drüben, gleich vor der Biene. Zieht sich der gerade einen unter dem Tisch?", will Fredsch wissen.

„Aaaaaah, nicht schon wieder der! Den hab ich mittlerweile drei Milliarden Mal rausgeworfen. Meistens komme ich eh zu spät. Der zieht sich nämlich schneller einen als sein Schatten. Sie nennen ihn den ‚Onanator'."

„Hohooo! Onan, der Barbar!"

„So, ich brech für heute ab. Ich bin ein bisserl angeschlagen, mich hat nachmittags am Schotterteich eine Bühne gestochen. Grüß euch, Burschen!"

23 SADO-MASO

„Also der Lange hat mich mit seiner strengen Kammer ordentlich angezündelt!", lässt Gertschi Fredsch und mich wissen. „Er hat wieder einmal recht. Dieses Geschäft unterliegt keinen saisonalen Schwankungen. Die Details dazu sind wirklich spannend: Eine Domina sieht sich selbst meist nicht als Hure. Das hat hauptsächlich damit zu tun, dass sie praktisch nie drankommt – außer sie hat selbst gerade Lust." Gertschi lächelt süffisant. „Laut Wikipedia kommt der Begriff ‚Domina' aus dem Lateinischen und heißt ‚Herrin'. Früher war das die Bezeichnung für die Vorsteherin von einem Stift oder einem Kloster. Wahrscheinlich hat sie damals schon dem einen oder anderen Geistlichen mit Anlauf in die Eier getreten. Die Pfaffen werden sich sicher riesig gefreut haben. Nicht auszuschließen, dass sie sich vor dem Domina-Büro im Stift in Zweier-Reihen angestellt haben. Wenn du keinen Fernseher hast, kann man sich die langen Winterabende mit solchen Blödeleien durchaus kurzweilig gestalten. Zumal du nach einem gut platzierten Tritt in die Glocken höchstwahrscheinlich eh gern schlafen gehst. In der Regel verbinden die Leute mit dem Begriff ‚Sado-Maso' körperlichen Schmerz. Das wirklich Spannende ist aber das Band, das Meister und Sklaven auf psychischer Ebene miteinander verbindet. In Deutschland gibt es eigene Domina-Ausbildungen, die sind schweineteuer. Eine gute Domina haut nicht nur die Gäste mit der Schneeschaufel nieder – wie der Lange letztens erklärt hat –, sie kann mit selbiger auch gleich das Geld bei ihrer Tür reinschaufeln. Welche sie nachher wahrscheinlich kaum noch zubringt. Sie verdient nämlich in einer Dimension, die eine gewöhnliche Prostituierte blass werden lässt. Und dabei gibt noch sie selbst die Richtung an, sie braucht sich eigentlich nix sagen zu lassen, ist ihr eigener Chef."

„Interessanterweise", fährt Gertschi fort, „sind oft jene Männer die besten Klienten, die tagsüber in einflussreicher Position andere Leute herumdirigieren. Manager von großen Unternehmen zum Beispiel. Die haben offensichtlich tagein, tagaus niemanden, der ihnen die Stirn bietet. Das ist irgendwie mit einem Pendel zu vergleichen, das dann zwischendurch auch in die andere Richtung schwingt."

„Du meinst, das ist das Ergebnis, wenn man nicht in der goldenen Mitte ist?"

„So ähnlich! Und wisst ihr, wieso es so wenige gute Dominas gibt?"

„Nein, warum?", möchte Fredsch mehr erfahren.

„Weil das im Gegensatz zum Beine-Spreizen und Doserl*-Hinhalten deutlich mehr Hirn und Feingefühl erfordert. Das ist ein permanentes Ausloten, man bewegt sich in einer Tour im Grenzbereich. Ich hab jedenfalls eine Überraschung für euch. In zwei Stunden gibt es hier – im einzig- und großartigen Sitsch – eineeeee Saaaaadoooooooo-Maaaaasoooo-Shoooooow!" Mit geschlossenen Augen hätte man meinen können, dass sich Gertschi für einen Augenblick in den Box-Ansager Michael Buffer verwandelt hat, der mit Inbrunst den Satz „Let's get ready to rumble!" in den Raum schmettert.

„Paaaaah, wer ist denn das?", will ich wissen.

„Überraaaaaaschung!", singt er.

„Tu nicht so blöd!"

„Das ist eine BWL-Studentin, die sich damit ihr Studium finanziert. Angeblich ist sie kurz vorm Fertigwerden. Eine Fesche, du wirst sehen. Ich bin nur gespannt, wie ihre Karriere weitergehen wird. Ich kann mir nämlich nicht vorstellen, dass sie in irgendeinem franken Job auch nur annähernd so gut verdient wie jetzt. Ich hab jedenfalls vorab einmal drei Auftritte gebucht, heute ist Premiere."

„Wo hast du denn die Taube* her?"

„Sag ich nicht!"

Zwei Stunden später: Das Licht im City wird noch etwas gedimmt, die Leinwand, die der Projektion von Pornofilmen dient, elektrisch hochgefahren. Augenblicke später gibt sie die dahinter gelegene Bühne mit der Tanzstange frei. Einige Gäste haben keinen Sitzplatz mehr ergattert. Gertschi ist bemüht, die Herumstehenden so zu positionieren, dass sie die Show nicht behindern. Emsiges Treiben hinter dem roten Vorhang, der den Eingang verdeckt, lässt erahnen, dass es gleich losgeht. AC/DC heizen mit „Hells Bells" die Stimmung an.

Plötzlich wird das rote Tuch zur Seite geschoben und ein fesches Weibsstück betritt graziös den Raum. Ihre Haare sind streng nach hinten gekämmt und dort zu einem Zopf gebunden, die fein geschnittenen Gesichtszüge werden durch den erhabenen Blick zusätzlich betont. Lackstiefel mit Bleistiftabsätzen bringen ihre wohlgeformten Beine zur Geltung, einem Pantherweibchen ähnlich bewegt sie sich Richtung Bühne. Ihre Grazie wirkt auf das Publikum lähmend. In der linken Hand hält sie eine Hundeleine. Wer oder was sich am anderen Ende selbiger befindet, lässt sich nicht erkennen, da die Leine noch durch den Vorhangspalt in den Eingangsbereich reicht.

Ein lauter Pfiff lässt mich hochschrecken. Sie hat dazu nicht die Finger benutzt, sondern wie ein Hirte nur durch Spannung der Lippen das Signal gegeben.

„Wuffiii, komm!", flötet das strenge Weib.

Sekundenbruchteile später gibt der Vorhang den Blick auf einen nur mit einem genieteten Lederhundehalsband bekleideten und auf allen vieren knienden Mann frei. Ihm wird befohlen, über die Treppe auf die Bühne zu krabbeln. Dort muss er in der Folge das eine oder andere Kunststück zeigen. Zeitweiliges Lob gutiert er mit freudigem Hecheln. Es dauert aber nicht lange und sein Frauerl* ist mit der Qualität der Ausführung einiger Übungen überhaupt nicht mehr zufrieden. Mit strenger Stimme wird er gemaßregelt, schließlich trägt sie ihm auf, sich auf allen vieren mit dem Kopf gegen die Bühnenwand auszurichten, wodurch er dem Publikum seinen schneeweißen Hintern präsentiert. Die rückseitige Bühnenwand ist verspiegelt, so kann das Haustier quasi über Vorbande die Reaktionen der Zuseher mitverfolgen.

Die Domina nimmt ein Gummiband zur Hand und bindet mit selbigem ihrem Sklaven das Skrotum* ab. Durch den auf diese Weise provozierten Blutstau schwellen die Hoden deutlich an, zumindest macht es auf mich diesen Eindruck. Nach kurzer Zeit drängt sich der prall gefüllte Hodensack beeindruckend zwischen den Oberschenkeln nach hinten. Gebannt sehe ich zu, wie die Herrin nach einem Gerät greift, das wie eine Fliegenklatsche aus Leder aussieht. Das Hündchen wird ein letztes Mal mit den Worten „Böser, böser Wuffi!" streng ermahnt. Dann schlägt sie ihm unbarmherzig und kraftvoll mit dem Teufelswerkzeug auf die durch das Abbinden dick geschwollenen Nüsse. Zack! Das klatschende Geräusch schneidet scharf durch den Raum. Das Hündchen jault.

„Uuuuuh!" Fredsch verzieht angewidert das Gesicht. Er leidet instinktiv mit. „Wie kann man so beinander sein, dass einem das taugt?" Er scheint sich die Frage selbst zu stellen. Die Szene hat ihn so gepackt, dass er seinen Monolog unbewusst laut führt.

Zack! Der misshandelte Hodensack des Sklaven schwingt unendlich lange nach.

„Aaaaah!" Ich habe den Eindruck, Fredsch kann den Schmerz wirklich körperlich spüren. Auch mich zieht es beim Anblick dieser Prozedur zusammen. Über den Spiegel beobachte ich, wie dem Hündchen dicke Krokodilstränen über die Wangen rollen. Offensichtlich um dem gepeinigten Haustier Zeit zum Verschnaufen zu geben, wendet sich die Domina ans Publikum.

„Kann der Chef bitte kurz auf die Bühne kommen?"

Gertschi zuckt zusammen. Ich kenne das Gefühl. Wenn man im Kabarett in der ersten Reihe sitzt und plötzlich auf die Bühne gerufen wird, geht es einem so ähnlich.

„KANN DER CHEF BITTE KURZ AUF DIE BÜHNE KOMMEN?", verleiht das Frauerl ihrem Begehren Nachdruck.

„Na geh schon!", nicke ich Gertschi – nicht ganz ohne Schadenfreude – aufmunternd zu.

Er setzt sich zögerlich in Bewegung und schreitet über die Stufen auf die Bühne, als wären es die Stufen zum Schafott.

„Wirst du jetzt ein braver, folgsamer Wuffi sein?", lenkt die Herrin die Aufmerksamkeit des Publikums wieder auf den Hund. Dessen Testikel sind in der Zwischenzeit blau angelaufen, der ärgste Schmerz hat aber offenbar nachgelassen. Wuffi nickt eifrig und hechelt bereits wieder.

„Dann leck dem netten Herrn die Schuhe sauber!"

„Bist du DEPPERT, ich kann das alles nicht glauben!", reißt mich Fredsch aus meiner gebannten Starre.

Umgehend krabbelt Wuffi auf Gertschi zu, der vor Verlegenheit wie ein Volksschüler von einem Fuß auf den anderen tritt. Modebewusst, wie er war, hatte er für diesen Abend urige Westernstiefel gewählt. Im nächsten Moment leckt Wuffi eifrig die Schuhe des Koberers ab. Entgeistert sieht dieser dem gehorsamen Haustier dabei zu. Als er schließlich aus dieser ihm unangenehmen Situation entlassen wird, schallt – just in dem Moment, in dem die Show fortgesetzt werden soll – ein Zwischenruf durch den Raum:

„Meine wären auch ein bisserl schmutzig!"

Zu Wort gemeldet – wie sollte es auch anders sein – hatte sich Fredsch.

Wenige Minuten später blickt er zufrieden auf sein Schuhwerk, das nun sauber war und nur noch ein wenig von Wuffis Speichel glänzte …

Dem eifrigen Hündchen ist trotz seiner Gehorsamkeit noch immer keine Pause gegönnt. Als nächstes wird ihm heißes Wachs auf den Penis getropft. Speziell als seine Penis-Spitze auf diese Art behandelt wird, jault Wuffi herzzerreißend. Als Höhepunkt und Abschluss der Show muss er artig kniend seine Zunge, so weit er kann, herausstrecken. Sein Frauerl dämpft dann in kaum zu ertragender Langsamkeit eine brennende Zigarette darauf aus. In diesem Moment hätte man eine Stecknadel im Raum fallen hören können. Ich ertappe mich dabei, dass ich kurzfristig das Atmen einstelle.

„Lass mich raten, Fredl!", wende ich mich vertrauensvoll an den Fachmann.

„Sie hat ihm vorher einen Eiswürfel zu lutschen gegeben."

„Das ist KEIN Trick!"

„Pffffhhhhh, steil!"

Das Publikum beginnt zaghaft zu klatschen, hat offensichtlich Schwierigkeiten, das Erlebte zu verarbeiten und nach dieser Reise in eine fremde Welt wieder ins Hier und Jetzt zurückzukehren. Gertschi versucht diesen Prozess zu beschleunigen, indem er sich von Roy Black mit „Es war nur Sand in deinen Augen" unterstützen lässt.

Etwas später erfahre ich, dass das Geschäftsmodell der Domina äußerst gut durchdacht und intelligent aufgesetzt ist. Einerseits wurde sie von Gertschi für ihre Performance entlohnt. Ich hatte ursprünglich gedacht, dass es sich in diesem Zusammenhang um einen Paketpreis handelt, in dem das Hündchen inkludiert ist. Zu meiner Überraschung aber war das Hündchen selbst bereit, für die Gelegenheit, seine Kunststücke öffentlich präsentieren zu dürfen, tief in die Tasche zu greifen. Es handelte sich also um ein Haustier mit ausgeprägter exhibitionistischer Ader.

Frisch geduscht und umgezogen, kehrt die Domina aus dem Separée, das kurzfristig in eine Künstlergarderobe umfunktioniert worden war, zurück.

„Ein Bier, bitte", wendet sie sich an Gertschi.

„Wenn ich ein Hund wäre, würde ich jetzt mit dem Schwanz wedeln", nimmt Fredsch Kontakt auf. „Beeindruckende Show!"

„Danke!"

„Wo ist denn der Wuffi?"

„Der rastet sich hinten aus."

„Kann man sich mit ihm unterhalten?" Fredsch brennt offensichtlich darauf zu erfahren, wie Wuffi tickt.

„Ich glaub nicht, nach dem Auftritt ist er immer sehr erschöpft!"

Gertschi serviert Wuffi noch ein Bier ins Separée. Das Hündchen erscheint an diesem Abend nicht mehr im Gastraum. Später sollten wir erfahren, dass Wuffi die zweite Show noch bravourös absolvierte, seine Kraft für einen dritten Auftritt aber nicht mehr ausgereicht hat.

24 DAS ROTLICHT, DIE LIEBE UND DIE EROTIK

„Was sagst du da? Eine feine Alte!"

„Gibt's die auch MIT Titten?"

„Wie oft soll ich dir das noch erklären? Wie eine ausschaut, ist zweitrangig. Es gibt so viele verschiedene Frauentypen und jede hat irgendwie ihren Reiz. Mich kriegt nicht die Schönste, sondern die, die sich am meisten um mich bemüht. Mit einem egoistischen Deppen hast du keine Freude, glaub mir das! Was hilft dir die schönste Alte mit einem IQ von einer Leberkäs-Semmel oder so eine Flugfut[*]. Sicher muss sie dir auch ein bisserl gefallen, aber auf Dauer ist am wichtigsten, dass sie hält[*]. Ich muss spüren, dass sie mich will, dass ich die Nummer 1 bin, das macht mich geil ... Am allerliebsten ist mir ein Schweinderl, das auf mich hält!", ergänzt Fredsch nachdenklich.

„Hast eh recht!", stimme ich zu. „Das mit der Schönheit ist so eine Geschichte. Mit einer schönen Frau ist es in Wahrheit wie mit einem Profi-Fußballer."

„Ah so?"

„Ja! Sie hat ein Zeitfenster von 10 vielleicht 15 guten Jahren. In der Phase torkeln ihr scharenweise hormonbenebelte, völlig unselektive Männchen mit null Übersicht hinterher. Das hat die Natur so eingerichtet. Solange sie die Zügel dermaßen eindeutig in der Hand hält, muss sie dieses Zeitfenster nutzen, um in eine komfortable Position zu kommen. Und an diesem Punkt der Geschichte gabelt sich der Weg: Den einen ist bewusst, dass die Schönheit ein Geschenk ist, das man – weil vergänglich – nicht überbewerten soll. Die anderen sind einfach zu schwach übersetzt, um die wirkenden Dynamiken zu begreifen. Sie benehmen sich wie die Prinzessin auf der Erbse und leben in der Illusion, dass der betäubende Effekt, den ihre Schönheit verursacht, ewig anhält. Wenn dann die körperliche Hülle langsam abbröckelt und man feststellt, dass sich dahinter gleich viel verbirgt wie in einer leeren Schuhschachtel, wird es eng. Das sind genau die Frauen, die panische Angst vor dem Altwerden haben, weil ihre Schönheit alles war, worauf sie gebaut haben. Sie geben ein Vermögen für plastische Eingriffe und anderen Unsinn aus, stolpern von einer Depression in die nächste und zerbrechen an der Erkenntnis, dass sie den Prozess nicht aufhalten können. Irgendein gescheiter Mensch hat einmal gesagt: ‚Die absolute Schönheit eines Menschen, die es ihm ermöglicht, andere zu erobern, ohne etwas dazu zu tun, ist keine Gabe, sondern ein

Fluch. Er wird die wahre Liebe nie erfahren.'"

„Was du immer weit ausholen kannst! Auf der anderen Seite hilft mir das alles nix, wenn sich eine nicht in den Arsch pudern lässt. Dann kann ich sie nicht brauchen. Das kann man übrigens recht gut abchecken, ich mach das immer so: Wenn sie das erste Mal drankommt, dann streich ich ihr irgendwann ganz beiläufig über den Schließmuskel. Wenn sie da zusammenzuckt, puder ich sie noch fertig, dann braucht sie aber morgen nicht mehr kommen. Wenn sie nicht zuckt, kannst du dich ein bisserl spielen und ihr zwischendurch einen Finger hinten reinschieben. Auf keinen Fall darfst du sie beim ersten Mal in den Arsch pudern! Das tut ein echter Sir nicht. Vor dem zweiten Mal binde ich mir aber dafür die Serviette um, denn da passt es dann richtig für mich."

„Interessanter Ansatz." Vor allem die Verquickung der Vokabeln „Arschpudern" und „Sir" bringt mich ins Grübeln.

„Schau, es gibt eh nur eine Handvoll Sachen, auf die man achten muss, in Wahrheit ist das keine Wissenschaft: Wenn sie beispielsweise nicht schluckt, dann will sie mich nicht. Wenn sie mich will, dann muss sie alles von mir wollen. SIE MUSS MICH WOLLEN, MIT ALLEM WAS SIE HAT!!! Richtig zusammen ist man sowieso erst mit einer, neben der man einen fahren lassen kann, ohne sich dafür zu genieren. Nebenbei ist es mit den Frauen irgendwie wie mit dem Fischen", fährt Fredsch fort. „Es kommt immer darauf an, welchen Köder du auf den Haken hängst. Wenn du beispielsweise mit einem dicken Auto oder einer teuren Uhr fischst, dann beißt ein Fisch, der auf so einen Köder geil ist. Da kannst du dir ausrechnen, dass irgendwann einer kommt mit einem dickeren Auto und einer teureren Uhr. Du musst dir also gleich zu Beginn gut überlegen, mit welchem Köder du fischst!"

So sahen also die wichtigsten Parameter von Fredsch in Bezug auf die Frauenwelt aus. Viele Strolche waren durch ihren Lebenswandel und die damit verbundenen unzähligen grenzwertigen Erlebnisse sexuell abgestumpft. In diesem Zusammenhang verhielt es sich ähnlich wie mit den Drogen. Wenn man die Qualität des Kicks erhalten wollte, musste man die Intensität der Impulse laufend erhöhen. So waren diese Menschen permanent auf der Suche nach Steigerungen.

Einige verlangten von den Frauen, dass sie beim Verkehr gewisse Dinge zu ihnen sagten. Der Lange konnte beispielsweise mit den Worten „Ja, gib's mir, du obersteirischer Taugenichts! Du Nichtsnutz!" zu Höchstleistungen angespornt werden. Ein anderer wiederum bestand darauf, dass ihn seine Gespielin beim Akt „letzter Dinosaurier" nannte. Der tiefere Sinn dieser Marotte war niemandem bekannt. Sehr erheiternd war folgende Angewohnheit eines Puffbesitzers, dessen ausgesprochen hübsche, üppig ausgestattete Partnerin als einziges Manko einen ausgeprägten Vorbiss aufwies. Während sie beim Akt in der Hundestellung vor ihm kniete, fragte er – frei nach dem bayrischen Kabarettisten Gerhard Polt: „Wie geht's denn meinem Nikolausi?" Sie musste daraufhin wie ein Hase mümmeln und dabei mit kindlicher Stimme antworten: „Ich bin nicht das Nikolausi, ich bin das Osterhasi!", wobei die Betonung auf dem Wort „Osterhasi" zu liegen hatte.

Das Verbüßen von Haftstrafen gab zusätzlich weitere Impulse für die Entwicklung diverser Mode-Erscheinungen in Zusammenhang mit dem Thema Sexualität. Die quälende Langeweile im Häfen öffnete oftmals Zugänge zu all dem, was einem selbst im Drogenrausch nicht einfallen konnte. Zentrale Grundlage für eine Reihe zweckentfremdeter Anwendungen bildete beispielsweise die billigste Sorte Kugelschreiber der Firma „BIC". Diese einfachen Schreibutensilien waren am Ende mit einem kleinen Plastikpfropfen verschlossen, dessen Farbe gleichzeitig die Tintenfarbe des Schreibgerätes indizierte. Die Mine selbst konnte mit einer Näh- oder Stecknadel versehen werden und leistete derart umgebaut dem Häfen-Tatowierer mehr oder weniger gute Dienste. Über lächerliche Details wie beispielsweise die Frage hinsichtlich der Verträglichkeit giftiger Kugelschreibertinte, die unter die Haut gestochen wird, war man nicht geneigt, sich den Kopf zu zerbrechen.

Wie auch immer: Der kleine Plastikpfropfen, mit dem der Kuli verschlossen war, konnte mit den Zähnen herausgezogen werden. Wenn man sich nun die Zeit nahm, diesen ausgiebig zu kauen, war es möglich, den weich gewordenen Kunststoff zu einer kleinen Kugel zu formen. Sobald dieser nach einiger Zeit wieder ausgehärtet war, nahm man eine Rasierklinge zur Hand und idealerweise – falls vorhanden – etwas Alkohol zur Desinfektion. Schließlich wurde durch einen Schnitt in die Penis-Haut eine taschenähnliche Öffnung erzeugt, die dazu geeignet war, eines der vorbereiteten Kügelchen aufzunehmen. In der Regel war es möglich, im Laufe einer Sitzung drei bis vier Plastikkugeln zu verarbeiten. Danach mussten die frischen Wunden für einige Tage ausheilen. Sobald dies geschehen war, konnte man weitermachen. Es versteht sich von selbst, dass die ganze Behandlung viele Wochen in Anspruch nahm. Eines Tages packte ein frisch Entlassener sein bestes Stück vor versammelter Mannschaft im PK aus und legte es mitten im Lokal auf den Tisch. Sprachlos staunend betrachtete die Runde, von der man sagen kann, dass sie schon das eine oder andere gesehen hatte, den mit unzähligen Kugeln ausgestopften Schwanz. Eigentlich sah er fast so aus wie die genoppten Vibratoren, die man im gut sortierten Sex-Shop erwerben konnte. Er war eben nur aus Fleisch und Blut. Die blauen Kügelchen leuchteten blass durch die Haut, und hätte man es nicht besser gewusst, wäre der Verdacht einer seltenen, sehr gefährlichen und äußerst unappetitlichen Geschlechtskrankheit nahegelegen.

„Und hast du es schon ausprobiert?", will einer der Anwesenden wissen.

„Ja, ich bin jetzt seit einer Woche heraußen und hab seither drei Weiber auf den Spitz* gesetzt. Eine Franke und zwei Huren. Ich hab sie aufgespießt wie Grillhendeln."

„Was haben sie gesagt?"

„Zuerst haben sie groß geschaut. Und jetzt wollen sie nix anderes mehr. Alle drei!"

„Also ich glaub ja, bei dem Thema verhält es sich wie mit dem Eskimo und der Banane", melde ich mich zu Wort.

„Wieso, was ist mit dem Eskimo und der Banane?"

„Was man nicht kennt, fehlt einem nicht."

Im Vergleich zu Japan, wo sich Menschen regelmäßig mit Krawatten zu Tode strangulieren, waren die Marotten trotzdem recht harmlos.

25 EINE AUSSERGEWÖHNLICHE FREUNDSCHAFT

„Michi, warum sind wir beide eigentlich Freunde? Wir kommen aus komplett verschiedenen Welten."

„Nein, Fredl! Wir haben dieselben Wurzeln. Nur bin ich in eine andere Welt hineingerutscht und dadurch gehöre ich im Grunde nirgendwo richtig hin. Das ist ein bisserl wie bei Jekyll & Hyde."

„Wo fühlst du dich denn wohler?"

„Bei den Strolchen."

„Pffhhh, komisch!"

„Nein, nicht komisch! Es ist wie ein Fluch. Ich hab den ganzen Tag mit richtig viel Geld zu tun, sitze mit Vorständen von börsennotierten Unternehmen zusammen. Das Händler-Team, in dem ich arbeite, schiebt beinahe jeden Tag Hunderte Millionen hin und her. Trotzdem darfst du das mit der Bank nicht überbewerten. Ich finanziere damit mein Leben. Eigentlich bin ich eine Hure, weil ich mich für's Geld prostituiere. Weil ich mit Leuten den Tag verbringe, die bezogen auf ihre Persönlichkeit komplett wertlos sind. Ehrlose Ratten! Im Milieu würden sie keinen Tag überleben."

„Warum?"

„Weil sie dort für ihr Tun die Verantwortung übernehmen müssten, das kennen sie in ihrem Alltag nicht. Ich mach zwar jetzt gerade genau den Fehler, der dem Langen beim Thema Frauen sehr oft passiert ..."

„Was für einen Fehler?"

„Generalisierung! Unser Gehirn hat eine Reihe von Filtermechanismen eingerichtet, die verschiedene Funktionen erfüllen. Die Generalisierung ist einer davon. Ich gebe dir ein Beispiel: Wir lernen in unserer Kindheit, welche Bestandteile einen Sessel ausmachen. Die Beine, die Sitzfläche, die Lehne. Unser System reduziert die einlangenden Informationen auf die wesentlichen Parameter und spart damit dramatisch Rechenleistung ein – was den Wahrnehmungsprozess wiederum sehr schnell ablaufen lässt. Das Ergebnis ist, dass du sofort erkennst, was ein Sessel ist – egal, welche Form, welche Farbe oder wie viele Beine er hat. Dieser kleine Trick verkürzt deine Reaktionszeiten um ein Vielfaches; ein Umstand, der speziell beim Erkennen lebensbedrohlicher Gefahren äußerst nützlich sein kann. Wie überall im Leben hat auch diese Geschichte mehr als eine Seite. Das grundsätzlich nützliche Generalisieren ist nämlich ein Automatismus. Das bedeutet, wir generalisieren unbewusst auch dann, wenn wir eigentlich differenzieren sollten. Diesen Umstand kannst du immer sofort an solchen Aussagen erkennen: DIE Juden, DIE Schwarzen ... und in meinem Fall DIE Banker. Schwierige Geschichte! Obwohl ich weiß, dass man sich vor Generalisierungen hüten muss, ertappe ich mich laufend dabei, es zu tun. Keine Ahnung, ob man so ein tief sitzendes Reaktionsmuster wirklich nachhaltig ändern kann.

Natürlich kenne ich auch viele nette Kollegen. Trotzdem arbeite ich im engen Kreis in der Regel mit gierigen Kreaturen, die bereit sind, für Geld sehr weite Wege zu gehen. Je höher die Position, umso ausgeprägter ist diese Eigenschaft. So wie ein Hai Blut im Wasser in einer Verdünnung von 1 zu 10 Milliarden riechen kann, riechen sie Geld. Wie allgemein bekannt, steckt hinter jeder außergewöhnlichen Begabung ein außergewöhnliches Defizit. Sie haben vor nichts Respekt, verraten und hintergehen alles und jeden, wenn es sich bezahlt macht. Es waren viele dabei, die könnte man goldduschen, anspucken oder irgendwo vornüber biegen und gemein in den Arsch ficken. Solange sie das Gefühl haben, dass sie damit viel Geld verdienen können, verzeihen sie alles und sind überhaupt nicht nachtragend. Mir graust es vor diesen Lurchen und das kann man dann von meiner Stirn ablesen. Das Zeug zum Diplomaten habe ich nicht, wie du siehst. Interessant ist jedenfalls, dass viele Menschen, die mit den beschriebenen Charakteren zu tun haben, sich auf der Straße so tief vor ihnen verbeugen, dass sie mit der Stirn fast auf dem Asphalt aufschlagen. In Wahrheit verbeugen sie sich nicht vor dem Menschen, sondern vor seinem Reichtum, von dem sie sich beeindrucken lassen. Wie dieser entstanden ist, wird in der Regel allerdings nicht hinterfragt.

Das ist ein Spiegel unserer Gesellschaft. Die echten Werte gehen nach und nach verloren. Ein Bursche namens André Comte-Sponvilles hat mit seinem Buch „Anleitung zum unzeitgemäßen Leben. Ein kleines Brevier der Tugenden und Werte" für mich vieles auf den Punkt gebracht. Im Milieu gibt es die Ganovenehre und im Umgang miteinander eine Reihe von Regeln, die man besser nicht verletzt. Das findest du in meinem beruflichen Umfeld nicht. Ich denke jedenfalls, uns beide verbindet der Anspruch an echte Freundschaft, gegenseitiges Vertrauen, das Verständnis von Ehre und Ehrlichkeit. Meine Mutter hat mir erst kürzlich eine Geschichte erzählt, die dazu passt: Vor meiner Volksschule haben sich im Winter immer drei kleine Eisbahnen gebildet. Wir Kinder haben dort die Schultasche vorgeworfen und sind dann nachgerutscht. ‚Rieseln' hat das geheißen. Das war so lustig, dass wir dabei oft die Zeit übersehen haben. Einmal sind wir deswegen zu viert um eine dreiviertel Stunde zu spät in die Klasse gekommen. Die Lehrerin hat gefragt, wo wir waren. Die Frage war eigentlich überflüssig, wir haben alle einen hochroten Kopf vom Rieseln gehabt und waren total verschwitzt. Der Erste hat geantwortet, der Wecker ist nicht abgegangen, der Zweite hat gesagt, die Straßenbahn hat einen Unfall gehabt, beim Dritten war das Auto von der Mutter kaputt und ich hab gesagt: ‚Ich war rieseln.' Meine Mutter hat dann in die Schule kommen müssen. Die Lehrerin wusste nämlich nicht, was sie mit mir machen soll. Einerseits war das Rieseln nicht in Ordnung, andererseits hat sich mich nicht gleich bestrafen wollen wie jene, die auch noch gelogen haben.

Ich hab mir diese Eigenschaft bis heute erhalten. Der Punkt ist aber: Wenn du dich mit so einem Persönlichkeitsprofil dazu entschließt, in einer Bank als Wertpapierhändler oder in einer Position, in der du diverse Finanzprodukte verkaufen sollst, zu arbeiten – dann hast du verloren. Das können die nämlich nicht brauchen. Für diese Leute bist du wie der Onkel vom Mars. Der Humor verbindet uns übrigens auch."

„Stimmt", meint Fredsch nachdenklich. „Mir gefällt, dass du meinen Schmäh gleich checkst, wenn ich jemanden häkel zum Beispiel. Dir brauch ich nix zu erklären, das ist letwand."

„Wir kommen beide mit Menschen aus unterschiedlichen sozialen Schichten gut zurecht. Dein Schmäh rinnt bei mir wie Öl runter, du zeigst mir die Welt aus einer völlig anderen Perspektive. Zum Strolch tauge ich nicht. Ich schau mir das alles an, es fasziniert mich vieles. Aber ich würde keinem Mädel Geld wegnehmen, ich verdiene meines lieber selber. Die Mädchen beim Gertschi habe ich immer wieder unterstützt und ihnen beispielsweise Sparbücher mit guten Konditionen verschafft, weil sie mir leidgetan haben. Das mit dem Mitleid ist zwar heutzutage ohnedies nicht mehr angebracht. Die meisten Mädchen entschließen sich selbst, diesen Weg zu gehen. Sie haben halt keine Lust, in einer kleinen Fabrik in der Slowakei für ein Taschengeld als Näherin zu arbeiten. So prostituieren sie sich mit der Idee, eine solide finanzielle Basis zu schaffen und in einigen Jahren wieder aufzuhören. Nur wenigen gelingt das wirklich. Am Ende ist das Geld dann meistens im Spielautomaten gelandet oder es wurde für irgendeinen Schwachsinn ausgegeben. Ich wäre viel zu naiv und zu weich für dieses Geschäft, obwohl ich schon so viel gesehen habe. Und so gehöre ich nirgends richtig hin."

„Ich finde es jedenfalls schön, dass wir wieder so zusammengefunden haben. Echte Freundschaften sind ein seltenes und kostbares Geschenk, zumindest ist das meine Erfahrung", sinniert Fredsch.

„Das Thema Freundschaft nehme ich so wahr ...", antworte ich, „... wenn du an Bord eines Segelschiffes gehst und die restliche Crew nicht kennst, dann erzählen dir die meisten, wie gut sie segeln können und welche Abenteuer sie schon bravourös gemeistert haben. Wer es wirklich kann, zeigt sich erst dann, wenn dir der Wind um die Nase pfeift und die Wellen über die Reling schlagen. Dann siehst du die Menschen, wie sie sind. In einem richtigen Sturm haben sie nämlich nicht mehr die Kraft, ihre Masken hochzuhalten, weil sie sich auf Wichtigeres konzentrieren müssen. Auf das Überleben zum Beispiel. Bei Sonnenschein auf einem Katamaran im Trapez liegen und Räubergeschichten erzählen, das kann bald einer. Auf dem Deck herumkugeln, während der Sturm meterhohe Wellen gegen das Schiff peitscht, ist eine völlig andere Geschichte. Und genau so ist es im richtigen Leben. Bevor ich jemanden einen Freund nenne, will ich gespürt haben, wie es sich anfühlt, wenn wir beide mit dem Rücken zur Wand stehen. Ich will ihn ohne Maske sehen. Mit dem Zeiger seines Tourenzählers im roten Bereich. Schutzlos, nackt. Dann erst weiß ich, ob er ein Freund ist oder ein Bekannter. Dieses Thema erinnert mich an meine Oma. Sie hat immer zu mir gesagt ‚Achte darauf, was die Leute tun, nicht darauf was sie sagen!'. Der Satz klingt profan. In Wahrheit ist er alles andere als eine Binsenweisheit. Ich habe mich schon so oft durch Worte täuschen lassen, dabei hätte ich nur akzeptieren müssen, was ohnedies zu sehen war."

26 TRIXI

„Ich kann nicht, ich bin in Amsterdam!", kräht Fredsch ins Telefon. „Das kannst du dir nicht vorstellen, lauter Auslagen voll mit schönen Weibern aus der ganzen Welt." „Wer ist das?", deute ich ihm fragend. „Die Trixi", antwortet er prompt. „Was? Nein, ich habe nur dem Michi gesagt, dass du die Trixi bist."

Wir waren gerade zu sechst in der holländischen Hafenstadt. Ein Direktflug von Graz im Angebot hatte mich motiviert, für die Runde Tickets zu besorgen. In dem Moment, in dem Trixi anrief, wurden wir von einer Welle an Eindrücken überschwemmt, die das bunte Treiben des Redlight Districts von Amsterdam zu bieten hatte. Gertschi und ich waren nach einer Grachten-Rundfahrt und der Besichtigung des Anne-Frank- und des Van-Gogh-Museums wieder zu der Runde gestoßen. Fred und der Lange waren zuvor in einem Sexshop gestrandet, in dem man alle nur erdenklichen Aphrodisiaka kaufen konnte. Nachdem sie der freundliche Niederländer ausführlich beraten hatte, stolperten die beiden mit zwei prall gefüllten Säcken aus dem Laden. Das Cantharidin der Spanischen Fliege, Atropin aus Tollkirsche, Engelstrompete oder Stechapfel, Hyoscyamin und Scolpolamin aus der Alraune waren Stichwörter, die in diesem Zusammenhang gefallen waren. Jede Substanz war ihnen vom Verkäufer ausführlich hinsichtlich Anwendung und Dosierung erklärt worden. Von der Spanischen Fliege sollte man beispielsweise maximal drei Tropfen täglich nehmen. Nach erfolgreichem Einkauf war die Runde in einen der vielen Coffee Shops weitergezogen und hatte sich hier eine Auswahl an fertig vorgedrehten Joints bestellt, die aus einer Art Speisekarte gewählt werden konnten. Mein Blick war in der Zeile „Black Domina" hängen geblieben. Trotz der Tatsache, dass Fredsch des Englischen kaum mächtig war und damit die Beschreibung der einzelnen Sorten nicht lesen konnte, hatte er ein kleines Potpourri zusammengestellt. „Black Domina – diese Vollblut-Indica wird rasch dafür sorgen, dass du um mehr bettelst … auf Knien. Dunkel, lecker kann diese Sorte auf den Raucher einen verheerenden Effekt haben", übersetze ich den englischen Text für mich.

Der Kellner bringt die vorgedrehten Späne. Neugierig beobachte ich Fredsch, wie er sich die hochpotente Black Domina ins Gesicht steckt. Während er erzählt und erzählt, bietet er mir mehrmals, ohne seine Ausführungen zu unterbrechen, den Joint an. Ich winke jedes Mal ab. Schließlich kommt er an den Punkt, an dem er seine bunten Geschichten unterbricht und sich hilfesuchend an mich wendet: „Bitte nimm mir jetzt den Jolly aus der Hand, sonst kipp ich vom Sessel." Jeder andere wäre an diesem Punkt der Geschichte entweder sitzend versteinert und stundenlang regungslos im Coffe Shop verharrt oder hätte sich in ein Taxi verfrachten lassen und den Abend beendet. Fredsch war aus einem anderen Holz. Er begann Süßigkeiten zu essen und Kaffee zu trinken. Das hilft angeblich, um vom Trip schneller herunterzukommen. Schließlich wühlt er neugierig in einer der beiden prall gefüllten Tüten. „Das Gelbe, wie schmeckt denn das?", fragt der Lange. Fredsch setzt die Flasche an und nimmt einen großen Schluck. „Nicht schlecht, aber hast du schon einmal Spanische Fliege probiert?" Ohne eine Antwort abzuwarten, führt er das Fläschchen an die Lippen und gurgelt den ganzen Inhalt auf einen Zug hinunter. „Bist du wahnsinnig?!" Ich erinnere ihn, dass der Verkäufer großen Wert auf die Anweisung „maximal drei Tropfen täglich" gelegt hatte. Eine halbe Stunde später haben Fredsch und der Lange fast alle Fläschchen – es waren insgesamt ungefähr 14, da die beiden von jeder Sorte zwei Stück gekauft hatten – geleert und warten ungeduldig auf die Wirkung.

In diesem Moment also läutet das Telefon. Trixi nimmt Kontakt auf. Sie war in Fredsch verknallt, hatte vor einigen Tagen Pech gehabt und lag deshalb im Krankenhaus, als wir uns auf die Reise machten. Dazu kam es so: Die Kellnerin Trixi war an ihrem Arbeitsplatz, einem obersteirischen Puff, der jungen Hure Carina begegnet. Carina prostituierte sich für einen Salzburger Zuhälter namens Alex. Zwischen Trixi und Carina entwickelte sich eine Freundschaft. „Wo ist denn die Carina?", fragte Alex, nachdem er forsch das Lokal betreten hatte. Carina war seit gut einer Woche unsterblich in einen Gockel verliebt und am vergangenen Morgen nach der Arbeit zu diesem mit nach Hause gegangen. Wenn eine Hure dafür kein Geld nimmt, nennt man das im Fachjargon „Gusto-Pudern"*. „Keine Ahnung!" Trixi war fest entschlossen, ihre Freundin zu decken. „Geht's dir nicht gut? Ich will wissen, wo die Carina ist!" „Keine Ahnung, hab ich gesagt! Was kann ich dafür, wenn du deine Weiber nicht im Griff hast?" Aus dem Stand sprang Alex über die Theke und landete im nächsten Moment auf dem Boden dahinter. Trixis Kiefer gab bereits unter den ersten beiden Schlägen nach, was dann passierte, entzieht sich ihrer

Erinnerung. Während unser Flieger von Graz nach Amsterdam-Schiphol abhebt, drücken die Ärzte Trixi gerade ein „Gute-Nacht-Häschen!" in die Venen, um danach die dislozierten Knochenfragmente wieder in Position zu bringen und durch Vernähen von Ober- und Unterkiefer mit Draht in selbiger für die nächsten sechs Wochen zu fixieren. Nun war Trixi also aufgewacht, hatte zum Telefon gegriffen und als erstes Fredschs Nummer gewählt. Das Sprechen fiel ihr schwer, nicht nur wegen der Fixierung der Kiefer mit Draht, sondern auch weil sie noch von der Narkose benebelt war.

„Fred, mir geht's so schlecht. Du fehlst mir! Kommst mich besuchen?"

„Ich kann nicht, ich bin in Amsterdam! Das kannst du dir nicht vorstellen, lauter Auslagen voll mit schönen Weibern aus der ganzen Welt … Ich melde mich, wenn ich wieder in Graz bin. Ich muss jetzt aufhören. Servas*!"
Ohne eine Antwort abzuwarten, legt Fredsch auf. Wenige Augenblicke später wird er von der Tür des „Casa rosso", eines Erotik-Theaters mit Nonstop-Live-Shows, verschluckt. Gertschi, Leo und meine Wenigkeit folgen ihm. Der Lange ist unterwegs irgendwo verloren gegangen. Keiner kann sagen, wo genau. Wir sind zu sehr mit uns selbst beschäftigt, um uns auch noch mit dieser Frage auseinanderzusetzen. Bullige russische Türsteher weisen uns den Weg in den Veranstaltungsraum, nachdem wir unsere im stolzen Eintrittspreis enthaltenen Getränke-Gutscheine gegen Bier getauscht haben. Dort hüpft ein fast zwei Meter großer Hüne in einem täuschend echten Gorilla-Kostüm hinter einer Mulattin, die eine Banane und ein Mikrofon in der einen sowie eine Rassel in der anderen Hand trägt, wie wild geworden hin und her. Um seine Hüften erkennt man einen Gurt, der offensichtlich die Befestigung für einen riesigen schwarzen Gummidildo zu sein scheint. Die mächtige Phallus-Attrappe schlenkert mit jeder Bewegung des Affen hin und her. Die Mulattin trägt einen Bastrock und einen Kranz mit Plastikbananen, sie sieht damit ziemlich bescheuert aus.

Der Saal, der einem Kinovorführraum ähnelt und deutlich über 100 Personen fasst, ist praktisch leer. Während wir uns die besten Plätze ganz vorne gesichert haben, sitzen noch drei Personen in der vorletzten Reihe. Das Banana-Girl verursacht einen schrillen Rückkoppelungs-Ton, der mir wie eine Kreissäge ins Gehirn schneidet, weil es dämlich mit dem Mikro vor dem

Lautsprecher tanzt. Danach lässt es uns wissen, dass wir gerade das unglaubliche Glück haben, Zeugen der „Banana-Show" zu werden. Und nicht nur das: Die vier Herren in der ersten Reihe wären ausgesprochen gut geeignet, gleich mitzumachen. In Sekundenbruchteilen treffe ich trotz meiner Beeinträchtigung, verursacht durch die Mischung aus unzähligen Bieren und grünem Zeug, die Entscheidung, dass die Banana-Show nichts für mich ist. Alle sind aufgeregt – bis auf Leo. Er versteht kein Englisch. Wir werden ein weiteres Mal aufgefordert, auf die Bühne zu kommen, diesmal nachdrücklich. Nachdem man Leo die freudige Botschaft übersetzt hat, möchte er umgehend mitmachen. Auf mich wird eingeredet wie auf ein krankes Rind. „Was zierst du dich so? Wir sind 1.200 km von zu Hause entfernt, niemand kennt uns hier und außerdem ist bis auf die drei Japaner in der vorletzten Reihe sonst niemand im Saal. Hör endlich auf, den Vierer-Bob zu bremsen, so gewinnen wir die Olympiade nie." Diese Argumente leuchten ein. Mit wackeligen Knie stapfe ich hinter Gertschi als Letzter auf die Bühne. Wenige Minuten später müssen wir zu karibischer Musik wie die Barbababas[*] im Kreis herumkasperln. Leo hat besondere Freude daran, gegen die Richtung zu tanzen, was für ordentlich Unruhe sorgt. Während ich mir überlege, ob er das deshalb tut, weil ihm das THC[*] derart zu schaffen macht oder weil er einfach kindisch ist, öffnet sich die große Flügeltür am Eingang und eine Horde Japaner beeilt sich, zu den Sitzplätzen zu gelangen, um die Show nicht zu verpassen. Der Menschenstrom reißt nicht ab. Rasch wird klar, dass es sich um die Besatzung von mehr als vier Reisebussen handelt. Kurze Zeit später ist der Saal zum Bersten voll. Ich möchte gehen.

Der Versuch, meinen Plan in die Tat umzusetzen, scheitert an Leo, der mir trotzig den Weg zum Bühnenabgang versperrt. Das Banana-Girl erkennt den Ernst der Situation und sieht ihre Show in Gefahr. Geistesgegenwärtig aktiviert sie das Mikrofon, um der versammelten Mannschaft mitzuteilen, dass es jetzt ernst wird mit … mit der Banana-Show. Gleichzeitig erzeugt sie ein weiteres Mal diesen äußerst unangenehmen Rückkoppelungs-Ton. Offensichtlich war noch niemand bereit, ihr die physikalischen Grundlagen des gleichzeitigen Betriebs von Lautsprecher und Mikrofon näher zu bringen. Obwohl ich ihr gerade erst begegnet bin, ist sie mir bereits extrem unsympathisch. Die Japaner können kaum fassen, dass sie es noch rechtzeitig zu diesem Highlight geschafft haben. Aufgeregt schnatternd beglückwünschen sie einander. Die großen Schilder, die auf das Fotografier-Verbot hinweisen, lassen die Hardcore-Touristen unbeeindruckt. Das Klicken der unzähligen Kameras mit dem darauffolgenden Blitzlicht-Gewitter wühlt mich auf, allein es gelingt mir nicht, den Bier- und Marihuana-induzierten Nebel aus meinem Gehirn zu verscheuchen. Wir werden vom Gorilla angewiesen, uns auf allen vieren in einer Linie hinzuknien. Das Banana-Girl entledigt sich kunstvoll seines Tanzkostüms. Sie war bekleidet schon keine Augenweide. Nackt ist sie ekelerregend. Geschmeidig legt sie sich vor uns am Boden auf den Rücken und spreizt die Beine. Während ich mich noch über ihre Gelenkigkeit wundere und durch die Frage, ob sie am Ende gar Ballettunterricht genossen hat, einen Augenblick abgelenkt bin, schält sie die Banane bis auf das letzte Drittel ab und führt sich das krumme Obst mit dem noch von Schale umgebenen Teil ein. Ich möchte gehen.

Dann wird uns erklärt, dass wir der Reihe nach von der Banane, die noch ein gutes Stück aus der … ich bin sogar beim Wiedererzählen noch immer unglaublich aufgeregt … herausragt, der Reihe nach abbeißen sollen. Ich möchte gehen. Fest entschlossen krabble ich auf allen vieren davon. Just in dem Augenblick, in dem ich mir sicher bin, es geschafft zu haben, hebt mich der mächtige Gorilla wie ein kleines Kind, das auf Knien über den Küchenboden hobelt, am Gürtel hoch. Über hundert Japaner klatschen vor Begeisterung. Einige lassen sich zu Standing Ovations hinreißen. Ich möchte gehen. Der Gorilla setzt mich direkt neben Leo ab, ich bin wieder auf allen vieren. Die Banana-Show kann endlich fortgesetzt werden. Gut, denke ich mir, wenn Leo der Erste ist und ich der Zweite, dann sind meine Karten nicht allzu schlecht. Ich muss nur fest die Augen schließen, schnell abbeißen, dann hab ich es hinter mir. Trommelwirbel. Leo beugt sich über die Banane, schiebt sich diese bis zum Anschlag in den Rachen und beißt ein Stück ab, das für uns alle gereicht hätte. Mit prall gefülltem Mund dreht er sich hämisch grinsend zu mir. Aus seinem rechten Mundwinkel hängt eines der fadenartigen Gebilde, das manchmal an Bananen kleben bleibt, wenn man sie abschält. Diese Fäden sind eigentlich Leitungsstränge, die es der Mutterpflanze ermöglichen, die Frucht mit Zucker und Wasser zu versorgen. Ich möchte gehen. Diesmal um jeden Preis. Ich springe auf, wundere mich dabei selbst über meine Wendigkeit, schlüpfe unter den Armen des Gorillas durch und beeile mich, von der Bühne zu kommen. Die Banana-Show ist damit geplatzt. Meine Kameraden folgen. Wir entschließen uns, unter den Buh-Rufen von mehr als hundert Japanern, noch etwas hier zu bleiben und den nächsten Show-Einlagen beizuwohnen. Die Sitzordnung hat sich geändert, Leo und Gertschi haben sich für die erste Reihe fußfrei entschieden, Fredsch und ich nehmen in der zweiten Reihe hinter ihnen Platz. Während die Bühne für den folgenden Live-Act umgestaltet wird, baut sich der imposante Gorilla vor uns auf und beginnt, seinen Gummi-Schwanz zu wichsen. Seine Bewegungen werden immer schneller, das Grunzen immer animalischer. Leo findet das sehr lustig, bis der Gorilla irgendeine Pumpe, die unter seinem Kostüm versteckt ist, betätigt und – konservativ geschätzt – einen Dreiviertelliter weißer, klebriger Flüssigkeit auf Gertschi und Leo spritzt. Fredsch und mir gelingt es, hinter den beiden Schutz zu suchen, sodass wir ungeschoren bleiben. Die männlichen Japaner kreischen, als wären sie dem Wahnsinn nah. Die japanischen Frauen halten sich selbst die Augen zu. Manchen werden die Augen auch von ihren Begleitern zugehalten. Aus Rücksicht, nehme ich an. Leo sieht aus wie ein Schwein und beschließt, den Gorilla zu töten. Als dieser den Ernst der Lage erkennt, türmt er flugs hinter die Bühne und kann nicht mehr gefunden werden. Leo … möchte gehen. Kurz bevor wir den Ausgang erreichen, drehe ich mich noch einmal um. Als nächster Programmpunkt soll ein Pärchen live auf der Bühne kopulieren. Der männliche Akteur, ein austrainierter Hüne, erinnert mich an den Gorilla. Gehetzt schaut er uns nach, offensichtlich ist ihm wichtig, dass Leo endlich geht. Ich habe damit zu tun, mein Lachen zu unterdrücken und lasse Leo uneingeweiht. Wie der Darsteller in diesem mentalen Zustand für die Dauer des Auftritts eine Erektion sicherstellen wird, ist mir ohnedies ein Rätsel.

Gertschi, Leo und ich wandern wieder durch die Gassen. Von Fredsch haben wir uns getrennt, er wollte unbedingt den Langen suchen. Leo murmelt noch hin und wieder das Wort „Gorilla" in seinen imaginären Bart, im Wesentlichen ist er aber wieder entspannt. Als wäre es abgesprochen, bremsen wir uns alle gleichzeitig ein. Eine Thailänderin lächelt uns aus einer Kabine zu.

„Bist du deppert, das ist ein Schuss!", begeistert sich Leo.

„Täusch dich nicht, das ist ein Kathoey!" Diese thailändische Bezeichnung steht für einen Transsexuellen, der – falls das noch nicht geschehen war – vorhatte, sich zu einer Frau umoperieren zu lassen.

„In 1.000 Jahren ist das kein Umbauter, das ist eine Alte."

„Kein Problem, ich zeig euch, wie man das herausfinden kann."

Zu dritt nähern wir uns der Tür. Die Schönheit öffnet bereitwillig. Ich breche mit den Worten „How much?" das Eis.

„Fifty", flötet sie mit piepsiger Stimme und meint damit Gulden.

„What?", setze ich nach.

„Fifty", singt sie ein weiteres Mal.

„HOW MUCH???", lasse ich nicht locker.

„FIFTY!!!", schreit er uns entnervt und mit sonorer Stimme an.

Ohne Hast wenden alle drei Musketiere im selben Moment.

„Was hab ich gesagt?", frage ich selbstzufrieden und wir schlendern davon.

Wenig später treffen wir den Langen und Fredsch an einer Kreuzung zu einem Laufhaus.

„Und?"

„Nix und. Das Zeug ist wertlos, schade ums Geld."

„Gott sei Dank!", sage ich. „Stell dir vor, es hätte funktioniert. Welcher Wirkstoff wäre denn dann dafür verantwortlich gewesen? Es hätte ja die Mischung aus den Substanzen 2, 3 und 5 sein können, im richtigen Verhältnis allerdings nur ... oder ein Placebo-Ffffekt ... oder ..."

„Drauf gschissen!", beendet der Lange meine Ausführungen.

„Aber dafür haben wir gerade eine richtig fesche Negerin gesehen!", berichtet Fredsch.

„Neger sagt man nicht, Fredsch!", kläre ich ihn auf.

„Warum?"

„Das ist diskriminierend!"

„Ah so ..."

Nach einigen intensiven Tagen kehren wir um Millionen neuer Eindrücke reicher nach Graz zurück. Trixi sehe ich etwa eine Woche später ein letztes Mal in der Frühbar*.

„Wie geht's?", frage ich.

„Geht schon wieder. Eines hab ich gelernt. Meine blöde Pappen reiße ich nie wieder so weit auf, wenn mich etwas gar nichts angeht! Fred, gehen wir heim?", zischt sie durch ihr drahtverwobenes Gebiss.

„Das geht nicht, ich bin so scharf heute."

„Das macht ja nix, wir können eh pudern."

„Nein, heute möchte ich mir einen blasen lassen."

27 IN DER HERRENGASSE

Kira, die Stafford-Terrier-Hündin von Gertschi, stutzt, als sie meinen Pfiff in 30 Meter Entfernung hört, um sich mir danach freudig im Schweinsgalopp zu nähern. Sie schleckt mich mit verklärten Augen ab, schubst, winselt und kann sich nicht mehr beruhigen.

„Also, ich versteh das nicht. Mich hat der Hund noch nie so begrüßt. Nicht einmal, wenn ich zwei Wochen auf Urlaub bin und sie mich das erste Mal wiedersieht. Bei dir zuckt sie regelmäßig aus", schüttelt Gertschi den Kopf.

Ich habe das Geheimnis, in das mich Fredsch in der Hundeschule eingeweiht hat, gut gehütet, streichle ihr kurz die Flanken und gebe keinen Kommentar ab.

„Kaiserinnen-Wetter! Was sagst du? Wir sind ein bisserl zu früh. Schlenderung?"

„Gerne!"

Das Wort „Schlenderung" hat seinen Ursprung in einem Sketch deutscher Komödianten. Dieser handelt von der Olympischen Disziplin „Schlendern". Das Regelwerk legt fest, dass jene Starter, die sich verleiten lassen, zu schnell zu schlendern, wegen „Zotteltrippelns" disqualifiziert werden. Uns begeisterte dieser Sketch dermaßen, dass wir die Wortspiele übernommen haben.

Gemütlich schlendern wir also in der Herrengasse Richtung Jakominiplatz und genießen die vielfältigen Eindrücke. Als wir das Eiserne Tor erreichen und offensichtlich wird, dass mit keinen großen Überraschungen mehr zu rechnen ist, gebe ich die Anweisung umzukehren. „Klar zur Wende!" Als begeisterter Segler, hatte ich mich entschlossen, den Bootsschein zu machen und mir in der Lernphase angewöhnt, diverse Manöverabläufe auf unterhaltsame Weise in alltäglichen Situationen zu üben.

„Ist klar!", gibt Gertschi eifrig zurück. Er selbst hatte in der Vergangenheit einige Schwimmkurse erfolgreich abgebrochen und war nun überzeugter und bekennender Nichtschwimmer. Das Trockentraining machte ihm allerdings großen Spaß.

„Re!", leite ich das Manöver ein. Wir drehen unsere Nasen durch den Wind und nehmen Fahrt in Richtung unseres vereinbarten Treffpunktes auf.

„Sag, wie geht das jetzt mit Halse und Wende?", möchte Gertschi mehr erfahren.

„Ganz einfach: Bei der Halse drehst du den Hintern durch den Wind, bei der Wende die Nase. Als Eselsbrücke kannst du dir die zwei ‚H‘ merken. Halse/Hintern.“

„Servus, Fredl!“

„Grüß euch!“

„Und, habt ihr schon was Interessantes gesehen?“

„Es geht. Heute scheint überdurchschnittlich viel Jungschweinernes[*] unterwegs zu sein.“

„Uiiii, die passt! Pfffhh, Bambi lebt!“, kommt Gertschi ins Schwärmen. Die Position im Schanigarten, direkt vor dem Eingang eines Modegeschäftes, erfüllt aus strategischer Sicht alle Voraussetzungen, um eine sommerliche Kaffeepause kurzweilig zu gestalten.

„Hmmmmmmmmmmmmmmmm! Ein Tuttelbär … der gemeine Riesentuttler ist selbst in freier Wildbahn äußerst zutraulich. Er weist einen IQ von einem Styroporwürfel auf … und … soooo gern arschpudern.“

„Baaah, erinnerst du dich noch an die fesche Kellnerin vom Shoppingcenter? Seit du mir den Satz ‚… und sooooo gern arschpudern‘ gesagt hast, muss ich dauernd an das denken, wenn ich sie sehe. Das ist ein höchst manipulativer Satz – finde ich. Der frisst sich irgendwie ins Hirn.“

„Da schau her, fünfzehnhundert – Fickspringzwerg. Die stiefelt daher, als wäre sie gerade drei Tage durchgeritten.“

„So, wie die marschiert, kommt sie sicher aus der buckligen Welt.“

„Also heute passt es wieder einmal sehr gut in der Sir-Street!“

„Was hätten Sie denn gern?“, will die attraktive Kellnerin wissen.

„Liebe und Geborgenheit! … und wenn's das nicht gibt, einen Verlängerten bitte!“

„So eine wär meine Kragenweite. Eine Resche, Bodenständige … die ein bisserl was im Hirn hat“, deutet Fredsch auf ein völlig ausgezucktes Huhn mit lila Haaren im Nina-Hagen-Stil. „Ja wirklich, das Bodenständige, Solide hat was“, entgegne ich. „Sag einmal, hast du eine Ahnung, warum jede zweite Frau, die da vorbeihetzt, sogar beim Gehen auf der Straße einen Tschick in der Hand haben muss? Ich hab genau aufgepasst und keinen einzigen Mann gezählt", will Gertschi wissen. „Ja. Damit demonstrieren sie, dass sie keine Manieren und einen in der Waffel haben. Ich finde das praktisch, da tut man sich beim Einordnen gleich viel leichter und spart sich nebenbei einen Haufen leere Kilometer. Was soll man sagen, Zwetschkerl halt!"

„Die passt auch", lenkt Gertschi unsere Aufmerksamkeit auf ein älteres Modell.

„Ohne Weiteres."

„Sehr gern, um nicht zu sagen, SEHR, SEHR gern!"

„Die fällt nicht in mein Beuteschema!"

„Warum nicht?"

„Hat mir zu viele Kilometer drauf."

„Ja, schon, aber das hat auch seine Vorteile."

„Was zum Beispiel?"

„Der brauchst du nix mehr zu erklären. Die weiß schon, was sie zu tun hat. Außerdem ... zum Anwachsen ist sie lang gut. Von ganz weit weg zumindest." Schon wieder eine Seite, von der ich das Thema noch nie betrachtet hatte.

„Schau dir einmal die Alte da drüben an", deutet Fredsch auf ein unförmiges, ungepflegtes Weib mit ungefähr 130 kg Lebendgewicht. „Würdest du die pudern?" „Spinnst ein bisserl?" „Was, spinnst ein bisserl? Wenn du mit der nach einem Schiffsbruch ganz allein auf einer Insel bist und du siehst tagaus, tagein keinen anderen Menschen, dann schmust du spätestens nach fünf Monaten mit ihr. Aber nicht einfach so, du schmust auf LIEBE!!!" Fredsch führt sein Kaffeehäferl an den Mund und lässt das Bild, das er gerade in meinem Kopf gezeichnet hat, auf mich wirken. Mich fröstelt mitten im Hochsommer.

„Achtung! Gestiefelter Kater auf sechs Uhr, dicht gefolgt von einem Schlampentrampler, korrigiere, Wampenschlamper."

Die beiden aufgetakelten Hühner stolzieren unter dem musternden Blick von Gertschi vorbei. „Danke!", bedankt er sich mit einem Seufzen für den gelungenen Alarm.

„Den ‚Ray-Test' bestehen die beiden definitiv nicht!", merke ich an.

„Was für einen Test?", gibt sich Fredsch erstaunt.

„Ray Charles sagt dir was, oder?"

„Selbstverständlich!"

„Der Ray Charles ist ja im Alter von ungefähr 7 Jahren erblindet. Grünen Star hat er gehabt. Wenn du aus ärmlichsten Verhältnissen kommst, blind und ein Schwarzer bist, dann war das zu seiner Zeit nicht die günstigste aller Kombinationen. Er ist einen richtig steinigen Weg gegangen. Blöderweise hat er sich noch dazu mit Heroin vergiftet. Wie auch immer, wir Menschen sind ja grundsätzlich Augentiere. Das heißt, in aller Regel orientieren wir uns bevorzugt über den Sehsinn. Wenn der ausfällt, brauchst du einen Plan B. Aus dem Grund hören Blinde besser und gleichen ihr Defizit zusätzlich übers Fühlen aus. Man könnte auch sagen, die Energie, die sie nicht mehr für das Sehen verwenden, teilen sie auf die beiden anderen Hauptsinne auf. Der Ray war jedenfalls ein alter Weiberer. Verehrerinnen hat ein genialer Musiker wie er sowieso ohne Ende. Was machst du jetzt, wenn du nix siehst und wissen willst, ob die Alte passt? Da hat er sich mit einem recht einfachen Test beholfen, den er selbst entwickelt hat. Wir haben ihn ausprobiert, die Trefferquote liegt bei 99,9 %."

„Komma neun periodisch!", ergänzt Gertschi.

„Ja und? Wie geht der? Was du immer zusammenschwafeln kannst, bis du auf den Punkt kommst, das ist ja unglaublich!", wird Fredsch ungeduldig.

„Na ja, wenn er den Damen vorgestellt worden ist, hat er ihnen die Hand gegeben. Mit seiner freien anderen Hand hat er dabei beiläufig ihren Arm ergriffen und gefühlt, in welchem Zustand das Gewebe dort ist. Wenn das schon schwammig war, hat er gewusst, dass er keine besondere Freude haben wird, wenn er die Puppe dann komplett auspackt. So einfach! Wenn du dir jetzt das Oberarmgewebe der beiden Schlampenwatschler genauer anschaust, dann wirst du erkennen, dass die bei dem Test mit Anlauf in die Knie gehen. Da hilft auch der halbe Kilo Farbe im Gesicht nix.

Abgesehen davon: In einer Hand einen Tschick, in der anderen das Handy. Gelb eingefärbt, unechte Fingernägel, kann wahrscheinlich nicht kochen, bildet sich was ein auf etwas, wovon ich nicht weiß, was das sein könnte. Für so einen Dolm beweg ich mich keinen Millimeter."

„Sei nicht immer so streng!", lächelt Fredsch. „Das sind ja alles nur Suchende, die brauchen nur ein bisserl Führung. Ich will sie ja nicht gleich heiraten. Was glaubst du, wie dankbar genau solche Hasen sind, wenn man sie ein bisserl führt. Wenn du zum Beispiel die beiden da drüben zu führen weißt, dann werden sie ganz schnell zu GOLDESERLN", nickt er wissend.

„Heiraten …", ist Gertschi bei diesem Stichwort hängengeblieben. „Das tut man sowieso nur, wenn sie ein Visum braucht. Sonst hat das eh keinen Sinn …"

„Nasenbär mit Migrationshintergrund, vierzehnhundert!", rüttelt Fredsch die Runde auf.

„Au weh! Schummelkorb!", analysiert Gertschi.

„Was heißt denn Schummelkorb!", ist Fredsch irritiert.

„Das sind diese ausgestopften BHs, die große Hupen[*] vortäuschen, auf Englisch heißen sie ‚push up's'. Im Fachjargon kann man aber auch ‚Schummelkörbchen' dazu sagen", kläre ich ihn auf.

„Also das wird alles immer unübersichtlicher. Botox, Silikon, Schummelkorb … da kann man als Mann gar nicht mehr vorsichtig genug sein. In einer Tour wird man hinters Licht geführt!", brummt Fredsch unwirsch.

„Man ist übrigens draufgekommen, dass sich Botox im Gehirn ablagert. Na ja, wenn sonst nichts drinnen ist, ist das scheißegalwurscht", ergänzt Gertschi.

„Löffler, dreizehnhundert!" Eine Mittzwanzigerin mit fantastischer Figur und riesigen Segelohren löst den nächsten Alarm aus. „Brillenschlange, Modell ‚Frau Oberlehrer', siebenhundert!"

Die plötzliche Steigerung der Alarmfrequenz ist offensichtlich auf den Beginn der Mittagspausen zurückzuführen.

Das Spiel mit Sprache war unsere große Leidenschaft. Neben der Verwendung einer Vielzahl von Phantasie-Ausdrücken hatten wir auch einige Zitate aus Filmparodien in unseren Wortschatz aufgenommen. „Verschmelzung" bedeutete beispielsweise „Treffpunkt". Dieses Wort entstammte einer Agenten-Persiflage. Es konnte sowohl zeitlich als auch örtlich gemeint sein: „Verschmelzung dreizehnhundert, Pimkies." Zu den weiteren Highlights zählten: „Clearance, Clarence! Roger, Roger! Over, Over!" aus dem Film „Die unglaubliche Reise in einem verrückten Flugzeug". John Cleese hatte es uns mit „Recht so!" aus „Clockwise" angetan. Im Lauf der Jahre entwickelte sich aus der Blödelei eine Sprache mit vielen Codierungen, die es dem uneingeweihten

Zuhörer schwer machten, den Inhalten zu folgen. Während das für mich ein Spiel war, hatte es für Dealer einen ernsten Hintergrund. Sie waren nämlich immer wieder in der Verlegenheit, über das bekannterweise unsichere Medium Mobiltelefon verschiedene Informationen in Zusammenhang mit Drogengeschäften übermitteln zu müssen. „Geh, kannst du mir bitte heute von der Putzerei meine 10 weißen Hemden mitbringen?", entsprach beispielsweise einer Koks-Bestellung.

„Sag, hast du noch so einen Film mit 100 ASA, die Bilder sind echt super geworden. Geh bring mir den mit", konnte heißen: „Die letzte Lieferung war ausgezeichnet, bring wieder die entsprechende Menge Grünes mit."

Was „Die Post ist da!" bedeutet, muss an dieser Stelle wohl nicht eigens erklärt werden.

Leo, der Boxer, kommt wie immer um mehr als das akademische Viertel zu spät, lässt sich mit einem Schnaufen in den Schanigarten-Sessel fallen und legt sein Telefon mit den Worten „Bist du deppert, womit hab ich das alles verdient? Ich hab keine Ahnung, was ich in meinen früheren Leben alles angestellt habe, dass ich mich jetzt mit so einem beschissenen Karma herumschlagen muss!" auf den Tisch.

„Fünf Einser-Hasen in der Hacken und einen monatlichen Einlauf von 300.000 Schilling. So ein beschissenes Karma hätten manche gern", merke ich an.

„Ja, ja! Oberflächlich betrachtet. Aber das ist hart verdientes Geld! Einen Haufen schwindliger Hühner domptieren, die in der Früh voll fett* nach Hause kommen. Dann wecken sie dich auf, weil sie einen Moralischen haben und mit dir reden wollen. Dabei stinken sie aus dem Mund nach Gummi."

„Jetzt machst mich aber neugierig! Was genau ist denn passiert?"

„Also, ich erzähl euch nur in komprimierter Form die Highlights der letzten drei Tage, damit ihr eine kleine Übersicht bekommt: Vor drei Tagen steh ich in der Früh auf, liegt der Hund auf dem Rücken, hat alle Haxen* kerzengerade in die Luft gestreckt und rührt sich nicht. Ich geb ihm einen Schupfer, er rührt sich nicht. Dann schau ich auf mein Nachtkastl, wo ich mir am Vorabend für in der Früh zwei Linien vorbereitet hab. Sind die Linien weg. Hat der depperte Hund alle zwei Linien gezogen oder gefressen und gleich darauf einen Herzkasperl gekriegt. Ich war auf den Hund angefressen und meine

Alte auf mich, weil der Hund das Bankerl* gemacht hat. Sie will natürlich sofort wieder einen Hund kaufen. Sag ich: ‚Hund kommt mir keiner mehr ins Haus, da fährt die Eisenbahn drüber. Wenn der mir jedesmal mein Zeug wegzieht, treibt mich das über kurz oder lang in den Ruin. Und überhaupt, ich brauch eigentlich gar kein Haustier. Mir kommt nicht einmal mehr eine Stubenfliege ins Haus!' So, jetzt spinnt die Puppe und die Stimmung daheim ist auf einmal komplett unangenehm. Ich denk mir ‚Wurscht, morgen wird sich das schon eingerenkt haben.' Am nächsten Tag hab ich einige Sachen zu erledigen. Komm dann heim, schaut die Alte noch immer angefressen. Sag ich: ‚Wenn du jetzt noch lange so deppert schaust, klingelt's!' Sagt sie: ‚Nicht einmal zu meinem Geburtstag bringst du mir ein paar Blumen mit!' Jetzt hab ich Nelke in der Aufregung glatt den Geburtstag von meiner Alten vergessen! Sag ich: ‚Was brauchst denn du Blumen? Hast eh mich und mich hast ewig!'

Sie hat dann keine Antwort mehr gegeben, was mir eh sehr recht war. Später drückt mich dann das schlechte Gewissen und ich denk mir, ich fahr schnell in die Tierhandlung und bring ihr halt ein neues Haustier mit. Ich hab lange überlegt, was ich nehmen könnte. Am Schluss hab ich mich dann für einen Hamster entschieden, weil da kann nix verrutschen, hab ich mir gedacht. Jetzt ruft sie mich vor zehn Minuten an und sagt, ich soll nicht vergessen, für den Hamster das Heu mitzubringen. Wenn mich einer abhört, hab ich wieder das Theater mit dem Erklären. Wenn sie nächstes Mal das Futter für den Hamster nicht selber kauft, streck ich sie nieder!" Die Runde grölt.

„Ich hätte ihr einen Vibrator kaufen sollen, das wäre gescheiter gewesen! Sie hat eh schon eine ordentliche Sammlung Kriegsspielzeug zu Hause. Der letzte, den ich gebracht habe, schaut aus, als wäre er vom Raumschiff Enterprise. Der kann stoßen, rotieren und vibrieren. Dann hat er noch so einen Gürtel mit kleinen Kugeln eingebaut, der sich extra gegen den Uhrzeigersinn bewegt und mit den Kugerln so rubbelt. Jede Funktion ist einzeln schaltbar. Wenn man möchte, kann man sie untereinander kombinieren; er macht aber auch alles auf einmal. Ich stell mir den oft auf den Frühstückstisch und lass ihn dann alles gleichzeitig machen. Sehr spaßig! Ein absolutes Hightech-Gerät. Damit du die Bedienungsanleitung verstehst, brauchst du einen Piloten-Schein. Das Display checkt man schon bei Tageslicht kaum. Wenn du den bei schummrigem Licht oder im Finstern mit ins Bett nimmst, kannst du nur mehr versuchsweise auf irgendeine Taste drücken und abwarten, was dann rauskommt. Wenn sie mir wieder einmal auf die Nerven geht und endlos jammert, weil sie schon so lange nicht drangekommen ist, schieb ich ihr den rein. Wenn er drinnen ist, rufe ich: ‚Scotty: Energie!‘ und dann geht die Post ab. Die Verkäuferin im Sexshop hat mir im Beratungsgespräch gesagt: ‚Den sollten Sie zu Hause nur maximal zweimal im Monat verwenden. Der kann einfach zu viel. Wenn sich Ihre Gattin an das Hightech-Gerät gewöhnt, können Sie sich ausmelden.‘ Hab ich gesagt: ‚Den nehm ich! Packen's ihn bitte gleich geschenksmäßig ein.‘ Strom verbrauchen die Dinger jedenfalls, dass einem schwindlig wird. Nachdem ich jeden zweiten Tag bei irgendeinem Gerät die Batterien tauschen hab müssen, hab ich jetzt alles auf Akku-Betrieb umgestellt. Sonst ist das auf Dauer nicht mehr leistbar. Pudern mag ich die Weiber überhaupt nimmer. Eh schon länger! Als meine das letzte Mal drankommen ist, hat sie gefragt, ob schon wieder Weihnachten ist, weil ich so motiviert bin", beendet Leo das Thema.

„Kurzfußindianer, tiefer Schwerpunkt, Spurverbreiterung!", löst Fredsch Alarm aus.

„Sag, reden die Weiber auch so über uns, wenn sie unter sich sind?", frage ich in die Runde.

„Selbstverständlich!", ist Leo über jeden Zweifel erhaben.

„Bevor ich in die Stadt gefahren bin, haben sie im ORF gerade berichtet, dass sie einen Spaltrüssler gefunden haben", weiß Gertschi zu erzählen.

„Einen was?"

„Ich glaub, der heißt Spaltrüssler, das ist so ein kleiner, gschaftiger* Käfer, der früher bei uns heimisch war. Bis heute war man der Meinung, der wäre schon ausgestorben."

„Und was kann der?"

„Spaltrüsseln ... glaub ich."

„Na, dann ..."

„... und, probieren sie ihn wieder zu motivieren?"

„Wozu?"

„Na, dass er sich wieder wichtig macht."

„Ja, sicher!"

„So ein Blödsinn, da braucht man ja zwei dazu."

„Nicht unbedingt, vielleicht ist das so einer, der das allein kann."

„Wenn ich mir die depperten Weiber anschau, die ich dauernd kennenlerne, dann wär ich auch gern so einer."

„Weil wir gerade bei den bedrohten Arten sind: Bei der Schloßbergstiege gibt es ein Schild von einem Vogel, dem Waldrapp, das ist so eine Ibis-Art. Die hat es früher in rauen Mengen am Schloßberg und im Stadtpark gegeben. Jetzt ist er auch ausgestorben."

„Ah so, wieso ist denn der ausgestorben?"

„Ja, er war unglaublich zutraulich … und hat gut geschmeckt."

„Das ist eine blöde Kombination."

„Sind die Ibisse nicht eigentlich intelligente Tiere?"

„Waaaas, wie soll der intelligent sein, wenn er einem Menschen vertraut?! Wie kann denn so einer intelligent sein?", ereifert sich Fredsch. „Andererseits sind die Menschen auch nicht besonders schlau", setzt er nach.

„Wieso das?"

„Die fressen einfach alle zusammen, statt dass sie wenigstens ein Männchen und ein Weibchen überlassen, damit sie später auch noch was haben."

„So sind sie, die Menschen."

„Der Mensch ist sowieso komisch", murmle ich nachdenklich. „Er glaubt, weil er zwei, drei Zahnräder von einer riesengroßen Maschine versteht, versteht er die ganze Maschine. Immer wenn wir eine Gattung ausrotten, nimmt eine andere massiv zu, weil sie dann ja keinen natürlichen Feind mehr hat. Oder sie stirbt vielleicht auch, weil sie jetzt nix mehr zu fressen hat, möglicherweise weil sie die nicht mehr existente Rasse für etwas anderes gebraucht hätte – zum Bestäuben zum Beispiel. Ein Domino-Effekt jagt den anderen und die Dynamik dieser Entwicklung potenziert sich laufend. Das kann sich niieee mehr ausgehen, bitte! Aber der Mensch ist entspannt, weil er zu selbstherrlich ist, um über das alles nachzudenken. Bisher ist noch jede Gesellschaft auf dem Höhepunkt ihrer Dekadenz in die Knie gegangen … und wir sind dekadent ohne Ende … Eltern, die ihren 18-jährigen Töchtern zur Matura Silikon-Titten schenken, Schönheitswahnsinnige, die unerreichbaren, von der Werbung vorgegaukelten Idealen folgen … und irgendwann enttäuscht und völlig erschöpft in schwere Depressionen verfallen …"

„Mit dem Silikon kann ich gar nichts anfangen. Das ist, als würde man einen warmen Stein angreifen. Ich hab lieber die echten, weichen Knuddeltitten",

hat Gertschi offensichtlich keine Lust, die Unterhaltung in unendlich philoso-
phische Tiefen abgleiten zu lassen.

„Ja sicher, weich! Weich ist das Leben!", trifft Leo mit unnachahmlicher
Leichtigkeit den Nagel auf den Kopf.

„Kennt ihr den Witz von der Erde und dem Mond?", nehme ich doch noch
einen Anlauf.

„Nein."

„Treffen sich Erde und Mond. Sagt der Mond: Und, Erde! Wie geht es?

Erde: Nicht so gut!

Mond: Was ist denn los?

Erde: Ich hab mir da etwas eingefangen. Man nennt es Menschen.

Mond: Ah ja! Das kenne ich. Mach dir keine Sorgen, das geht vorbei."

„Meine Alte sagt in letzter Zeit dauernd, ich bin so faul. Dabei schreibt die
Gerti Senger, das ist gar nicht gut, mit dem vielen Stellungswechsel. Das
tun nur die, die etwas kompensieren wollen. Außerdem fällt er mir bei dem
dauernden Herumhampeln regelmäßig zusammen", bleibt Gertschi zu meiner Enttäuschung von meinen Grundsatz-Diskussionen unbeeindruckt. „Im
Fernsehen ist vorgestern übrigens eine spannende Doku gelaufen. Da haben
sie so einen Survival-Experten gezeigt. Der lässt sich nur mit einem Messer
und dem Gewand, das er am Körper trägt, über einer unwirtlichen Gegend
mit dem Fallschirm abwerfen. Von dort schlägt er sich in die Zivilisation
durch. Um zu überleben frisst er dabei alles, was nicht bei drei auf dem Baum
ist", setzt er fort. „Ob der als Überlebensexperte wirklich was taugt, sieht man
erst, wenn er sich über Pattaya ohne Gummi abwerfen lässt", bringt Leo die
Diskussion auf den Punkt.

„Was würde dir eigentlich mehr schmeicheln?", leitet Fredsch den nächsten
Themenwechsel ein: „Wenn eine zu dir sagt: ‚JA, JA, gib's mir, du Hengst!‘
Oder wenn sie sagen würde: ‚Bitte, bitte, bitte hör auf, ich kann einfach nimmer.'" „Darf ich das Erste noch einmal hören, bitte?", möchte ich sicherstellen, die Frage in ihrer gesamten Tragweite erfasst zu haben.

„Ja, wenn sie in einer Tour schreit ‚Gib's mir!‘, oder wenn sie quietscht
wie eine Sau und gerne hätte, dass du aufhörst, weil sie nimmer kann. Was
schmeichelt dir mehr?"

„Ich nehm die Antwort a!"

„Warum?"

„Weil sie als erstes da war."

„… und wenn du dir das aussuchen könntest: Welche würdest du lieber nehmen? Eine, die blöder ist als du, oder eine, die gescheiter ist", will er von mir wissen.

„Eine, die gescheiter wäre, tät mir gefallen", sinniere ich. Er lächelt. „Das hältst du auf Dauer aber nur aus, wenn du ein gutes Selbstvertrauen hast. Obwohl, ein Dutscherl ist auch fein", beeilt er sich.

„Die Dutscherl sind meist gefährlich, Fredl. Die meinen es zwar nicht bös, bringen dich aber trotzdem in Verlegenheit … oder in Gefahr, je nachdem."

„Das kann dir aber bei einer Gescheiten auch passieren, nur macht sie es halt anders."

„Hast recht! So gesehen wünsche ich mir eine Gescheite mit Charakter. Ja, genau!"

„Und zugleichschauen soll sie auch noch was. UND pudern soll sie auch noch gut."

„Das Leben ist kein Wunschkonzert, das müsstest du schon wissen."

„Ja, eben und darum! Also ich hab für halbe Sachen keine Zeit. Dazu ist das Leben zu kurz. Wenn es nicht wirklich paßt, brauche ich niemanden an meiner Seite. Viele sind nur in einer Beziehung, weil die Gesellschaft das von ihnen erwartet, sie bequem sind oder einfach Angst davor haben, alleine zu sein. Bevor ich jeden Tag neben einem Deppen aufwach, zieh ich mir lieber selber einen und denke dabei an etwas Schones. So spare ich mir 90 % vom künstlichen Kopfweh ein. Wenn ich mir dann noch die armen Hunde anschaue, die geheiratet haben, dann habe ich mir zusätzlich sogar noch ein Haus eingespart. Das bringt uns wieder zu den Witzen: Was ist der Unterschied zwischen einem Hurricane und einer Ehefrau? – Gar keiner! Bei beiden ist am Schluss das Haus weg … zumindest in Österreich."

„Mit ‚heiß und feucht' war da aber auch noch was!", moniert Leo.

„Stimmt! Aber das ist nur am Anfang so und daher nicht erwähnenswert!", antworte ich.

„Ich bin zurzeit ein bisserl ziehfaul. Vielleicht liegt das daran, dass ich mir im Internet zu viele Pornos anschaue. Laut einem führenden Sexualpsychologen stumpft man da mit der Zeit ab." Gertschi kann mit komplexeren Themen heute wirklich nichts anfangen.

„Führende Zahnärzte empfehlen Mentadent C", trägt Leo auch wieder etwas bei.

„Hasentechnisch wäre jedenfalls das Beste so ein Bausatz, wie beim Matador. Dann könnte man sich selbst etwas zusammenstellen", beendet Gertschi das Thema.

28 *FISCHERPRÜFUNG* „Lass an!"

„Nein, das mag ich bei mir zu Hause auch nicht."

„Komm mit, ich zeig dir was!" Fredschs Augen leuchten, während er die Tür zum Badezimmer öffnet. Er beugt sich über die Wanne. Ich tue es ihm gleich und sehe den größten lebenden Hecht, der mir je untergekommen ist. Der Fisch dreht sich auf die Seite und sieht mich an. Sein Blick ist mir unangenehm.

„Was macht denn der da?", will ich wissen.

„Den hab ich heute am Vormittag rausgezogen. Wir haben ihn im Kofferraum transportiert, waren zuerst Mittagessen und dann noch spazieren. Als ich ihn schließlich aus dem Auto rausgehoben hab, hab ich bemerkt, dass er nach 5 Stunden ohne Wasser noch immer lebt. Jetzt hab ich ihn einmal in die Badewanne gelegt."

„Wie geht's weiter?"

„So ein Prachtstück fängt man nicht alle Tage. Den Schädel lass ich präparieren. Die Trophäe kommt im Wohnzimmer an die Wand. Man könnte ihn auch im Wald auf einen Ameisenhaufen legen. Nach einer Woche haben ihn dann die Ameisen sauber abgeputzt. Schaut auch nicht schlecht aus. Das Fleisch portioniere ich und friere es ein." Mit diesen Worten löscht er das Licht im Badezimmer und geht in die Küche vor. Neben Bergen vielfältiger Angel-Utensilien, die über den ganzen Küchenboden verstreut sind, sitzt der Lange und dreht sich gerade eine Tüte.

„Begrüße! Was sagst du zu unserem Ungetüm?"

„Servus! Du warst auch mit?"

„Selbstverständlich! So etwas schafft man nur in Team-Arbeit!"

Nachdem sich die beiden den Jolly brüderlich geteilt haben, wird der Lange nachdenklich.

„Also, das Fischen macht mir wieder richtigen Spaß! Ein bisserl in die Natur, weg von den ganzen Idioten. Da kann ich richtig gut abschalten! Wenn wir das in Zukunft intensiver betreiben wollen, müssten wir es fast legitimieren."

„Was willst du legitimieren?", stößt Fredsch das „L"-Wort sauer auf.

„Na ja, wir sollten die Fischerprüfung machen, dann brauchen wir da nicht immer so herumhampeln und aufpassen, dass wir nicht erwischt werden. Gleichzeitig kann man sicher einiges dazulernen."

Fredsch nickt begeistert. Es war dem Langen gelungen, ihn in einem Sekundenbruchteil mit der Idee zu infizieren. „Genau, da schauen wir gleich, wann der nächste Termin ist. Allzu viel wird es nicht zu lernen geben. Im Wesentlichen sind wir fit!"

Drei Wochen später:

„Lass an!"

„Nein, das mag ich bei mir zu Hause auch nicht."

„Begrüüüüüße!", empfängt mich der Lange mit breitem Grinsen, das mich auf sattes Grün schließen lässt.

„Da schau her, die Angel-Experten tagen schon wieder!", blödle ich. „Was macht die Lernerei? Wann habt ihr denn den Prüfungstermin?"

„In 10 Tagen. Da ist gar nicht so wenig zu lernen. Bisher hab ich das Skriptum erst einmal durchgeblättert", bringt mich der Lange auf den aktuellen Stand.

„Das kriegen wir schon hin", gibt sich Fredsch siegessicher. „Mein Bub wird sich freuen, der ist total fasziniert vom Fischen. Ich hab ihm schon eine ganze Menge beigebracht. Er stellt sich sehr geschickt an. Das ist wirklich lustig mit ihm. So ein richtiges Vater-Sohn-Abenteuer."

Vor besagtem Prüfungstermin sehen wir einander noch drei Mal. Auf meine Frage nach dem Lernfortschritt erhalte ich jedes Mal die gleiche Antwort: „Ist sich noch nicht ausgegangen. Wir fangen morgen an." Am Abend des Prüfungstages kontaktiere ich – von Neugier getrieben – Fredsch:

„Und, wie ist es gelaufen?"

„Schwer zu sagen! Wenig hab ich nicht gewusst. Aber einfach war es auch nicht!

„Ist der Lange auch angetreten?"

„Sowieso. Er meint, ihm ist es nicht so gut gegangen ..."

„Wann ist mit dem Ergebnis zu rechnen?"

„In 10-14 Tagen, haben sie gesagt."

Zwei Wochen später läutet mein Telefon, Fredsch ist in der Leitung.

„Hast du Zeit? Komm einmal bei mir vorbei", schnauft er aufgeregt.

„Was denn schon wieder?"

„Das Ergebnis von der Fischerprüfung ist da.“

„Ja, und?“

„Geschafft! Aber komm vorbei, das muss ich dir selbst zeigen!“

„Lass an! … Schau einmal her.“ Fredsch drückt mir einen Brief in die Hand, ich beginne zu lesen:

„Sehr geehrter Herr …

Wir freuen uns, Ihnen mitteilen zu dürfen, dass Sie die Fischer-Prüfung bestanden haben und Ihr Fischerprüfungszeugnis sowie Ihre Landesfischerkarte zur Abholung bereitliegen.

Gleichzeitig dürfen wir Ihnen eine weitere freudige Nachricht überbringen. Alle bei der Prüfung erfolgreichen Kandidaten haben automatisch an einem Gewinnspiel teilgenommen. Das große Los ist auf Sie gefallen. Im Namen des Gremiums übermitteln wir Ihnen daher in der Beilage einen Gutschein für eine

Angel-Abenteuer-Reise für 2 Personen nach Kanada.

Herzliche Gratulation und Petri heil!

Mit freundlichen Grußen“

Der Brief war vom Leiter der zuständigen Magistrats-Abteilung mit Stempel und Unterschrift unterfertigt. Zögerlich wiederhole ich die Worte „Angel-Abenteuer-Reise für 2 Personen nach Kanada“. Schwer vorstellbar, dass die den Gutschein aus ihrer Kasse bezahlen. Wer kann so eine Aktion möglich machen? Ein Sponsor?“

„Ist mir doch wurscht, wer das bezahlt! Auf dem Schreiben ist der Original-Stempel von der Jagd- und Fischereibehörde drauf und der Chef selbst hat unterzeichnet. Mehr muss ich nicht wissen.“

Fredsch greift zum Telefon und wählt eine Nummer. „Ja, servus! Du, nimm dir in den ersten zwei August-Wochen nix vor. Wir fliegen nach Kanada – fischen. Was? Nicht am Telefon, das erzähl ich dir später."

So, nun war der Junior über das freudigen Ereignis informiert. Es konnte nichts mehr schiefgehen.

„Haaaaaaaaaaa uaaaaaaaaah uaaaaaaah."

„Fredsch, was gibt's?"

„WAS DER LANGE FÜR EIN ARSCHLOCH IST!!!! Ich wollte heute den Gutschein einlösen, das ist alles ein Häkel! Keine Ahnung, wie er zu dem Stempel kommt." Ich kann mir das Lachen nicht verkneifen. Der Lange hatte ihn aufs Eis geführt. Beide waren mit Bomben und Granaten durchgefallen. Alles andere wäre eine echte Überraschung gewesen.

„Also, den Häkel find ich echt gelungen!"

„GELUNGEN? SO EIN ARSCHLOCH! Ich hab meinem Buben schon alles erzählt, der hat sich schon gefreut wie ein Indianer … und jetzt steh ich da wie der größte Trottel!!! In meiner Freude hab ich noch einen Haufen Leute eingeladen und ordentlich Geld ausgegeben. Jetzt war alles umsonst."

Meine Versuche, Fredsch zu beruhigen, schlagen fehl. Der Gesichtsverlust vor seinem Sohn und der Ärger über seine eigene Naivität hatten eine tiefe Wunde geschlagen. Er war so verletzt, dass er nicht mehr verzeihen konnte. Dieses Ereignis beendete die Freundschaft zwischen Fredsch und dem Langen.

29) *CHERCHEZ LA FEMME*

Einige Jahre waren ins Land gezogen, der gute, alte Schilling hatte dem Euro Platz gemacht, und Fredsch war nun mit einer 25-Jährigen liiert. Was er spürte, fühlte sich wie Liebe an. Doch in Wahrheit war es eine beidseitige sexuelle Abhängigkeit. Ihre Jugend begeisterte ihn, und wann immer er an eine erotische Schweinerei dachte, überraschte ihn das Mädel mit der Umsetzung selbiger, noch bevor er ihr von seiner Phantasie erzählen konnte. Doch die ursprüngliche Begeisterung wich schon bald der Ernüchterung.

„Bist du deppert, die Alte hat mich gestern wieder fast in den Wahnsinn getrieben."

„Was ist denn passiert, Fredl?"

„Die provoziert mich so lange, bis ich nicht mehr kann. Ich hätte gern, dass sie geht. Sie geht aber nicht. Sie sagt Dinge, die sind so daneben, dass mir schlecht wird."

„Ich kenne das. Es gibt Menschen, die können mit Worten dermaßen verletzen, dass man sich manchmal denkt: Wenn ich jetzt wählen könnte zwischen dem letzten Satz und einer schallenden Ohrfeige, würde ich die Ohrfeige nehmen."

„Genau! Nach Stunden haut es mir den Vogel raus. Sie schlägt zum 50. Mal her, irgendwann reißt mir der Faden und ich schnalze sie um. Sie schreit so laut, dass die Nachbarn die Polizei holen. Wenn das so weitergeht, kündigen sie mir bald die Wohnung."

„Fredl, es geht mich gar nichts an und du weißt, ich bin der Letzte, der sich in solche Sachen einmischt. Aber in Frankreich gibt es ein Sprichwort, das heißt: Cherchez la femme!"

„Ja und?"

„Damit ist Folgendes gemeint: Wenn es für einen Mann irgendwo komplett daneben geht, sagen die Franzosen „Cherchez la femme". Ursprünglich war das ein Ausspruch französicher Kriminalisten und heißt übersetzt so viel wie ‚Sucht die Frau, wo ist die Frau im Spiel?' Wenn ihr beide nicht bald die Notbremse zieht, gibt es einen Supergau. Schwer zu sagen, wer zuerst kippt. Wahrscheinlich sie und dann wird sie zur Tellermine. Wenn sie explodiert, gehst du mit vor die Hunde. Ein Therapeut, den ich einmal eingeladen habe, hat mir das so erklärt: Begegnungen wie diese ähneln einem Tanz. Es gibt den einen, der den anderen mit ‚Darf ich bitten?' auffordert. Wenn man aufgefordert wird, hat man mehrere Möglichkeiten zu reagieren. Man kann die Einladung annehmen, man kann ablehnen oder einen anderen Zeitpunkt wählen. Auch wenn du dich jetzt beklagst: Du hast eine Aufforderung zum Tanz angenommen. Damit bist du Teil des Spiels geworden. Ein anderes Modell besagt, dass Täter und Opfer einander finden. Interessanterweise sind beide jeweils abwechselnd sowohl in der Täter- als auch in der Opferrolle. Oftmals beginnt sich eine unheilvolle Spirale zu drehen. Das Thema ist sehr komplex und ich bin auch nur ein Halbwissender. Halbwissen ist ja bekanntermaßen die gefährlichste Form von Wissen. Trotzdem sieht das für mich aus, als würde es massiv in die falsche Richtung laufen. Löse dich, Fredl! Wenn du mich um einen Rat fragst – selbst wenn ich weiß, dass Ratschläge auch Schläge sind – mein Ratschlag ist trotzdem: Löse dich!"

„Du hast recht! Ich muss das beenden. Sonst passiert etwas Schlimmes. Letztes Mal hab ich ihr ins Schienbein getreten, weil ich ihr nicht ins Gesicht schlagen wollte, nachdem sie vorher – ich weiß nicht, wie oft – auf mich losgegangen ist. Dabei hab ich mir den Zehen gebrochen. Die Alte ist mein Unglücksrabe, ein Totenvogel."

In weiterer Folge passierte das, was in Fällen wie diesen immer passiert. Sie trennten sich, kamen wieder zusammen, trennten sich. Diese Entwicklung wurde von einigen Polizeieinsätzen begleitet. Fredsch beendete die Beziehung unzählige Male, um jedes Mal kurz darauf wieder rückfällig zu werden. Auch wenn sein Verstand Alarm schlug, war er nicht mehr Herr der Lage. „Die hat sich für mich erledigt, auf ewig!", schrie er an einem Tag, um am nächsten Morgen wieder neben ihr aufzuwachen. Außenstehende, denen es aufgrund der fehlenden emotionalen Verstrickung leicht fiel, die Situation einzuschätzen, schüttelten ungläubig ihre Köpfe. War das gerade wirklich Fredsch? Der, der sonst immer über den Dingen zu stehen schien? Für mich hatte das Verhalten der beiden große Ähnlichkeit mit dem Verhalten Drogensüchtiger. In den wenigen kurzen glücklichen Momenten fühlten sie sich, als würden sie schweben. In Wahrheit verwechselten sie dieses Gefühl mit jener Art von Schweben, die ein Fallschirmspringer erlebt, wenn er aus großer Höhe mit 200 km/h auf die Erde zurast. Nur hatten die beiden keinen Fallschirm dabei.

Mein Kontakt zu Fredsch wurde rar. Er hatte mit sich selbst und seiner Beziehung genug zu tun; ich war beruflich unter Strom. Wir hörten einander unregelmäßig am Telefon. Dabei klagte er mir sein Leid, die Geschichten wurden stereotyp. Irgendwann hatte ich alles gesagt, was es zu sagen gab, und eingesehen, dass ich nicht helfen konnte. Zeitweise war ich mir nicht einmal mehr sicher, ob er noch hörte, was ich antwortete. Er machte den Eindruck, als würde er nur jemanden brauchen, bei dem er sein Herz ausschütten kann. Er musste mit jemandem reden, um sich zu erleichtern. Fredsch hatte Ähnlichkeiten mit einem Kelomat, bei dem das Ventil steckt. Sein Sichtfeld schien in diesem Zustand dramatisch eingeengt, er war so sehr in dieser Welt versunken, dass ich den Zugang zu ihm nicht mehr fand.

„Hast schon gehört? Der Fredl ist im Schmalz!"

„Was?"

„Ja, es ist endgültig eskaliert. Jetzt haben sie ihn abgeholt. War ja eh nur mehr eine Frage der Zeit."

Drogenfahnder hatten Fredsch in seiner Wohnung besucht. Angeblich waren sie bei ihrer Suche ausgesprochen zielstrebig gewesen. So, als hätten sie einen Tipp bekommen. Fredsch war aber, geprägt durch das Milieu, ein misstrauischer Zeitgenosse. Er hatte die Angewohnheit, Menschen in seiner nahen Umgebung in unregelmäßigen Abständen kleinen Tests zu unterziehen. Dem Prüfling war üblicherweise nicht bewusst, dass er gerade gecheckt wird. Auch das Prüfungsergebnis teilte Fredsch niemals mit. Dabei war es egal, ob die Prüfung bestanden worden war oder nicht. Die Erkenntnisse, die aus den Tests abgeleitet werden konnten, legte Fredsch stillschweigend in irgendeiner Schublade in seinem Gehirn ab und korrigierte – falls nötig – die Parameter, unter denen er der betreffenden Person zukünftig begegnete. Die Tatsache, dass man bereits zur Gruppe der positiv geprüften Menschen zählte, bedeutete nicht, dass dieses Ergebnis nun in Stein gemeißelt war. Neue Tests konnten situationsbezogen jederzeit und in unregelmäßigen Abständen folgen. Ein dynamischer, fortlaufender Prozess, also. Das Destillat aus den im Lauf der Zeit gewonnenen Daten war schließlich die Grundlage für ein ziemlich exaktes Persönlichkeitsprofil.

Von Frauen ließen sich klassische Zuhälter definitiv nicht in die Karten schauen. Man war gewohnt, anderen möglichst wenig Angriffsfläche zu bieten und sich vor allem nicht erpressbar zu machen. Dass dieser Zugang durchaus berechtigt ist, belegen beispielsweise die Erfahrungen von Steuerprüfern deutlich. So mancher naive Mann, der in der ersten Verliebtheit all seine Geheimnisse preisgibt, hätte sich im Nachhinein schon gerne seine Zunge abgebissen. Spätestens dann, wenn ihm das Finanzamt, das zuvor von seinem ehemals trauten Weib umfassend informiert wurde, das Fell über die Ohren zieht. Jeder Steuerfahnder kann bestätigen, dass anonyme Anzeigen aus dem Kreise von Geschäftspartnern, ehemaligen Freunden und Ehefrauen einen beträchtlichen Anteil am Fahndungserfolg ausmachen.

Trotz der emotionalen Ausnahmesituation, in der sich Fredsch befand, hatte er nie vor seiner neuen Flamme Gift aus irgendeinem Versteck geholt. Er wartete immer, bis sie in einem anderen Zimmer war, um dann an völlig anderen Orten, wie beispielsweise der Speisekammer, umständlich lärmend zu suchen. Als die Drogenfahndung sich nun Zutritt in die Wohnung verschaffte, eilten die Beamten direkt auf die Speisekammer zu und leerten Reis, Mehl und Nudeln mitten in der Küche auf einen großen Haufen zusammen. Nachdem dort nichts zu finden war, klapperten sie der Reihe nach alle Plätze ab, die Fredsch zuvor in seine Finten einbezogen hatte. Nun war eindeutig klar, wer ihm die Suppe eingebrockt hatte.

30 DER GROSSE LAUSCHANGRIFF

Im Hintergrund hatten die Sicherheitskräfte grünes Licht für einen großen Lauschangriff erhalten. Fredsch war eigentlich nicht im Fokus, sondern nur durch seine verhängnisvolle Affäre ausgerutscht. Die Tatsache, dass es im Milieu schon viele Jahre recht ruhig zugegangen war, hatte dazu geführt, dass sich die handelnden Personen mittlerweile sehr unvorsichtig verhielten und einer Reihe wichtiger Sicherheitsregeln keine Beachtung mehr schenkten. Besonders die Unterhaltungen am Telefon wurden nicht mehr mit der gebotenen Vorsicht geführt. Jeder Kämpfer – egal, ob im sportlichen Wettbewerb oder auf der Straße – weiß, dass es höchst gefährlich ist, einen Kontrahenten zu unterschätzen. Genau diese Überheblichkeit hat schon vielen, die eigentlich zu Beginn im Vorteil waren, das Genick gebrochen. Diese Erfahrung sollte auch eine Reihe von Dealern und Menschenhändlern machen. Eine der größten Polizeiaktionen der letzten Jahrzehnte wischte die halbe Grazer Szene mit einem Schlag vom Spielfeld.

Es dauerte nicht lange, bis die ersten Kopien von Vernehmungsprotokollen im Kreis gereicht wurden. Ich hab keine Ahnung, wie und wem der Zugang zu diesen Unterlagen so schnell möglich war. Die Lektüre der Schriftstücke faszinierte mich jedenfalls mehr als jeder Bestseller. Ich interessierte mich für die Verhörmethoden, die Frage-Techniken und vor allem die Inhalte. Die Beamten waren erwartungsgemäß deutlich ausgeschlafener, als es sich der kleine Ganove von der Straße vorgestellt hatte. So mancher Strolch, der sich für hartgesotten hielt und in seiner gewohnten Umgebung auch nicht müde wurde, diese Eigenschaft laufend zu betonen, zeigte sich nun von einer völlig ungewohnten Seite. Gerade jene, die andere abfällig als Plaudertaschen bezeichneten, knickten für mich unerwartet schnell ein und beantworteten gleichzeitig auch noch die eine oder andere Frage, die nie gestellt worden war. Den Umstand, dass jemand unter Druck alles und noch mehr ausspuckt, nennt man in der Milieu-Sprache „Speiben", was so viel wie „Erbrechen" bedeutet. „Wenn sie den einzwicken, speibt er alles!", bedeutet demnach übersetzt: „Wenn man ihn im Verhör unter Druck setzt, verrät er alles!"

Die Abhör-Protokolle waren teilweise ausgesprochen erheiternd. So fanden sich in den Unterlagen, die den Langen betrafen, in regelmäßigen Abständen

Anmerkungen wie: ... größtenteils unverständlich ... Passage unverständlich ... dieser Satz unverständlich ..." Seine Nuschlerei hatte ihm in diesem Fall die eine oder andere Unannehmlichkeit erspart. Auch Gertschi wurde über längere Phasen abgehört. Da ich mit ihm beinahe täglich sehr ausführlich telefonierte, war ich neugierig, ob die Aufzeichnungen Begriffe wie „Wampenschlamper", „Fickspringzwerg" oder „Schlampentrampler" enthalten würden. Das war aber zu meiner Enttäuschung nicht der Fall. Um eine lange Geschichte kurz zu machen: Fredsch und Gertschi gehörten zu denen, die dann mal weg waren – in diesem Fall in Untersuchungshaft. Gertschi wegen diverser Verstöße gegen das Suchtmittelgesetz, Menschenhandels und grenzüberschreitenden Prostitutionshandels. Fredsch wegen des Besitzes und der Weitergabe von Suchtgift, Körperverletzung und gefährlicher Drohung. Seine Anklageschrift war 29 Seiten lang. Unter anderem wurde ihm angelastet, er hätte dem Totenvogel – wie er sie nannte – am Höhepunkt der Eskalation mit der Scherbe eines Blumentopfes die Pulsadern aufgeschnitten. Fredsch bestritt diesen Vorwurf vehement und versicherte, sie hätte das selbst gemacht. Zu seinem Glück konnte der gerichtsmedizinische Sachverständige ihrer Version nicht folgen. In den anderen Punkten wurde er schuldig gesprochen.

Gertschi war folgende Geschichte zum Verhängnis geworden: Ein Mädchen, das bei ihm arbeiten wollte, hatte angerufen und gefragt, ob er sie abholen könne. Sie sei mittlerweile in Deutschland und habe kein Geld mehr für die Weiterreise. Er setzte sich in sein Automobil und tat, worum er gebeten worden war. Die Überwachungskamera einer deutschen Tankstelle besiegelte sein Schicksal. Er hatte sich damit nach § 217 des Strafgesetzes schuldig gemacht: „Wer eine Person, mag sie auch bereits der Prostitution nachgehen, der Prostitution in einem anderen Staat als in dem, dessen Staatsangehörigkeit sie besitzt oder in dem sie ihren gewöhnlichen Aufenthalt hat, zuführt oder anwirbt, ist mit Freiheitsstrafe von sechs Monaten bis zu fünf Jahren, wenn er die Tat gewerbsmäßig begeht, von einem bis zu zehn Jahren zu bestrafen."

Gleichzeitig war aber auch für viele Bekannte der beiden Zahltag. Wenn ein Dealer, der größere Mengen unter die Leute gebracht hat, erwischt wird, löst das in der Szene eine Reihe von Dynamiken aus; mitunter auch Domino-Effekte. Die einen freuen sich – wie im richtigen Leben – darüber, dass ein

Konkurrent aus dem Rennen geworfen worden war und haben es eilig, die entstandene Lücke zu füllen.

Die anderen beginnen, sich emsig zu kümmern und dem Gestrauchelten ihre Hilfe anzubieten, zugegebenermaßen aus verschiedenen Beweggründen. Manche unterstützen den Inhaftierten, weil sie mit ihm eine Freundschaft verbindet, andere, weil er zu viel von ihnen weiß, wieder andere, weil sie selbst schon in dieser misslichen Lage waren und dabei die Ohnmacht, die Einsamkeit, die Hilflosigkeit am eigenen Leib erfahren haben. Weil sie gelernt haben, wie dankbar man in dieser Zeit für jede kleine Geste wird.

Wieder andere helfen, weil der Betroffene etwas zu „verteilen" hat. In aller Regel muss dieser ja erklären, an wen die Menge, die er nachweislich irgendwo im Lauf der Jahre eingekauft hatte, weiterverscheckt wurde. Wenn so ein Mensch an die Wand gedrückt wird und sich dabei im Stich gelassen fühlt, dann teilt er eben dem einen oder anderen eine gewisse Menge zu. Dieser Vorgang wird „Verteilen" genannt. Will heißen, im Verhör gesteht er, dass X oder Y bei ihm soundso viel gekauft haben. Manchmal ergibt es sich, dass zufällig gerade jemand stirbt, wie beispielsweise die lange Karin. Sie hatte sich erhängt, just als die große Razzia im Rahmen der besagten Spezial-Operation viele Spieler vom Feld räumte. Wenn einem keine Feinde einfielen, von denen man meinte, sie hätten es verdient, eine größere Menge Kokain zugeteilt zu bekommen, hatte man an dieser Stelle andere Sorgen. Nun war es nämlich notwendig zu erklären, wo das Zeug hingekommen war. Dabei wollte jeder tunlichst vermeiden, seine eigenen Freunde zu belasten. Für all jene, die sich dieser Herausforderung stellen mussten, war der Tod der langen Karin ein Glücksfall. Ihr konnte man nun ohne großen Aufwand die ungeliebten überschüssigen Mengen zuteilen. „Der Karin tut das nimmer weh", sagten einige. „Die Karin würde das auch so machen."

31 IM SCHMALZ

Nun waren also erst Gertschi und nach ihm Fredsch weg. Letzteren sperrte man in Graz ein, Gertschi hingegen anfänglich in Klagenfurt, weil der Haupttäter, mit dem er angeklagt war, aus Kärnten kam. Einige Freunde bemühten sich sicherzustellen, dass die Abwesenheit der beiden nicht existenzbedrohende Kettenreaktionen auslöste. Für das Sitsch waren laufende Kosten und Leistungen von Zulieferern abzudecken, jemand musste das Lokal weiterführen. Daneben waren die Mieten für die Privatwohnungen zu entrichten, damit diese nicht gekündigt wurden und so weiter und so fort …

Fast ohne gegenseitige Absprache übernahm jeder die Aufgaben, die er in der Lage war zu bewältigen. Koordiniert wurden die Aktivitäten in der Regel von Frau oder Freundin des Betroffenen. Was Gertschi betraf, so unterstützte ich – so gut es mir neben meiner Arbeit möglich war – seine Lebensgefährtin. Einmal in der Woche durfte er in Klagenfurt besucht werden. Ich nahm mir, wann immer ich konnte, tageweise Urlaub und fuhr mit ihr nach Kärnten. Manchmal ließ man uns, obwohl wir uns angemeldet hatten, sechs bis sieben Stunden warten, um dann mitzuteilen, dass heute aus nicht näher erklärbaren Gründen doch kein Besuch stattfinden könne. Müde von der Anspannung und enttäuscht traten wir dann unverrichteter Dinge die Rückreise nach Graz an. Auch wenn ich dem verzweifelten Mädchen immer wieder Mut zugesprochen habe und nach außen hin ruhig war, belastete mich die Geschichte sehr. Schon während der Kontrollen, denen man sich als Besucher unterziehen musste, schnürte es mir den Hals zu. Die persönlichen Begegnungen wirkten künstlich und aufgesetzt. Ein Justizwachebeamter saß neben uns und stellte sicher, dass keine unerlaubten Informationsflüsse stattfanden. Jeder war bemüht, über seine Bedrückung durch gespielte Heiterkeit hinwegzutäuschen. In den Augen konnte man aber die traurige Wahrheit lesen. Ich habe damals verstanden, dass es die Augen sind, auf die man bei einem Menschen achten muss.

Später wurde Gertschi nach Graz verlegt. Eines Tages erzählte er mir, dass er zwischendurch eine Stimme gehört hatte, die ihm vertraut war. Bald stellte sich heraus, dass Fredsch in dem riesigen Häfen ausgerechnet in der Zelle ihm gegenüber untergebracht war. Was uns wieder zu den Buddhisten und der

Geschichte mit den Zufällen führt. Für Gertschi war dieser Umstand äußerst hilfreich. Als Neuling kannte er sich mit den Regeln und Gepflogenheiten im Häfen nicht besonders gut aus. Fredsch stellte sicher, dass er schnell und umfassend orientiert war.

Um Fredsch selbst kümmerte sich mit bewundernswerter Aufopferung seine ehemalige Lebensgefährtin und Mutter seines Sohnes. Sie hatte mit dem Milieu nie etwas zu tun gehabt und war in Wahrheit das Beste, was ihm je passiert konnte. Ohne sie wäre alles deutlich schlechter für ihn ausgegangen. Mit unglaublichem Einsatz bemühte sie sich, neben dem alltäglichen Kram, der zu erledigen war, Geld für ihn aufzustellen. Und zwar bei denen, die sich an sonnigen Tagen als Freunde ausgegeben hatten und wirtschaftlich ausgezeichnet aufgestellt waren. Im Gegensatz zu Gertschi, der durch die Weiterführung des Lokals auf Einnahmen verweisen konnte, versiegten mit Fredschs Verhaftung auch seine Einkünfte. Die wirtschaftliche Situation war existenzbedrohend. Der Verlust des Daches über dem Kopf hätte beispielsweise eine Reihe unangenehmer Folge-Effekte nach sich gezogen. Daneben war nicht klar, wer den Rechtsanwalt bezahlen sollte – ein zentrales Thema in Situationen wie dieser.

Die Prozeduren, der sich Besucher eines Inhaftierten unterziehen müssen, belasteten mich in Graz mehr als in Klagenfurt. Insgesamt hatte sich mit der Verlegung von Gertschi aber auch meine Situation gebessert. So zum Beispiel konnte ich Mittagspausen nutzen, um schnell vorbeizuzischen, anstatt mir laufend tageweise freinehmen zu müssen. Mein Kontingent an Urlaubstagen war schon ordentlich reduziert worden.

Eines Tages hatte ich das dringende Bedürfnis, bei Fredsch vorbeizuschauen, ließ das Mittagessen ausfallen und beeilte mich, von der Bank mit dem Fahrrad in den Häfen zu kommen.

„Sag einmal, spinnst du? Ich kann nur ein, maximal zwei Mal in der Woche Besuch bekommen! Jetzt darf mein Bub diese Woche nicht mehr kommen!", begrüßt mich Fredsch aufgeregt durch die Glasscheibe.

„Verdammt!" Daran hatte ich nicht gedacht. „Entschuldige, das hab ich in der Eile komplett verschwitzt!"

Wir waren nun einmal, wo wir waren, und versuchten, das Beste daraus zu machen. Während ich mit der einen Hand den Telefonhörer an mein Ohr hielt, regte sich in mir der dringende Wunsch, meine andere Hand an die Glasscheibe zu drücken, wie man es in den B-Movies aus Hollywood immer sieht. Im nächsten Moment schüttelte ich diesen lächerlichen Gedanken ab. Diesmal fungierte ein junger Jurist in der Position des Rechtspraktikanten als Aufpasser, der unzulässigen Informationsaustausch verhindern sollte. Während Fredsch in komplex codierter Form seinem Sitznachbarn Anweisungen gab, wie sich dieser bei der nächsten Verhandlung zu verhalten hatte, war ich ein weiteres Mal bei den Augen hängengeblieben. Wirr und unzusammenhängend jagten mir verschiedene Gedanken durch den Kopf. Zwischendurch erinnerte mich die Situation an einen Schönbrunnbesuch in meiner Kindheit, bei dem mir der stolze Löwe hinter den Gitterstäben leidtat.

Fredsch war jedenfalls, was die Informationsweitergabe betraf, sehr erfinderisch. Er hatte sein ganzes Leben damit verbracht, sich durchzuschlagen und an widrige Verhältnisse anzupassen. Manchmal erinnerte er mich an jene Figuren, denen man in Kriegsfilmen begegnet. Schieber und Checker, die in jeder Lebenslage alles Mögliche und Unmögliche besorgen können. Irgendwann hatte er mir in der Vergangenheit erzählt, dass man beim Sprechen während des Häfenbesuchs immer eine Hand vor den Mund halten soll. Angeblich würden die Gesichter aufgenommen und Lippenleser könnten das Filmmaterial bei Bedarf im Anschluss auswerten. In der Phase vor dem Prozess war es nicht notwendig, die Lippenbewegungen mit der Hand zu kaschieren. Die Leitung, über die wir uns unterhielten, wurde ohnedies abgehört.

32 IN PENSION

Gertschi war nach zwei Monaten Untersuchungshaft wieder in Freiheit. Fredsch hatte 22 Monate ausgefasst. Weil er bereit war, sich freiwillig einer Drogentherapie zu unterziehen, konnte er nach acht Monaten vorzeitig raus. Der Rest der Strafe wurde in eine Bedingte umgewandelt. Gleichzeitig musste er Reisepass und Führerschein abgeben. Im Monopoly-Jargon würde man sagen: Er hatte die „Zurück-zum-Start-Karte" gezogen. Der Häfen hinterließ bei beiden seine Spuren. Gertschi war schweigsam geworden und zog sich, sooft er konnte, zurück. Fredsch bekam Cortison in rauen Mengen, um sein schweres Rheuma in Schach zu halten. Das hoch dosierte Zeug schwemmte ihn in kürzester Zeit auf, er sah nicht gut aus. Zu allem Überfluss hatte sich dazu noch Osteoporose eingestellt. Während Gertschi mit seiner Entlassung auch wieder in den Arbeitsalltag eintauchte, kam Fredsch mit den Symptomen der beiden Krankheitsbilder kaum zurecht. Wenn ich ihn ansah, stellte ich fest, dass er in kurzer Zeit gealtert war. Die letzten Zähne waren entzündet und mussten gezogen werden, das Rheuma quälte ihn unaufhörlich. Dieser Umstand führte schließlich zu seiner Pensionierung. In der ihm nun in inflationärem Ausmaß zur Verfügung stehenden Freizeit frönte Fredsch dem Kochen sowie der Pflege seiner Gemüse- und Gewürzpflanzen, bis er schließlich seine Begeisterung für den Personalcomputer und das Internet entdeckte.

Von diesem Tag an quälte er mit großer Ausdauer alle Freunde und Bekannten, von denen er annehmen konnte, dass sie sich mit dem PC auskannten.

„Geh, schau einmal bei mir vorbei, meine Mails funktionieren nicht!", war einer der Sätze am Telefon, die den einen oder anderen wie ein Blitz trafen.

„Du bist eh fit bei diesen Geschichten, das dauert fünf Minuten und alles ist erledigt!" Jeder, der sich selbst mit diesen Dingen auseinandersetzt, weiß, welchen Wert fünf Minuten bei der Problembehebung in Zusammenhang mit einem PC haben. Aus fünf Minuten wurden in der Regel Stunden. Es war, als hätte man aus purem Übermut am Faden eines Woll-Pullovers gezogen und müsste nun entsetzt feststellen, dass sich dieser gerade völlig auftrennt. Fredsch hatte selbst vor Einstellungen, die den Lebensnerv des Betriebssystems betrafen, keinen Respekt. Er drückte jede Taste, klickte an, was anzuklicken war und konnte auf meisterhafte Art Verwirrung erzeugen.

Helfende waren im Anschluss gefordert, gordische Knoten am PC zu lösen. Nur Hartgesottene hielten durch, die anderen verweigerten über kurz oder lang, die Gesprächsannahme, wenn die Nummer von Fredsch am Display des Mobiltelefons aufleuchtete.

Der Fairness halber muss man ihm aber zugute halten, dass er eifrig lernte. Bei jeder fremden Unterstützung, die Fredsch in Anspruch nahm, saß er aufmerksam daneben und saugte gierig Information auf. Wenn ich zu schnell arbeitete, ermahnte er mich zwischendurch mit den Worten: „Wenn du am Schluss sagst ‚Jetzt funktioniert es‘, hilft mir das gar nichts. Ich muss es ja auch lernen.“

··„Geh, Michl, ich hab meinen Bildschirm komplett verstellt. Kannst du dir das anschauen? Das Bild ist quer und dann hat er noch einige andere Macken. Keine Ahnung, warum.“

„Selbstverständlich, Fredl! Ich komm morgen am späten Nachmittag.“

„Was, morgen? Da kann ich BIS MORGEN keinen Porno anschauen, oder was? Und Pokern auch nicht?“ Das Herunterladen von Hardcore-Filmen war eines seiner zentralen Hobbys geworden, seit er Zutritt zu dem Netzwerk hatte, das Wissenschaftler als das globale Gehirn bezeichnen, weil dessen Vernetzungen aus der Vogelperspektive wie Synapsen aussehen.

„Ich kann vorher nicht, es hilft nix.“

„Bist du sicher, dass du das morgen hinkriegst?“

„Ja.“

„Woher weißt du das? Der Andi war schon da, der schafft es nicht.“

„Wenn ich dir sag, ich mach es, dann mach ich es!“

Am nächsten Tag sitze ich vor dem Rechner von Fredsch, und er aufmerksam neben mir. Vor ihm liegt eine handgeschriebene Liste mit den verschiedenen Punkten, die für heute abzuarbeiten sind. Der verstellte Bildschirm war also nur der Köder gewesen.

„Also, du bist da viel schneller als der Andi. Du kennst dich auch viel besser aus. Was du alles kannst, das ist erstaunlich! Ich hab noch nie jemanden soooo schnell schreiben gesehen.“ Ich werde ausgiebig gelobt und denke kurz darüber nach, ob sich Fredsch vielleicht irgendwann mit dem berühmten Behavioristen Burrhus Frederic Skinner auseinandergesetzt hat. Dieser prägte den Begriff der operanten Konditionierung: Das Erlernen bestimmter Verhaltensmuster bei Tieren wird durch Futterbelohnungen beschleunigt. Selbstverständlich wirken diese Grundlagen auch beim Menschen. Hier kann die Futterbelohnung als angenehme Konsequenz ohne Weiteres durch Lob ersetzt werden.

„Kann ich dieses .flv-Format von den Pornos irgendwie so umwandeln, dass ich sie mit der normalen Multimedia-Festplatte am Fernseher abspielen kann? Im Schlafzimmer beispielsweise?", reißt mich Fredsch aus meiner Konzentration.

„Sicher! Mach ich dir gleich."

„Hab ich dir schon einmal gesagt, dass du der Beste bist? Falls nicht, würde ich das jetzt gerne tun! DU BIST DER BESTE!", grinst er.

„Ich hab jetzt keine Ahnung wie viel Gigabyte, aber in jedem Fall sehr viel großartiges Pornofilm-Material auf der externen Festplatte. Momentan faszinieren mich gerade die Amateur-Filme. Arg, was die Leute da alles ins Netz stellen. Ich gebe sie dir zum Kopieren mit, gleich heute."

„Nein danke, Fredsch!"

„Was? Magst du keine Pornos?"

„Nein, daran liegt es nicht. Der Grund ist ein anderer: Wenn ich in deine Mail-Ordner hineinschaue, kann ich sehen, dass du nicht nur hemmungslos auf irgendwelchen schwindligen Seiten surfst, sondern dort auch noch ziemlich unkritisch deine Mail-Adresse eingibst und wahrscheinlich jedes Banner anklickst, bei dem du aufgefordert wirst, das zu tun. Über den Daumen gepeilt bekommst du momentan bereits locker 200 Spam-Mails am Tag. Auf deinem PC tummeln sich wahrscheinlich ähnlich viele Viren wie Milben und andere Viecherln* in der 30 Jahre alten Matratze eines Bettnässers. Das Antiviren-Programm, das du brauchen würdest, ist noch nicht geschrieben worden. In dem Moment, in dem ich den USB-Stecker von deiner Platte bei meinem Rechner anstecke, springen Millionen Viren auf die andere Seite und reißen dort vor lauter Begeisterung zur Feier des freudigen Ereignisses ein Flascherl auf. Die Schwierigkeit dabei ist die: Ich verwende meinen Rechner primär für die Arbeit und nicht zum Pokern und Filmeschauen. Das Risiko geh ich nicht ein."

Fredsch hatte mir aufmerksam gelauscht und meine Begründung kommentarlos akzeptiert.

„Dann gehen wir halt in die Küche, ich hab thailändisch gekocht."

Eine halbe Stunde später sitze ich vor einem traumhaften thailändischen Rindfleischgericht und reiße mir ein Dosenbier auf.

„Klack" — mit diesem nicht besonders lauten, aber eigenartigen Geräusch lösen sich die falschen Zähne von Fredschs Oberkiefer und fallen auf die Zahnreihe im Unterkiefer. Mit der Zunge drückt er das falsche Gebiss wieder nach oben. „Scheiße! Jedes Mal, wenn ich was esse, passiert mir das. Dann halten sie einfach nicht. Durch die Osteoporose ist die Knochendichte so stark gesunken, dass herkömmliche Systeme bei mir nicht mehr funktionieren. Es gibt nur wenige Spezial-Lösungen, die für mich noch infrage kommen. Die sind schweineteuer und auch da ist nicht sicher, ob sie halten. Es kann also sein, dass ich ordentlich Geld in die Hand nehmen muss und sich am Ende herausstellt, dass alles umsonst war. Mir geht es nicht schlecht, aber in der Pension schüttelt man Beträge in dieser Größenordnung auch nicht einfach so aus dem Handgelenk." Nachdenklich blickt er auf seine im Aschenbecher qualmende Zigarette. „Wenn ich wieder mit dem Dealen anfangen würde, könnt ich mir die Zähne in ein paar Tagen verdienen. Wenn sich dann herausstellt, dass das System doch nicht geeignet ist, wäre das halb so schlimm … aber das trau ich mich nicht." Er war wie immer ehrlich. „Weißt du", fährt er fort, „wenn du gerade acht Monate im Schmalz warst und langsam wieder auf die Beine kommst, dann scheißt du auf schöne Zähne. Auch wenn dir das sonst wichtig ist. Ich würde viel dafür geben, wenn ich mir so eine Luxus-Variante, ohne lange nachzudenken, leisten könnte … der Luis zum Beispiel, mit dem hab ich ein paar Mal über das geredet. Der sagt, er würde sofort wieder dealen für Zähne. Er ermuntert mich sogar noch ein bisserl. Aber ich trau mich das einfach nicht. Wenn sie mich jetzt erwischen, dann wird meine Bedingte fällig und die nächste Strafe reiße ich auch gleich auf. Dann sitz ich wieder im Häfen, dieses Mal mit super Zähnen. Bevor der Luis damals aufgegangen ist, hat er ein paar Hunderttausend Schilling verbraten. Er hat sich das Bauchfett absaugen und um ein Schweinegeld ein Keramik-Gebiss anfertigen lassen. Gleich darauf haben sie ihn dann erwischt. Mir hat er erzählt, er ist im Häfen jeden Tag mit der Zunge über seine Zähne gefahren und hat sich gefreut, dass er mit dem Geld noch rechtzeitig etwas Gescheites gemacht hat."

Ich leide mit ihm. „Die Situation hat was Paradoxes", murmle ich. „Was?",
will Fredsch wissen. „Na ja, super Zähne haben, deshalb im Häfen sitzen und
nicht davon profitieren können – hasentechnisch, mein ich jetzt – das ist ein
Paradoxon." „Paradoxon", wiederholt er. „Schau, ich gebe dir ein Beispiel:
Treffen sich ein Gläubiger und ein Ungläubiger." Ich lasse mir Zeit. Genau
so, wie mich Fredsch sonst immer auf die Folter spannt, wenn er an meiner
Mimik erkennt, dass mich seine Erzählung fesselt und er mit einer künstle-
rischen Pause die Spannung weiter steigern will. Seine grünen Augen sind
nun groß und auf mich fokussiert. Er ist also gegen seine eigenen Techniken
nicht immun, freue ich mich, ohne mein Pokerface zu gefährden. „Da sagt
der Ungläubige zum Gläubigen: ‚Hör einmal, du glaubst ja an Gott, oder?'
‚Selbstverständlich', erwidert der Gläubige." Zeit für eine Pause, denke ich
mir, nehme einen Schluck von meinem Bier und spiele das Spiel von vorne.
‚Dann weiß ich, wie wir beide ganz einfach prüfen können, ob es Gott gibt
– ohne dass wir dabei zu streiten kommen. Also, mit dem Test wissen wir
beide sofort – ich meine, ohne weitere Diskussion –, ob es Gott gibt, oder
nicht.'" Fredsch sieht mich ungläubig lächelnd an – so sieht sein Gesicht aus,
wenn er begeistert ist. „Ja, wie soll das gehen?', will der Gläubige wissen.
‚Wenn es Gott wirklich gibt, dann soll er einen Felsen schaffen, den er selbst
nicht aufheben kann.'" Ich lasse den Satz verhallen und halte den Zeitpunkt
passend … für eine Pause.

„Waaaas?"

„Ja, wenn es Gott gibt, soll er einen Felsen schaffen, den er selbst nicht aufheben kann." „Wozu ist denn das gut?"

„Wenn er allmächtig ist, wie alle sagen, dann muss er so einen Felsen schaffen können. Wenn er ihn aber dann nicht aufheben kann, dann ist er nicht
allmächtig. Ein Paradoxon eben."

„Bist DU deppert, ist das geil!"

Die Zähne sind vergessen.

„Ich habe heute erfahren, dass der Totenvogel von mir schwanger war."
„Und?"

„Ein Bub ist es geworden. Sie hat ihn zur Adoption freigegeben."
„Einfach so?"

„Einfach so. Ein komisches Gefühl, jetzt gibt es irgendwo da draußen ein Kind von mir und ich werde es nie kennenlernen."

„Weißt du, was mich beschäftigt, seit ich heraußen bin?"

„Was?"

„Jedes Mal, wenn ich ins Posch schlendere, keilen mich die Neger von dem Sozialverein gegenüber der Volksschule wegen Gift an, dass mir angst und bang wird.

„Neger sagt man nicht, Fredsch!"

„Egal, die wollen mir in einer Tour etwas verkaufen, das ist ein richtiger Spießrutenlauf. Dabei vermeide ich schon den Blickkontakt, so gut ich kann. Die verchecken das Zeug direkt vor der Volksschule, als wären es Traubenzuckerl. Die Schwarzen machen Druck ohne einen Genierer. Passieren tut ihnen gar nix."

„Ja, ist eh klar! Das wäre ja rassistisch", unke ich.

„Also, ich mache es jetzt so – weil's mir schon zu blöd wird", fährt Fredsch fort. „Jedes Mal, wenn mich einer ankeilt, schaue ich gehetzt und zische: ‚Achtung! Achtung! Video! Police!' Diese Vokabel verstehen sie recht gut. Dann spritzen sie alle auseinander wie die Frecce tricolori*."

„Ewig wirst du das halt auch nicht machen können, Fredsch!", muss ich lachen. „Aufpassen! Wenn sie auf den Häkel draufkommen, kann dir passieren, dass dir einmal eine Klinge zwischen die Rippen fährt."

„‚Schau ma amoi, dann seg ma scho!'*", wie die Bayern sagen. Morgen muss ich übrigens wieder zum ‚Grünen Kreis*' ludeln* gehen."

„Ah so? Haben sie dir das bei der Entlassung vorgeschrieben?"

„Das ist ja Teil der freiwilligen Therapie. Ich muss mich regelmäßig testen lassen. Würden sie nachweisen, dass ich weiter konsumiere, wird meine Bedingte fällig und der Führerschein ist auch wieder weg. Als Drogenkonsument bin ich ja nicht vertrauenswürdig. Damit fehlt mir die Grundlage für die Teilnahme am Straßenverkehr mit einem Automobil. Und so fahr ich mit dem Moperl* und gehe einmal monatlich ludeln."

„Wie lange musst du das noch machen?"

„Im besten Fall drei, im schlechtesten Fall fünf Jahre. Was macht eigentlich die Liebe?", wechselt Fredsch das Thema.

„Nicht viel! Ich hab für mich selbst kaum Zeit. Obwohl, vor einigen Wochen hab ich eine Nette kennengelernt."

„Und, geht was?"

„Schaut so aus. Ist fix vergeben – verheiratet, aber neugierig."

„Ja, das ist ja arsch, wenn sie fix vergeben ist und du kannst sie gleich so schnappen. Da kannst dir ja schon ausrechnen, dass das in ein paar Jahr dir passiert, wenn der Nächste anklopft. Wie weit bist du denn? Hast du schon geschmust?"

„Ach was, es war noch gar nix. Die Scheidung läuft gerade."

„Wieso weißt du denn, dass was geht?"

„Keine Ahnung, ich hab einfach den Eindruck."

„Das ist ja Luftikus, das ist ja gar nix, da kann ja noch alles danebengehen. Also ich bewege mich erst richtig, nachdem ich ihr ein Busserl gegeben hab. Vorher hat das ja überhaupt keinen Sinn. Ich muss ja vorher spüren, wie sie auf das reagiert. Ich meine, sicher, wenn ich die Zunge einmal drin hab, Zungenkuss mein ich, dann ist es eh schon entschieden. Ein Zungenkuss ist praktisch wie gepudert. Aber vorher ... ein Busserl wenigstens. Also, ich treff mich morgen mit einer jungen Kellnerin. Die ist um 30 Jahre jünger als ich. Das ist mein absoluter Rekord, was den Altersunterschied betrifft. Jetzt kann ich da auch nicht mehr mit dem gleichen Schmäh fahren wie früher. Heute mache ich das so: Ich sag einfach zu ihr: ‚Also, wenn ich nicht schon so alt wäre, dann wäre ich für dich gefährlich.' ‚Was gefährlich?', will sie dann wissen. ‚Ich meine, dann würde ich dich schnappen.' Wenn sie nachher sagt: ‚Was redest denn da, du bist ja gar nicht so alt' – dann ist das für mich der Startschuss, dann greif ich an. Aber einfach so rauslehnen und dann der Trottel sein, das hab ich nie gemacht. Das mach ich heute noch nicht. Warte einen Moment!", unterbricht Fredsch die Unterhaltung. „Ich muss mir die Haft-Pasta auf die Zähne schmieren, das geht mir auf die Nerven."

„Und ich muss nach Hause, heute lege ich noch eine Buchhaltungs-Nachtschicht ein."

„Ah so, dann schmiere ich keine Pasta mehr rein." Fredsch begleitet mich zur Tür. „Halt mich auf dem Laufenden. Jetzt hast du mich schön angezündelt mit der Geschichte."

33 MILIEU-PHILOSOPHEN

„Hallo Fredl!"

„Servus, ich bin nicht allein, der Günther ist auch da." Ich empfinde es als ungewohnt, wenn mich Fredsch nicht mit „Lass an!" begrüßt. Das kommt sehr selten vor. Irgendwie fehlt mir gerade etwas. Ich ziehe meine Schuhe aus und folge ihm in die Küche. An der Küchenbar sitzt die Laus. Ein Jahr jünger als ich, meine Statur, alles in allem bereits 7,5 Jahre Häfen hinter sich.

„Ja, Günther! Dass man dich wieder einmal sieht."

„Begrüße!"

„Der Günther hat im Häfen Haareschneiden gelernt und ist seit heute mein neuer Friseur", trägt Fredsch zu meiner Orientierung bei. „Magst ein Bier?"

„Sehr, sehr gerne!" Die beiden haben schon vor mir aufgetankt und sind in redseliger Stimmung. Ein Schwank folgt dem anderen. Kaum habe ich eine Geschichte, die ich mir unbedingt merken möchte, der richtigen Schublade in meinem Gehirn zugeordnet, fesselt bereits die nächste meine Aufmerksamkeit.

„Schau, mein künstliches Ellbogengelenk ist schon eingeheilt", hält Günther den Arm in die Höhe, über den sich eine lange und breite Narbe zieht. „Ich kann das Gelenk zwar nur eingeschränkt rotieren, das soll aber angeblich noch besser werden. Nach dem Überfall auf die Stoß-Party hat es so ausgesehen, als müssten sie mir den Arm amputieren. Die Räuber wollten mir mit der Eisenstange auf den Schädel schlagen. Ich hab den Ellbogen dazwischen gehalten. Der war danach dermaßen zertrümmert, dass sie ihn nicht mehr hingebracht haben. Trotz der vielen Operationen war nichts mehr zu machen. Heute habe ich das künstliche Gelenk."

„Und du hast nie verkraftet, was dir passiert ist – zumindest ist das mein Eindruck. Man nennt das posttraumatisches Stress-Syndrom", werfe ich ein.

„Wurscht, wie das heißt. Aber du hast recht. Ich geh noch immer regelmäßig zum Psychiater. Von ihm wurde auch der Pensionsantrag unterstützt. Die Täter haben uns damals jedenfalls ordentlich eingeschenkt. Am Boden liegend sind mir in der Todesangst eine Menge Bilder ins Hirn gefahren. Einer von uns ist mit einem Nasenbeinbruch davongekommen, der andere hat längere Zeit mit schweren Schädelverletzungen auf der Intensivstation verbracht."

„Wann hast du nach dem Überfall das erste Mal mit einem Fachmann gesprochen?"

„Nach zwei Monaten."

„Hmmm, das ist spät. Ich hab einmal gelesen, dass der Arzt in den ersten Stunden nach dem entsprechenden Ereignis am meisten ausrichten kann. Je früher das Opfer professionell behandelt wird, umso höher sind die Heilungschancen. Ein Wettlauf gegen die Zeit also. Genau deshalb sind die auf die Behandlung von Traumata spezialisierten Ärzte bei Flugzeugunglücken so rasch zur Stelle. Aber ich will nicht siebengescheit sein, in Wahrheit kenne ich mich damit nicht aus."

„Na ja, da waren andere auch dabei und die haben keinen Psychiater gebraucht", zündet Fredsch wie so oft dazwischen.

„Ist mir egal! Es geht mir jetzt so gut, das ist unglaublich", lächelt Günther. „Ich habe mich intensiv mit dem Buddhismus befasst. Eine Freundin hat mir auch noch das Buch ,Die Prophezeihungen der Celestine' in den Häfen geschickt. Das hat mich so fasziniert, dass ich gleich, nachdem ich wieder heraußen war, nach Peru, Bolivien und Ecuador gefahren bin, um die beschriebenen Kraftplätze zu besuchen. Die habe ich zwar nicht gefunden, aber dafür ist es mir gelungen, dort drei Sechstausender zu bezwingen. Auf den Gipfeln hab ich verstanden, wer ich bin und was mir das Leben bedeutet. Mein Arm ist noch da, es gibt mich noch ..."

„Der Günther hat mir vorher erzählt, dass er nicht mehr auf die Täter böse ist. Man hat sie im Übrigen nie erwischt. Ich kann das überhaupt nicht verstehen. Wenn mir so etwas passiert, will ich sie töten." Fredsch wird emotional. Seine Stimme vibriert bei diesem Satz aufgeregt. „Wie kann man so etwas verzeihen? So etwas kann man nicht verzeihen! Ich meine, ich habe dem, der mein Gesicht zerschnitten hat, nach 33 Jahren auch verziehen. Aber das ist etwas anderes. Alles, was von der Verletzung zurückgeblieben ist, hat mir gut getan. Die lange, markante Narbe hat mich nicht weiter beeinträchtigt und mir bei den Frauen und im Milieu viele Vorteile verschafft. Sie war gut für mich – das habe ich irgendwann verstanden. Aber bei dir? Du hast jetzt einen künstlichen Ellbogen, das wird nie wieder!"

„Fredl, um was geht es denn wirklich im Leben?" Jedes der Worte, die Günther sagt, scheint tief aus seinem Inneren herauszubrechen. „Woran wird ein Mensch gemessen? An der Ehrlichkeit? An der Ehre? Woran wird er gemessen? Ehre ist ein Arschloch-Wort! Eine Illusion. Es geht um nichts! Wenn ich zufrieden bin, habe ich über alles gesiegt. Und im Endeffekt war nie jemand zu besiegen, außer ich selbst. Du musst dich in Wahrheit jeden Tag selbst besiegen. Du musst erreichen, was dich glücklich macht. Du selbst bestimmst, wo die Reise hingeht", fährt Günther nachdenklich fort.

„Stimmt, es geht nur ums Ego! Genau das ist meine Achilles-Ferse." Die Ausführungen von Günther zeigen auch bei mir ihre Wirkung. „Wir haben in der Bank ein Team aus jungen, akademisch gebildeten Naturwissenschaftlern und Finanzmathematikern auf die Beine gestellt. Ihre Aufgabe war es, unter unserer Anleitung eine Software zu entwickeln, mit der wir die fairen Preise für komplex strukturierte Finanzprodukte errechnen konnten. Neben der Bewertung ermöglichte diese die Durchführung von Szenarien-Analysen und vieles mehr. Im Zuge dieser Arbeiten habe ich mich damals mit der Spiele-Theorie befasst. Sie ist in den Fünfzigerjahren entwickelt worden und analysiert das Verhalten rationaler Spieler mathematisch. In diesem Zusammenhang wurden kleine Programme geschrieben, die gewisse Typen repräsentieren. Hier einige Beispiele:

A: Beginnt ehrlich und bleibt ehrlich.

B: Beginnt unehrlich und bleibt unehrlich.

C: Beginnt ehrlich. Wenn es einmal betrogen wird, spielt es nur mehr unehrlich.

D: Beginnt unehrlich. Wenn du einmal gut zu ihm bist, spielt es nur mehr ehrlich.

E: Beginnt ehrlich. Wenn du es betrügst, betrügt es dich in der nächsten Runde auch. Sobald du aber gut zu ihm bist, wird es wieder ehrlich. Von diesem Programm existiert noch eine Abwandlung, die unehrlich beginnt.

Es gibt eigentlich noch viel mehr Typen, das ist jetzt aber unwichtig. Man hat die Programme dann in zahllosen Versuchen gegeneinander spielen lassen. Die Ergebnisse sind äußerst spannend. Anfänglich haben die parasitären Programme – also die unehrlichen – die gutmütigen Programme laufend besiegt. Schließlich wurden die Spielbedingungen verändert. Von nun an sind die Sieger aufgestiegen und mussten gegeneinander antreten. Ergebnis: Die guten Programme wurden geschlagen, die Parasiten sind aufgestiegen und gegeneinander drangekommen. Als niemand mehr da war, den sie ausnutzen konnten, sind sie schließlich selbst in die Knie gegangen. Wie auch immer

– wisst ihr, welches Programm das erfolgreichste ist?" Ich warte keine Antwort ab. „E und seine Variation. Es spiegelt dich nämlich. Bist du gut zu ihm, ist es gut zu dir und umgekehrt. Der Schlüssel aber ist: Es verzeiht! … und genau das kann ich schlecht. Wenn ich so ein Programm wäre, wäre ich eine Variation von C. Nur dass ich nicht unehrlich weiterspiele, wenn ich betrogen worden bin. Ich spiele dann nämlich gar nicht mehr. Wenn meine Schmerzgrenze erreicht ist, kannst du vor mir einen Kopfstand machen oder auf Knien rutschen. Ich hab dich aus meiner Wahrnehmung gelöscht und das bleibt so. Ich hacke die Verbindung durch. Und das ist sehr, sehr schlecht. Ich habe schon einmal versucht, E zu sein. Da bekomme ich aber Magengeschwüre. Ich müsste mich permanent verstellen, das schaffe ich einfach nicht. So bin ich eben eine Variation von C geblieben, auch wenn ich weiß, dass ich mir damit das Leben schwer mache. Am Ende des Tages fährt der Günther mit seiner Einstellung am besten, denke ich."

„Ich glaube nicht, dass es nur schlecht ist, wenn man so reagiert wie du. Es lässt sich ja überhaupt nicht abschätzen, wie viel Ärger, Enttäuschung, Schmerz, Schwierigkeiten – was auch immer – du dir erspart hast, indem du die Ratten schon frühzeitig losgeworden bist", eröffnet mir Günther eine andere Perspektive.

„Das Thema ist jedenfalls interessant! Ich kenne das vom ‚Abputzen', findet sich Fredsch in meinen Ausführungen wieder. Beim ‚Abputzen' wird ein Kartenspieler von zwei anderen, die so tun, als würden sie einander zufällig am Kartentisch begegnen, um sein Geld erleichtert. Die Strategien in diesem Zusammenhang sind komplex und vielfältig. Auf den Punkt gebracht ist „Abputzen" eine Mischung aus Fingerfertigkeit, psychologischem Gespür und Teamarbeit. Die Falschspieler lernen die Rückseiten gewisser Kartenspiele auswendig – oder zinken das komplette Kartenpaket einfach durch. Damit können sie jederzeit genau sagen, welches Blatt ihr Gegenüber in der Hand hält. Auch das Mischen der Karten ist eine Wissenschaft. Wenn ein guter Spieler mischt, bekommt man eben immer nur jene Karten, mit denen man verliert. Fredsch nennt den Schlüssel zum Erfolg ‚Zauberschmäh*'. So wie in der Magie, spielt auch hier die Ablenkung eine große Rolle. Wenn das Opfer vollständig abgeputzt ist, gehen die Teamspieler wieder ihrer Wege, als würde sie außer der soeben beendeten Kartenparty nichts miteinander verbinden.

Irgendwann später trifft man sich, um die Beute aufzuteilen.

„Wenn du als Erster vom Tisch aufgestanden bist und davor gesehen hast, dass der Christbaum (den es abzuputzen gilt) drei Mal einen Fünfhunderter gewechselt hat, dann kannst du dir ausrechnen, um wie viel Geld du ihn im Team erleichtert hast. Sagen wir einmal, du hast gewusst, dass es 1.500 Euro waren. Dein Partner erklärt dir aber Stunden später, in seinem Topf wären nur 800 Euro gewesen, die es jetzt aufzuteilen gilt. Mir ist das noch zu Schilling-Zeiten einmal passiert. Wenn dann ein Spatzerl, von dem ich weiß, dass es 2.000 Schilling wert ist, im Posch sitzt, spiele ich mit dem, der mich schon einmal betrogen hat, nicht mehr. Auch nicht, wenn er gerade der Einzige im Raum ist, mit dem ich das durchziehen könnte. Ich lasse den Spatzen fliegen, obwohl das für mich schlecht ist."

„Dann bist du also auch ein C-Typ." Mit diesen Worten leert Günther sein Bier.

„Wahrscheinlich." Fredsch holt aus der Schublade vor ihm einen Tiegel Creme und hält sie Günther vor die Nase. Da, schmier dir das auf deine Falten. Das ist eine absolute Neuheit. Die Creme strafft die Haut komplett. Schweineteuer!"

„Das mag ich nicht."

„Warum?"

„Ich liebe jede Falte an mir." „Schön!", zischt es in mein Gehirn.

„Sag einmal Günther, wie bist du eigentlich zu dem Spitznamen ‚Laus' gekommen?", nutze ich die Gelegenheit, um eine meiner Bildungslücken zu schließen.

„Das ist schnell erklärt. Ich bin als 15-Jähriger abgerissen[*]. In Kärnten war ich dann in einem Puff so etwas wie der gute Geist. Dafür habe ich dort wohnen dürfen. Von einem professionellen Falschspieler hab ich schließlich das Spiel gelernt. Eines Tages bin ich mit den Mädchen im Garten gesessen, kommt besagter Spieler – der Hansl – vorbei und sieht mich kleinen Burschen mit den Weibern zusammensitzen. Er hat gerufen: ‚Ja, was tut denn die kleine Laus da?' Das war der Ursprung, von da an haben sie ‚Laus' zu mir gesagt."

„Ja, und du heißt heute noch immer für alle ‚Laus', ergänzt Fredsch.

„Nein, Günther heiße ich! Ich bin der Günther!"

„Was? Wenn du nicht dabei bist, sagen alle: ‚Die Laus war auch da.' ‚Welchen Günther meinst du denn?', fragen sie, wenn man Günther sagt. Wenn ich ‚Laus' sage, wissen alle gleich Bescheid."

„Also eines ist komisch: Keiner, mit dem ich rede, mag seinen Spitznamen", mische ich mich ein. „Der BMW-Peter hat einmal zu mir gesagt: ‚Dass du Peter zu mir sagst, find ich leiwand. Das BMW finde ich nämlich beschissen. Ich bin der Peter.' Zu genanntem Spitznamen kam es so: Peter fuhr im Jahre 1979 – der aufmerksame Leser wird es an dieser Stelle erahnen – ein Automobil der Marke BMW. Die Tatsache, dass einige Arbeitskolleginnen seines Mädchens ebenfalls mit Männern namens Peter liiert waren, machte es notwendig, die Kommunikation im Puff präziser zu gestalten. Speziell wenn ein Mädchen zum Telefon geholt werden sollte, war es hilfreich zu wissen, um welchen Peter es sich gerade am anderen Ende der Leitung handelte. So gab es schließlich den langen Peter, den kleinen Peter, den Mercedes-Peter, den BMW-Peter … Irgendwann wird man diesen Spitznamen dann nicht mehr los – auch dann nicht, wenn man schon seit 20 Jahren keinen BMW mehr fährt.

„Ich sag nie BMW zum Peter", wirft die Laus ein.

„Na eh nicht!", eifert sich Fredl. „Aber immer wenn derjenige nicht da ist, sagt man den Spitznamen. Dann gibt es keine Missverständnisse."

„Burschen, ich muss etwas los werden. Ich schreib ein Buch über euch und den Lendplatz", lasse ich die Katze aus dem Sack.

„Was? Wie der Jack Unterweger?"

(Auszug zu „Jack Unterweger" aus www.wikipedia.de: Johann „Jack" Unterweger (* 16. August 1950 in Judenburg, Steiermark; † 29. Juni 1994 in Graz) war ein österreichischer Schriftsteller und in einem Fall rechtskräftig verurteilter Frauenmörder. Ein weiteres Gerichtsurteil, das Serienmorde an weiteren neun Frauen als erwiesen ansah, erlangte jedoch aufgrund seines Selbstmordes nie Rechtskraft.

LEBEN Unterweger wurde als unehelicher Sohn eines US-Soldaten und einer Wienerin geboren. Er wurde am 1. Juni 1976 am Landesgericht Salzburg wegen Mordes an einer 18-jährigen Deutschen zu lebenslanger Haft verurteilt. Am 12. Dezember 1974 hatte er das Mädchen nach einem missglückten Einbruch in deren Elternhaus auf brutale Weise mit dem Draht eines Büstenhalters stranguliert und anschließend ein Sexualdelikt vorgetäuscht. Bereits im April 1973 stand er im Verdacht, eine 23-Jährige in Salzburg ermordet zu haben. Diese Tat konnte ihm nie nachgewiesen werden – allerdings wurden die Beamten vorzeitig vom Fall abgezogen, da Unterweger „ohnehin schon lebenslang" bekommen hatte.

Unterweger begann in der Haft zu schreiben, unter anderem die Autobiografie „Fegefeuer oder die Reise ins Zuchthaus". Er war daher bald als „Knastpoet" und in Österreich als „Häfenliterat" bekannt. Nach Abbüßung von 16 Jahren seiner Strafzeit wurde er 1990 nach Petitionen zahlreicher Intellektueller (unter anderem Ernest Bornemann, Milo Dor, Barbara Frischmuth, Peter Huemer, Elfriede Jelinek, Günther Nenning und Erika Pluhar) nach Zustimmung des Justizministers Egmont Foregger bedingt aus der Haft entlassen. Unterweger wurde zunächst von der österreichischen Kulturszene als Paradebeispiel für geglückte Resozialisierung präsentiert und auf Partys herumgereicht. Sechs Monate nach der Entlassung begann eine Serie von Morden an Prostituierten (acht in Prag, Graz, Bregenz und Wien, drei in Los Angeles), die alle auf die gleiche Weise, ihre Unterwäsche zu einem Henkersknoten gebunden und stranguliert, ermordet wurden. Unterweger wurde verdächtigt, floh gemeinsam mit einer minderjährigen Freundin und wurde am 27. Februar 1992 in Miami vom FBI festgenommen, als er versuchte, einen Vorschuss für ein Interview mit dem Magazin Success zu erhalten.

Unterweger leugnete die ihm zur Last gelegten Taten. Es gab jedoch verschiedene Indizien gegen ihn. So wurde auf dem Autositz von Jack Unterwegers BMW ein Haar gefunden, das bei dem Gutachten des DNA-Sachverständigen Dirnhofer mit einer Wahrscheinlichkeit von 1:13 der in Prag ermordeten Frau zugeordnet wurde. Ein weiteres Indiz war, dass an der Kleidung eines anderen Opfers Textilfasern gefunden wurden, die mit dem Material von Unterwegers Schal identisch waren. Verdächtig war auch, dass Jack Unterweger sich bei allen Verbrechen in der Nähe des Tatortes aufgehalten und für die Tatzeit kein Alibi hatte.

VERURTEILUNG UND TOD   Unterweger wurde am 29. Juni 1994 von einem Grazer Geschworenengericht wegen neunfachen Mordes zu erneuter lebenslanger Haft verurteilt. Da in zwei weiteren Fällen die Leichen keine verwertbaren Spuren aufwiesen und ihm die Taten somit nicht nachgewiesen

werden konnten, wurde er in diesen Verfahren freigesprochen. In der Nacht nach dem Urteil beging er in der Justizanstalt Graz mittels Erhängen mit der Kordel seiner Jogginghose Suizid. Wie bei den Opfern der Mordserie war die Kordel zu einem Henkerskn
oten gebunden.

Das Urteil erwuchs aufgrund seines Todes nie in Rechtskraft, da das Verfahren – wie es das österreichische Strafrecht vorsieht – in einem solchen Fall automatisch eingestellt wurde. Der Fall Unterweger wird allgemein bis heute als Musterbeispiel für fehlgeschlagene Resozialisierungsmaßnahmen betrachtet.)

„Geh, lass mich in Ruh mit dem Unterweger!", poltert Fredsch. „Der Jack Unterweger ist berühmt geworden, weil er die Elfi ... die Elfi war fast jeden Tag im Posch und hat die alte Poschin immer gefragt: ‚Was hat der Fredi gehabt?' Die Poschin hat dann zum Beispiel gesagt: 200 oder 220 Schilling – meine Zeche halt. Die Elfi hat immer einfach so bezahlt. Und dann hat sie der Jack Unterweger auf einmal umgebracht. Die Frau, die auf mich gestanden ist und einfach so meine Zeche ...“

„Ich war mit dem Unterweger damals im Schmalz", erinnert sich die Laus.

„Der Jack Unterweger legt einfach das Mädel nieder. Am Volksgarten ist sie gestanden, gleich neben der kleinen Holzhütte, wo wir als Kinder immer Süßigkeiten gekauft haben, dort ist sie auf den Strich gegangen.“ Fredsch ist gerade in einem Zustand, in dem er niemand anderem aufmerksam zuhören kann, weil er in diesem Moment so tief in seine eigenen Erinnerungen eintaucht. Die Laus gibt nicht auf: „Der Jack ist ja als Sonderhäftling meistens alleine spazieren gegangen*. Und ich bin in den Keller hinuntergekommen, weil ich die Zelle verweigert habe. Man könnte auch sagen ‚freiwillig in Einzelhaft gegangen' ... mit 30 Rohypnol* in der Tasche. Die Zelle im Keller ist spartanisch eingerichtet – auf das Minimum reduziert. Die Wärter, die dir das Essen durch die Klappe in der Tür schieben, sind die einzigen Menschen, mit denen du in dieser Zeit für kurze Momente in Kontakt kommst. Da kann eine Woche lang werden. Ich wollte das Essen nicht nehmen – mit 30 Rohypnol brauchst du nichts zu fressen – weißt eh. Sagt der Justizler zu mir, ich muss die Teller übernehmen, außer ich melde einen Hungerstreik an. Sag ich: ‚Passt, ich melde einen Hungerstreik an.' Ich habe dann pippifein auf das Rohypnol geschlafen und die Arschlöcher haben mir hinten runterrutschen können. Die Welt war einfach gleich hoch wie breit – ich weiß nicht, ob du dieses Gefühl kennst."

„Wieso bist du überhaupt in den Keller gekommen?", versuche ich meine
Neugierde zu stillen.

„Weil ich meine Zelle nicht mehr betreten habe. Ich war mit so einem
Schwein in der Zelle, das aus dem Maul gestunken hat und hin und her. Ich
hab ihm gesagt: ‚Bitte, das kann doch nicht sein. Du musst etwas verändern,
damit ich mich auch einigermaßen wohlfühle.' Es hat nichts genutzt. Da hab
ich meine Sachen zusammengepackt, mich auf den Gang gestellt und gewei-
gert, wieder zurück hineinzugehen."

„Ich war schon drei oder vier Wochen in einer Zelle, als sie mir plötzlich
einen Betrüger reingesteckt haben", nutzt Fredsch geschickt eine von Gün-
thers Atempausen. „Der hat so laut geschnarcht, dass für mich nicht mehr
an Schlafen zu denken war. Er hat etwas mit den Pickerl-Plaketten[*] gedreht.
Irgendwann ist mir alles zu viel geworden, ich hab ihm mit der flachen Hand
so fest auf seinen Bauch geschlagen, dass eine Woche lang alle fünf Finger in
Blau darauf zu sehen waren. Der ganze Häfen ist von meinem Geschrei aufgewacht und der Huber Mandi ..."

„Der Huber Mandi, was ist denn mit dem überhaupt?", unterbreche ich.

„Der sitzt gerade einen Fünfer in Garsten[*] ab."

„Weshalb?"

„Ja das Übliche halt. Vergewaltigung, Körperverletzung. Seine alten Geschichten eben. Wurscht! Jedenfalls habe ICH strafweise die Zelle verlassen
müssen ... und froh sein können, dass ich nicht noch was wegen Körperverletzung dazubekommen hab. Ich hab mich so geärgert ..."

„Ja, und ich habe dann wegen Belagsverweigerung in den Keller müssen",
versucht Günther bei der letzten Unterbrechung fortzusetzen. „Später bin ich
zwei Mal mit dem Unterweger spazieren gegangen. Das war ein arger Typ."

„Belagsverweigerung? Was ist denn das?"

„Ja, ich verweigere den Belag, in den ich normal reinkomme. Die Zelle eben.
Ich bin dann mit einer Woche Keller abgestraft worden. Der Gedanke, 30
Rohypnol in der Tasche zu haben, entspannt extrem. Da weißt du dann, dass
sie dich alle am Arsch lecken können. Als ich nach der einen Woche Strafe
wieder hinaufgekommen bin, haben sie mich zum Arzt gebracht – zum Wie-
gen nach dem Hungerstreik. Fragt mich der Beamte – eh einer, der normal
nicht unleiwand[*] war, wieso ich einen Hungerstreik angemeldet habe. Sag

ich: ‚Weil ich keinen Hunger gehabt hab.' ‚Schleich dich, du Wichser!', hat er geschrien und war auf mich beleidigt. Er hat gedacht, ich mach mich lustig. Dabei war ich nur ehrlich. Auf Roiperl (Anmerkung: Rohypnol) hast du keinen Hunger."

„Ich muss jetzt jedenfalls – was das Buch betrifft – die Kurve kriegen, weil ich sonst nie mehr fertig werde. Jedes Mal, wenn ich unterwegs bin und mit den Leuten rede, würde ich am liebsten noch zwei Kapitel schreiben."

„Am 11. April 93 hat mich der Klaus fast umgebracht." Günther ist auf sich reduziert. „Der hat mir eine angetaucht, dass ich drei Meter weit geflogen bin. Ich hab fast sterben müssen, weil er geglaubt hat, ich hätte was gesagt, was ich nie gesagt habe. Ich rede ihn an der Theke noch mit den Worten an: ‚Du bist schön gemein zu mir.' Er schaut mich an und fragt mich, ob ich wissen will, was wirklich gemein ist. In dem Augenblick hat er mir eine Bierflasche auf dem Schädel zerschlagen. Das Blut ist aus einer riesigen Platzwunde gespritzt, ich hab umgehend ausgeschaut wie eine Sau auf der Schlachtbank. Da bin ich nach Hause gegangen und hab die Kanone geholt."

„Wenn man eine Krachen* holt, muss man es machen auch. Sonst braucht man sie nicht zu holen", knurrt Fredsch.

„Ja wie denn, wenn ich nicht mehr ins Lokal reingekommen bin? Sie haben ja zugesperrt. Ich hab mit dem Griff von der Krachen die Scheibe eingeschlagen und gleich darauf bin ich fürchterlichst verhaftet worden. In der Zeitung ist gestanden ‚Wildwestmanier am Grazer Griesplatz'. Drei Wochen U-Haft hab ich ausgefasst. Rausgekommen ist nichts, weil keiner etwas ausgesagt hat. Wie üblich halt."

„Da fällt mir auch so eine Geschichte vom Leo und dem Gertschi ein. An die muss ich oft denken", lassen die Erzählungen von Fredsch und Günther bei mir die eine oder andere Erinnerung hochkommen. „Drei Oberösterreicher sind in ihrem Rausch im City auf die Mädchen losgegangen. Der Gertschi zischt hin und kassiert in vollem Lauf so einen Haken, dass er umgehend unter den Tisch hineinköpfelt. Er hätte gegen die drei Oberösterreicher richtig eingeschaut, sie wollten ihn schon zusammentreten. Der Leo rennt hinüber, macht seine Box-Werkzeugkiste auf und entscheidet sich für den rechten Haken. Es war wie in einer Slapstick-Komödie – er schlägt mit seinem rechten Haken drei Männer auf einmal um. Alle drei auf einmal! Er hat durchgezogen, den ersten voll erwischt, der ist umgefallen wie ein Mikado*-Staberl. Der Rest vom Haken hat noch für die beiden anderen ausgereicht. Obwohl ich vom gemeinsamen Training und dem einen oder anderen Straßengefecht um die Zerstörungskraft vom Leo weiß, erstaunt er mich jedes Mal aufs Neue."

„Wem sagst du das. Er war immer bekannt für seinen Leberhaken!", wirft Günther ein.

„Den schlag ich auch sehr gerne! Jedenfalls kommt die Polizei. Der Leo ist inzwischen gesprungen*. Den Oberösterreichern war klar, dass sie ihn wahrscheinlich nicht mehr erwischen werden. Aus diesem Grund haben sie bei der Polizei ausgesagt, der Gertschi hätte sie verletzt. Eine freche Lüge also. Das sind die Typen, die stundenlang provozieren. Wenn es ihnen gelingt, dich niederzuschlagen, nehmen sie noch Anlauf für einen Elfmeter auf deinen Schädel. Wenn sie aber verlieren, schreien sie nach der Polizei, um sich ordentlich Schmerzensgeld rauszureißen. Es kommt zur Verhandlung und dem Gertschi fällt nichts Besseres ein, als den Leo als Zeugen zu nennen. Dieser geht seelenruhig zu Gericht und sagt dort aus, er habe genau gesehen, dass der Gertschi nichts Böses getan hat – was ja auch kein bisschen gelogen war. Keiner hat ihn erkannt und der Prozess endet mit einem Freispruch. Die Oberösterreicher gehen in die Berufung. Im Winter fahren die drei dann für die Verhandlung in der zweiten Instanz nach Graz. Sie verlieren auf der eisigen Fahrbahn die Kontrolle über ihr Fahrzeug und bauen einen Unfall. Alle drei tot. Freispruch für den Gertschi, weil es niemanden mehr gibt."

„Gibt es ja nicht!", ruft Günther ungläubig.

„Ist diese Geschichte in deinem Buch?", fragt Fredsch nachdenklich.

„Nein. Das glaubt dir ja keiner."

34 ZSAUMDRAHN (ZUSAMMENDREHEN)

„Sag, Michl, du bist ja in einer recht guten Position. Könnten wir da nicht einmal etwas zsaumdrahn?"

„Was meinst du, zsaumdrahn?"

„Ja irgendein Hackerl machen."

„Nein, Fredl! Ich mach keine Hackerl!"

„Aber es gibt einige aus der Bank, die dem nicht abgeneigt sind, oder?"

„Das könnte ich jetzt so nicht sagen."

„Na ja, in der Oststeiermark gibt es angeblich einen Bankdirektor, der räumt Weibern, die nirgendwo mehr Geld bekommen, Kredite ein. Dafür müssen sie im Gegenzug einmal in der Woche bei ihm vorbeischauen und die Gabel* machen oder niederknien."

„Ganz so einfach ist das, glaub ich, nicht, Fredl."

„Also mir hat der Tschechen-Karl das so erklärt: Es gibt eine gewisse Ausfallsquote, und solange er sich da nicht dramatisch drüberbewegt, fällt das überhaupt nicht auf. Da müsste sich ja einer finden lassen, der mir einen Kredit gibt, der dann nie zurückgezahlt wird – in dem Fall ohne einmal in der Woche vorbeischauen selbstverständlich."

„Siehst du! Genau das wird die Hürde sein", lache ich.

„Da gibt es noch einen, der stellt ab und zu Kredite zu so einem ungünstigen Zeitpunkt fällig, dass er damit den kreditnehmenden Geschäftsmann in die Knie zwingt. Dann ruft er gewisse Leute an und gibt ihnen in einem sehr frühen Stadium Bescheid. Gegen eine kleine Anerkennung kannst du so zu einem attraktiven Geschäft kommen. Ich kenne einige, die auf diese Weise schon das eine oder andere lukrative Hackerl gemacht haben."

„Ich glaube gerne, dass es solche Sachen gibt! Das hat mit der Frage zu tun, wie sich Wissen ausbreitet."

„Wie denn?"

„Wissen breitet sich in Form konzentrischer Kreise aus. Das bedeutet: Derjenige, der im Mittelpunkt der konzentrischen Kreise sitzt, beispielsweise der Firmenchef eines Unternehmens, bei dem ist die Information am wertvollsten. Irgendwann erfährt es dann seine Frau, die Sekretärin, der Mann von der Sekretärin und so weiter. Die Information wird immer weiter nach außen getragen, am Schluss gelangt sie zur Presse und damit zum Leser. Da hat sie sich in der Regel allerdings schon ziemlich abgenutzt und an Wert verloren.

Die richtigen Weichen, mit denen man Geld verdienen kann, werden schon viel früher gestellt. Im Wertpapiergeschäft nennt man das Verwerten noch nicht öffentlicher Informationen ‚Frontrunning'. Früher einmal hat sich kein Hund darum geschert, heute kann es dir passieren, dass du in den Häfen gehst, wenn du dich erwischen lässt."

„Wie hoch ist die Aufklärungsquote?"

„Da bin ich im Detail überfragt. Ursprünglich ist sie fast gegen null gegangen. Mit der Verbesserung der technischen Möglichkeiten steigt natürlich auch die Aufklärungsquote. Die aktuellen Zahlen kenne ich nicht."

„Das ist jetzt das erste Mal, dass es mir leid tut, dass ich nicht das gelernt hab, was du gelernt hast. Da könnt ich richtig viel Geld verdienen. Mit den Burschen tät ich gut zurechtkommen, davon bin ich überzeugt."

„Das glaub ich dir, Fredl. Du würdest diese Ganoven das Fürchten lehren, in dir hätten sie einen Meister gefunden. Das meine ich ernst!"

„Wieso tust du das eigentlich nicht?"

„Gute Frage! Einerseits deswegen, weil mir die kriminelle Energie dazu fehlt. Andererseits, weil ich bei dir und beim Gertschi gesehen habe, wie das ist, wenn man ins Schmalz geht. Jedes Mal, wenn ich euch besucht habe, hätte ich nachher speiben können. Da hab ich mich gefragt, ob ich das aushalten würde oder eher die Entscheidung treffen, mein Gastspiel auf dem Planeten freiwillig abzukürzen. Auf der anderen Seite: Wenn man sieht, in welchen Dimensionen die Verbrecher im Nadelstreif Existenzen zerstören, mit welcher Leichtigkeit sie die Menschen über den Tisch ziehen und wie ungeniert sie sich bereichern, dann müsste man eh darüber nachdenken. Also in den Fällen, die ich kenne, habe ich mir das einmal so überschlagsmäßig ausgerechnet. Die Burschen haben in der Schweiz und Liechtenstein, teilweise auch in irgendwelchen Offshore-Konstruktionen Summen weggebunkert, die jenseits der Vorstellungskraft des Durschnittsbürgers liegen. Selbst wenn die Behörden sie erwischt hätten und es zu einer Verurteilung mit Haftstrafe gekommen wäre – was nicht der Fall war –, wäre das unbedeutend gewesen. Die durchschnittliche Haftzeit ergibt bezogen auf die ergaunerten Beträge einen Stundenlohn, den du nie und nimmer ehrlich verdienen kannst. Nachdem Wirtschaftsverbrechen in Österreich ja nach wie vor ein Kavaliersdelikt ist, sitzen sie maximal die Hälfte der Strafe ab und fertig ist die Laube. Meist können sie aus Gründen der Resozialisierung bald tagsüber raus und kommen dann nur mehr zum Schlafen in den Häfen. Wenn schließlich alles erledigt ist, holt der Täter das Geld aus seinem Bunker und lebt zufrieden und glücklich bis ans Ende seiner Tage."

„Ja eh! In der Baubranche ist es so ähnlich. Ich kenne Typen, die haben schon acht Konkurse hinter sich. Immer mit anderen Geschäftsführern. Sobald ein Unternehmen in die Knie gegangen ist und die Häuslbauer vollständig abgeputzt worden sind, macht der Betrüger eine Straße weiter mit einem neuen Geschäftsführer die nächste Bude auf. Die spielen das Spiel tausend Jahre, jeder kennt die Verantwortlichen und passieren tut ihnen nichts." „Ja, aber nur so lange, bis irgendein ruinierter Familienvater mit einem Haufen Schulden und dafür ohne Dach über dem Kopf durchrepetiert* und die Drecksau wegputzt."

„Dazu ist der Österreicher viel zu gemütlich."

35 THEKENGESPRÄCHE

Draußen schüttet es in Strömen, die Runde, bestehend aus Leo, Fredsch und meiner Wenigkeit, lümmelt im Sitsch an der Theke. Das Lokal ist so gut wie leer, die Mädchen sitzen verstreut herum und langweilen sich. Das Liegen ist ihnen grundsätzlich verboten, da es einen schlechten Eindruck macht, wenn sie sich bei Ankunft eines Gastes erst verschlafen aufrichten müssen. Die schlechte Besucherfrequenz ist allerdings nicht nur mit dem Regenwetter zu erklären. Der Geschäftsgang im City lässt seit einiger Zeit zu wünschen übrig.

„Wenn das so weitergeht, bin ich bald neger!", meint Gertschi.

„Neger sagt man nicht, Gertschi!", korrigiert Fredsch eifrig.

„Wie dann?"

„Das weiß keiner so genau."

„Bimbo?"

„Ich glaub, das darf man auch nicht mehr sagen."

„Als ich noch ein Kind war, hat meine Oma immer Neger gesagt und keinen hat das gestört. Vorgesungen hat sie mir das auch dauernd. 10 kleine Negerlein, weißt eh."

„Ja, ich erinnere mich. Du, darf man eigentlich ‚Mohr' sagen?"

„Nein, nur in Verbindung mit Hemd."

„Arg!"

„Könnt's ihr zwei bitte kurz die Pappen halten?", mische ich mich ein.

„Wieso, was ist denn?"

„Mir hängen diese Themen zum Hals raus."

„Wieso, darf man am Schluss nicht einmal mehr darüber diskutieren? Bimbo oder Kunta Kinte ist eine Beleidigung, das weiß ich auch. Aber wenn ich Neger sage, meine ich das nicht böse! Wie sagt man jetzt wirklich? Schwarzer?", gibt Leo seiner Verwirrung Ausdruck.

„Nein, auch nicht."

„Und warum?"

„Weil das heutzutage diskriminierend ist."

„SO EIN SCHMARRN!"

„Das tät ja bedeuten, dass ich dem Nächsten, der zu mir sagt, ich bin ein Weißer, eine zünden muss – wenn das so beleidigend ist, meine ich."

„Wie sagt man jetzt, bitte sehr?", wird Fredsch ungeduldig.

„Man orientiert sich daran, woher derjenige kommt: Er ist dann zum Beispiel Nigerianer oder Ghanese oder Afrikaner", biete ich eine Erklärung an.

„Die Leute werden immer depperter, echt!", macht Gertschi seinem Ärger
Luft.

„Wie kommst jetzt auf das?"

„Ich bin letzte Woche mit dem Auto auf dem Autobahnzubringer Nord gefahren. Dort ist eine Hunderter-Begrenzung, die Piloten fahren mit 120 bis
140 km/h. Mitten auf der Fahrbahn steht eine Schwarze mit blütenweißen
Handschuhen – offensichtlich geistig verwirrt – und regelt den Verkehr. Links
und rechts zischen die Autos vorbei und es ist absehbar, dass es nicht mehr
lange dauern kann, bis es tscheppert[*]. Jetzt ruf ich die Polizei an, der Beamte
hebt ab, ich sage: ‚Herr Inspektor, am Autobahnzubringer Graz-Nord steht
mitten in der Fahrbahn eine Schwarze mit weißen Handschuhen und regelt
den Verkehr. Offensichtlich ist sie geistig verwirrt. Das schaut sehr gefährlich aus.' Sagt der zu mir: ‚Sie meinen eine Afrikanerin?' Sag ich: ‚Nein, eine
Schwarze – weil Neger darf man ja nicht sagen, oder?'

‚Also doch eine Afrikanerin!' ‚Kennen Sie die Dame?', frag ich dann. ‚Nein,
warum?'

‚Ja, woher wissen Sie denn dann, dass sie aus Afrika kommt?'

Dann war es kurz ruhig in der Leitung. Nachdem er keine Antwort gegeben
hat, habe ich gesagt: ‚Wissen Sie was? Eigentlich hab ich es ja gut gemeint und
helfen wollen, ein Unglück zu vermeiden. Wenn ich mir aber die depperte
Diskussion, die Sie da gerade angezündelt haben, durch den Kopf gehen lasse,
dann schlag ich vor: Warten's einfach noch ein bisserl, dann brauchen Sie nur
mehr gemütlich hinfahren, am besten nehmen Sie eine gscheite Spachtel mit,
damit Sie die Dame dann vom Asphalt kratzen können. Bei der Gelegenheit
können Sie auch gleich herausfinden, woher sie stammt. Auf Wiederhören!'
Dann hab ich aufgelegt."

„Polizisten sind ja auch nur Menschen, Gertschi!", sinniere ich. „Man kann
über die Berufsgruppe denken, wie man will, ich möchte diese Arbeit in
tausend Jahren nicht machen. Wenn du deine Pflicht tust, bist du im Alltag
der Schrammel und das Arschloch für die Leut. Sobald der Hut dann richtig
brennt, quietschen sie aufgeregt wie die Meerschweindeln und dann sollst du
kommen und für sie dein Leben riskieren. Wenn du dich gegen irgendeine ag-

gressive, bewaffnete Ratte wehrst und ihr dabei im schlechtesten Fall das Licht ausknipst, sind plötzlich alle Schlaumeier da und fallen dir in den Rücken. Nämlich genau die, die selbst noch nie einen Straßenkampf miterlebt haben oder jemandem gegenübergestanden sind, der bewaffnet und bereit war, ihnen das Leben zu nehmen. Jetzt wird der Fall von hinten vom Schreibtisch aus aufgerollt. Da sitzen sie dann mit ihren fetten Ärschen und haben alle Zeit der Welt, um etwas zu zerlegen und zu analysieren, was du in Sekundenbruchteilen entscheiden hast müssen. Mit einem Wort: Du hast nulll Rückendeckung – und zwar nulll mit drei L. Eigentlich kannst du dabei nur verlieren. Für mich wär das nichts. Was die Geschichte mit der Schwarzen betrifft – da wären wir wieder beim Hausverstand, der den Menschen mittlerweile fehlt. Also grundsätzlich hab ich ja Verständnis dafür, dass man bewusster mit Sprache umgehen soll und das Ziel sein muss, einen Weg zu finden, wie wir mit Menschen aus anderen Kulturkreisen friedlich leben können. Aber mir ist vor einem Monat auch etwas passiert, was ich eigenartig finde.‘

„Was denn?‘

„Ich hab am Lendplatz eine Diebstahlsanzeige gemacht und weil ich den Täter noch sehen konnte, habe ich zum Beamten gesagt: ‚Der Täter war ein südländischer, dunkler Typ. Mit hoher Wahrscheinlichkeit ein Albaner.‘ Sagt der zu mir: ‚Das können Sie sich einsparen, das dürfen wir seit einigen Monaten nicht mehr erfassen.‘ Die haben nämlich den Fragenkatalog für die jeweiligen Zwecke vorgegeben und füllen das dann nur mehr elektronisch aus. ‚Ja, warum wird das nicht mehr erfasst?‘, hab ich dann wissen wollen. ‚Weil man keine Fremdenfeindlichkeit schüren will.‘ ‚Ah so, Sie wollen also Daten dieser Art nicht in der Statistik aufscheinen haben. So hab ich das noch gar nicht gesehen. Bisher war es für mich logisch, dass man alle Informationen, die zur Aufklärung einer Straftat führen können, erfasst.‘ ‚Geh, tun Sie mir einen Gefallen: Füllen wir beide einfach das Formular aus und diskutieren Sie das bitte nicht mit mir. Ich kann es eh nicht ändern.‘ ‚Stimmt eigentlich‘, denke ich mir. Wenn man von oben so dämliche Weisungen bekommt, braucht man ohnedies eine sehr hohe Toleranzgrenze, sonst brennt man schnell aus. Oder man resigniert einfach. ‚Sie haben recht, ich belle den falschen Baum an.‘ Damit war das Gespräch beendet. Dort geht also die Reise hin. Aus Angst vor Fremdenhass verfälscht man Statistiken und behindert die Arbeit der Polizisten. Dabei kann ich das nicht einmal ansatzweise verstehen. Wir haben ein Rechtssystem und wenn jemand etwas anstellt und sich dabei erwischen lässt, dann hat er die Konsequenzen zu tragen. Dabei ist es belanglos, ob er weiß, rosa, grün, gelb, lila oder schwarz ist. Ihr seid ja auch sitzen gegangen für das, was ihr gemacht habt. Der Unterschied ist nur: Wenn sie einen von euch erwischen, steht er mit dem ausgeschriebenen Namen in der Zeitung. Wenn es kein Österreicher ist, schreiben die Zeitungen keine Namen – nicht einmal, woher er kommt."

„So, und ich weiß jetzt noch immer nicht, wie man sagt ...", seufzt Leo.

„Übrigens", fällt mir ein. „Ich wette, ihr kommt in tausend Jahren nicht drauf, wen ich auf dem Weg über den Lendplatz hierher getroffen habe."

„Sag schon!"

„Den Toni!"

„Was? Den gibt es schon wieder? Der hat ja damals für den Totschlag einige Jahre ausgefasst. Wenn ich schätzen müsste, würde ich sagen, er war insgesamt zwei Drittel seines Lebens im Bau*. Da ist die Kindheit aber mit eingerechnet", resümiert Fredsch.

„Ich bin jedenfalls über den Lendplatz hierher geschlendert und hör auf einmal, wie einer in der Telefonzelle randaliert, als würde er den ganzen Apparat aus der Wand reißen wollen. Da bin ich neugierig geworden und hab mir das genauer angeschaut. Was soll ich sagen? Der rabiate Telekom-Kunde war der Toni. ,Ja, Toni! Was machst denn du da?' , hab ich ihn gefragt. ,Hast du vor, die Telefonanlage bei dir zu Hause zu installieren?'"

„Begrüße! Nein, gar nicht! Ich muss nur dringend telefonieren und der Scheißdreck funktioniert nicht. Gerade vorher hab ich bei der Telefonzelle gegenüber 20 Minuten gewartet und so ein Albaner hat nicht und nicht aufgehört zu reden. Ich mach die Tür auf und frag ihn höflich, wie lange er noch braucht. Zeigt mir die Mistsau den Fuck-Finger. Da bin ich zu ihm in die enge Telefonzelle rein, hab den Hörer mitsamt der Schnur aus der Verankerung gerissen und ihm damit dermaßen aufs Maul gegeben, dass er jetzt länger keine Lust mehr aufs Telefonieren haben wird. Zumindest verstehen wird ihn keiner mehr. So, ich gehe eine Zelle weiter, weil der Hörer in der anderen Zelle ja nicht mehr funktioniert. Jetzt komme ich mit der Kiste auch nicht zurecht."

„Was genau geht denn nicht?"

„Der elendige Kübel nimmt die Münzen nicht an!", hat er geantwortet und dabei demonstrativ versucht, einen Euro in den Kartenschlitz zu schieben.

„Toni, der nimmt keine Münzen mehr. Diese Apparate funktionieren jetzt mit Telefonwertkarten."

„Was? So lange war ich weg? Wahnsinn!"

„Sag mir die Nummer, das machen wir mit meinem Mobiltelefon!"

„Super, danke!"

„Im Nachhinein bin ich ein bisserl verunsichert. Sehr schlau war das wahrscheinlich nicht, ihn mein Telefon verwenden zu lassen."

„Wieso sollten sie es auf den abgesehen haben? Der hat ohnedies nur mehr einen Aktionsradius von einem kaputten Bierdeckel", brummt Leo.

Die Tür öffnet sich und wieder kämpft jemand mit dem schweren roten Vorhang.

„Da schau her, ein ganz Seltener! Seeervus, Ottl!"

Ottl, ein typischer Vertreter des Rotlicht-Viertels, stiefelt mit übertrieben ausholendem Schritt auf uns zu. Seine Art zu gehen sieht in Kombination mit seinem kahlgeschorenen Kopf und dem stechenden Blick sehr gefährlich aus. Der wankende Gang ist nicht darauf zurückzuführen, dass er einmal Seemann gewesen wäre. Auch lässt er sich nicht mit der Tatsache, dass Ottl ganz offensichtlich heute schon woanders aufgetankt hatte, erklären. Die Lösung des Rätsels liegt in der Geschichte von den Schlangen, die nur so tun ...

Während Ottl den einen oder anderen Schwank aus seinem Leben zum Besten gibt, füllt sich das Lokal wider Erwarten doch noch. Einige Flügerl* später werden die Räubergeschichten von Ottl immer intensiver. Nachdem sich auch die letzten freien Thekenplätze gefüllt haben, kommt schließlich, was kommen musste. Ottl erzählt von seiner Eishockey-Karriere. So fängt es eigentlich immer an. Ich kenne die Geschichte nach einer Zillion Wiederholungen schon recht gut und schnappe von Zeit zu Zeit die Stichwörter „Puck, Check, Drecksau ..." auf. Die bunte Erzählung wird wild gestikulierend unterstrichen und nähert sich ihrem Höhepunkt.

„Tu es nicht!", knurrt Gertschi von seiner Position hinter der Theke in Richtung Ottl.

„Die Schweine haben mich in die Zange genommen, nachdem ich innerhalb von 8 Minuten schon das zweite Türl* geschossen hab."

„Ich hab dir gesagt: TU ES NICHT!", bekräftigt Gertschi und spricht dabei die letzten drei Worte gefährlich langsam.

„Ich hab noch versucht auszukommen, es ist mir aber nicht mehr gelungen. Dann haben sie mich neben der Bande niedergelassen", fährt Ottl unbeirrt fort.

„Ich schau, dass ich wieder auf die Füße komm und reiß mir den Helm runter. Das macht man immer, kurz vor dem Fetzen.*"

„DU SOLLST ES NICHT TUN!"

„Den Helm beim Mischen* auflassen ist ungehörig! Meine Hawara waren ganz drüben auf der anderen Seite. Ich hab noch gesehen, dass sie sich sehr bemüht haben, zu mir durchzustoßen. Die andere Mannschaft hat ihnen aber den Weg abgeschnitten. Und dann bin ich allein gegen drei drangekommen. Das ist das Ergebnis gewesen ..."

Mit diesen Worten und einem kleinen „Klack" schiebt er die obere Zahnreihe flink mit der Zunge von den beiden Stiften, deren Aufgabe es war, das ganze Klavier zu halten.

„Ottl, gib sofort dein Gebiss wieder rein!", insistiert Gertschi.

„Fo faut daf jetft auf", lispelt er triumphierend. In seinem ganzen Oberkiefer ist auch bei genauer Suche kein einziger Zahn zu finden. Eine Vollprothese also. Alles was man erkennen kann, sind die beiden im Kiefer versenkten Metallstifte an der Stelle, wo sich sonst die Eckzähne befinden. Es handelt sich bei dieser technischen Lösung um eine Art „Click-System". Ohne Zahnersatz fallen die Wangen von Ottl ein. Das lässt ihn insgesamt noch bedrohlicher, aber auch entsprechend heruntergekommen aussehen.

„Gib sofort die Zähne wieder rein!" Gertschi ist am Ende seiner Kräfte.

„Aber ich fcheiff mich da gar nifx! Man muff weiterkämpfen! Ich bin eine harte Fau!"

Weil es Ottl wichtig ist, die letzten Sätze, die sich auf seine Nehmerqualitäten beziehen, besonders zu betonen, legt er das Gebiss auf die Theke, um die Hände frei zu haben. Blitzschnell greift Gertschi zu und nimmt es ihm weg.

„Ich hab dir das unendlich oft gesagt. Es gibt bei mir im Lokal kein Zähne-Rausnehmen. Das ist unappetitlich!"

„Gib her meine Fähne!"

„Selbstverständlich nicht!"

„Auch wurfcht!"

Ottl wendet sich von Gertschi ab, tut so, als wäre ihm das alles egal, und erzählt weiter. Bereits wenige Minuten später wendet er sich – nun schon etwas kleinlaut – erneut an den Koberer.

„Gib mir die Fähne furück, hä?"

„Nix!", bleibt Gertschi hart.

„Jetft fei nicht fo!"

„Hör zu, Ottl! Du kriegst die Klapperleiste zurück, wenn du versprichst, dass du dann heim gehst. Für heute hast du eh mehr als genug, die Alte wartet wahrscheinlich schon zu Hause mit dem kleinen Kind."

„Muff daf fein?", wird er weinerlich.

„Jawolll!"

Ich beobachte ihn noch gedankenversunken, als er Richtung Ausgang steuert. Nach seinem Gang zu schließen, bläst in Ottls Kopf gerade ein Sturm mit einer Windstärke von 12 Beaufort.

„War er ein guter Eishockey-Spieler?", frage ich in die Runde.

„Aber geh! Die Hauer haben ihm jedenfalls schon gefehlt, lang bevor er mit dem Eishockey angefangen hat. Er hat schon immer schlechte Zähne gehabt und zusätzlich keine Zahnbürste. Zum 14. Geburtstag war der Großteil schon herausgefault. Natürlicher Verfall also. Vor einiger Zeit hat es am Griesplatz ein Theater* gegeben. Da hat sich der Ottl in seinem Dampf* für Siegfried den Drachentöter gehalten. Ein Albaner hat ihm schließlich gezeigt, dass er offensichtlich ‚Siegfried' mit ‚dummer August' verwechselt, und ihm eine eingeschenkt*, dass die Zähne in der Mitte auseinandergebrochen sind. Die Wiederherstellung hat für Ottls Verhältnisse eine Lawine gekostet. Vorher hat er sie ja nur herausgenommen, wenn er seine Eishockey-Geschichten erzählt hat. Jetzt nimmt er sie sicherheitshalber auch raus, wenn es knistert*."

„Ah so! Ich hab gedacht, er nimmt sie raus, weil er dann furchterregend ausschaut."

„Aber geh, viel schöner ist er vorher auch nicht. Mit der Glatze ist es so ähnlich: Gute Kämpfer bevorzugen kurze Haare oder eine Glatze, damit man sie nicht an den Haaren festhalten oder reißen kann. Der Ottl hat die Glatze, weil seine Haare so schütter sind, dass er ausschaut wie ein gerupftes Hendel*, wenn er die Federn länger wachsen lässt."

„So, meine Herrschaften! Sperrstunde! Für heute ist es aus!", gibt Gertschi das Signal, dass er genug hat.

„Aus ist es immer erst, wenn die dicke Dame nicht mehr singt!", antwortet Leo und lässt damit aufblitzen, dass er schon einmal in der Oper war.

36 KATHOEY

„Gentlemen, darf ich Ihnen die Neuzugänge der letzten Woche vorstellen?", mimt Gertschi den Conferencier. Vielversprechend zwinkert er Fredsch und mir zu.

„Das da drüben ist der Heli", zeigt Gertschi auf ein Mädel, das im Playboy locker auf der ersten Seite erscheinen könnte. „Künstlername ‚Helena', der hat sein Schwanzerl noch. Ich finde Heli deshalb passender, den Namen mag er aber nicht so gern. Der zweite Kathoey ist ähnlich hübsch, bereits vollkommen umgebaut und im Augenblick gerade besetzt. Wahrscheinlich bekommt er es soeben knüppeldick. Sie heißt übrigens Potamaa. Jene, die sie näher kennen – so wie ich –, dürfen Pot sagen."

„Du bist ja unglaublich! Wo hast du denn die beiden wieder her?", verleihe ich meinem Erstaunen Ausdruck.

„Die Truppe haben wir vor einigen Jahren in Pattaya kennengelernt. Nach unserer Rückkehr ist der Kontakt abgebrochen. Irgendwie haben sie einen Grazer Sex-Touristen getroffen. Der hat sie auf Urlaub nach Graz eingeladen, Café City haben sie sich gemerkt und letzte Woche sind sie vor der Tür gestanden. Sie würden sich gern ein Urlaubstaschengeld verdienen. Ob ich da weiterhelfen könnte, wollten sie wissen. ‚Eigentlich ist das einen Versuch wert!', hab ich mir gedacht. Einmal etwas anderes. Wenn es komplett danebengeht, stell ich das Experiment einfach wieder ein. Ja, so war das. Und jetzt machen die Gäste die Welle, wenn die beiden bei der Tür hereinkugeln. Sie sorgen die ganze Nacht für eine Stimmung, die das City noch nie gesehen hat. In einem riesigen Koffer haben sie jedes nur erdenkliche Sex-Spielzeug dabei, Polizeikappen, Samba-Pfeifen und was weiß ich noch alles …"

Transsexuelle sind in Thailand nichts Außergewöhnliches und in der buddhistisch geprägten Kultur durchaus akzeptiert. Zu der Zeit, als ich in Bangkok trainierte, gab es einen Kathoey mit dem Spitznamen „deadly kisser". Er war ein gefürchteter K.o.-Schläger. Wann immer ich konnte, sah ich mir seine Kämpfe im Lumpinee-Stadion an. Vor der sportlichen Begegnung beteuerte er jedes Mal, wie unangenehm und zuwider es ihm sei, dem hübschen Burschen in der gegenüberliegenden Ringecke gleich wehtun zu müssen. Wenn sein Kontrahent dann ausgeknockt am Boden lag, gab er ihm manchmal einen liebevollen Kuss – so, dass der Abdruck vom Lippenstift gut in dessen Gesicht zu sehen war.

„Begreifen die Gäste, um was es geht?", will Fredsch wissen.

„Es bilden sich da im Wesentlichen zwei Gruppen: die einen, welche die Buben für bildhübsche, exotische Frauen halten, und die anderen, die im Bilde sind und sie deshalb auswählen – für ein tête-à-tête, meine ich", gibt Gertschi bereitwillig Auskunft.

„Ist die fesche Thailänderin heute da?", platzt ein Gockel mit Anzug und Krawatte in unser Gespräch. Zu grüßen hatte er wie immer vergessen. Es handelte sich um einen Stammgast mittleren Alters, der schon seit vielen Jahren für seine grenzenlose Selbstverliebtheit und seine rüde, unhöfliche Art bekannt war. Trotz dieser auffallend negativen Eigenschaften war er als Geschäftsmann sehr erfolgreich. Noch bevor Gertschi Luft holen kann, um zu antworten, wendet sich Fredsch an den Rüpel: „Welche Thailänderin?"

„Ja, die von letzter Woche!"

„Thailänderin?", wiederholt Gertschi das Wort nachdenklich.

„Sag einmal, Gerhard! Ich mein die Hübsche, mit der ich letzte Woche im Zimmer war. Du warst ja selbst da! Die beim Pudern so schreit, so eine Heißblütige. Eine Haut wie Samt und die schönsten Haare, die ich je gesehen hab. Der hab ich es richtig gegeben, so ein geiles Luder! Wie die dauernd gejault hat! Sicher, im Grunde kann ich das eh verstehen, bei meiner dicken Nudel! Unbedingt in den Arsch hat sie pudert werden wollen."

„Na ja, von vorne wäre da auch schlecht was gegangen", unterbricht Gertschi die Selbstbeweihräucherung.

„Ach soooo! Du meinst den Transerl!", spielt Fredsch den Begriffsstutzigen, der gerade von der Leitung steigt.

„Wen?" Der Gockel war in diesen Dingen unbedarft und offensichtlich nicht der Gruppe der Wissenden zuzurechnen. So hatte er nicht bemerkt, dass die exotische Schönheit, die er in der Woche zuvor geschoben hatte, ein Mann war. Üblicherweise war niemand daran interessiert, die Illusionen der Gäste zu zerstören. In besagtem Fall konnte aber jeder, der Fredsch und Gertschi nahestand, erkennen, dass sich die beiden gerade mit diebischer Freude darauf vorbereiteten, dem Flegel eins auszuwischen.

„Echt?! Du fickst gern Transvestiten?", legt Fredsch mit lauter Stimme ein Schäuferl nach.[*] Der Gockel blickt gehetzt nach allen Seiten in der Hoffnung, dass diese Konversation von den anderen Gästen nicht mitverfolgt würde. Der Text war ihm ausgegangen, er schluckt.

„Na ja, ich seh das entspannt. Solange es beiden Spaß macht, ist das vollkommen in Ordnung! Für mich wär das aber unvorstellbar. Einen Mann pudern ... Andererseits gibt es ja Leute, die sagen: ‚Nur ein Mann weiß, was ein Mann braucht.‘“, bohrt Fredsch tiefer in die gerade geöffnete Wunde. „Was mich aber im Moment viel mehr beschäftigt: Hat dir nie jemand Manieren beigebracht, weil du jedes Mal gleich so reinplatzt? Also, wenn du mir mit deiner unhöflichen Art noch einmal so auf die Nerven gehst, dann müssen wir beide uns die Zeit nehmen und das mit dem Grüßen noch ein bisserl üben!“

Schwer angeschlagen und ohne ein weiteres Wort dreht der Geschäftsmann auf dem Absatz um und sollte von diesem Tag an nie wieder im Tanzcafé zu sehen sein.

Etwas später erscheint das zweite, in diesem Fall kann man ruhigen Gewissens „Weibchen“ sagen, im Gastraum. Hinter ihm trottet friedlich und rechtschaffen müde ein Gockel her. Seine Augen glänzen, er wirkt völlig entspannt. Pot und Heli sind in Party-Laune. Es dauert nicht lange und die beiden Transsexuellen heizen die Stimmung im Lokal bis zum Siedepunkt an. Sie tanzen auf der Bühne, aber auch auf der Theke und den Tischen, wechseln im Halbstunden-Takt ihre prächtigen Kostüme, dirigieren die Gäste, als wären diese alle Wuffis – nur tun sie das mit feinerer Klinge und ohne Gewalt.

Jäh unterbricht schrilles weibliches Kreischen die ausgelassene Atmosphäre. Jana, die gerade noch ihre Brieftasche hinter der Theke geholt hatte, um bei einem Gast abzukassieren, liegt rücklings auf einem Tisch und wird von dem kräftigen Mann wie ein Truthahn gewürgt. Offensichtlich war dieser mit der Rechnung nicht einverstanden. Noch bevor es einem von uns dreien gelingt loszustarten, werden wir Zeuge einer beeindruckenden Metamorphose. Bei den beiden Kathoeys übernimmt die männliche Seite in einer Geschwindigkeit die Kontrolle, die der Zeitspanne ähnelt, in der man Licht ein- oder ausschaltet. Die Verwandlung ist reduziert auf die Stufen null und eins – einem binären System entsprechend. Aus meiner Sicht und nach genauerer Betrachtung nicht ganz unlogisch. Dort wo die beiden aufgewachsen waren, ging es deutlich ruppiger zu. Sie hatten von Kindesbeinen an gelernt zu überleben. Noch während der Angreifer darauf konzentriert ist, Jana zu würgen, stürzt sich Helena wie ein Raubtier auf ihn. Zwei gut platzierte Low-kicks auf den Oberschenkel, gefolgt von einem Ellbogen, das Ganze garniert mit einem Kniestoß in den Solarplexus – ich fühle mich mit einem Mal in die Lumpinee-Kampfarena versetzt. Der kräftig gebaute Mann wird knieweich und entschließt sich, das Weite zu suchen. Seine unsicheren, wenig koordinierten Bewegungen erinnern mich an die ersten Schritte von „Bambi" kurz nach dessen Geburt. Heli konnte also Thaibox-Erfahrung vorweisen – so wie fast jeder Junge in Thailand. Die Geschichte dieses Volkssportes reicht weit zurück. Viele sagenhafte Heldenabenteuer ranken sich um ihn. Die Serie, die Heli abgefeuert hatte, schlug äußerst hart und präzise ein. Wenn man ihn nun betrachtete, war er nur noch Mann. Die gerade eben noch feinen weiblichen Züge und der fragile Körperbau hatten nichts Anmutiges mehr. Die Muskulatur war so hart gespannt, dass alle großen Muskelgruppen zitterten. Während sich der Gockel noch einen Augenblick der Illusion hingibt, das Gewitter hätte sich verzogen, holt Heli aus, um ihm mit den spitz zulaufenden High Heels noch einen kräftigen Tritt in den Hintern zu verpassen. Dem Missetäter ist nun endgültig klar, dass er dringendst das Weite suchen muss, um größeres Unheil zu vermeiden. Er nimmt die Beine in die Hand und nähert sich dem Vorhang vor dem Ausgang. In der Eile kann er nicht ahnen, dass die Ruhe, die ihn dazu verleitet, sich in Sicherheit zu wähnen, nur deshalb eingekehrt war, weil er Helis Revier verlassen hatte. Nun war er auf Potamaas Boden angelangt. Wir trauen unseren Augen nicht. Pot hatte sich auf der Bühne, direkt neben dem Ausgang positioniert. Mit einem Baseball-Schläger in der Hand – niemand wusste, woher dieser plötzlich gekommen war. Offensichtlich erinnert sich der Gockel, dass ihn hinter dem Vorhang eine Rechtskurve Richtung Ausgang erwartet. Gerade als er alle Vorbereitungen trifft, um diese in der Ideallinie nehmen zu können, braut sich bereits das nächste Unheil zusammen. Er beschleunigt in der freudigen Erwartung, doch noch halbwegs ungeschoren aus dem Schlamassel herauszukommen, und vor allem ohne den lauernden Pot auf der höher gelegenen Bühne wahrzunehmen, auf Höchstgeschwindigkeit. Währenddessen holt Pot mit dem Schläger aus, wie ein Profispieler der Major League Baseball. Ich kann nicht glauben, dass er bereit sein würde, so hart durchzuziehen. Sekundenbruchteile später weiß ich: Er, ich meine: sie, ist es! Der Schläger trifft den sich in vollem Lauf befindlichen

Gockel mit aller Wucht auf die Stirn. Sein nachfolgender Niedergang lässt vor meinem geistigen Auge das Wort „atomisieren" mehrfach aufblinken. Im Tanzcafé ist es mucksmäuschenstill. Blut rinnt aus einer mächtigen Platzwunde auf den Teppichboden.

„Pfffffüüüüüüühhhh!!!", ist Fredsch der Erste, der zum gerade Erlebten etwas zu sagen weiß. Ich kümmere mich mit Gertschi um den Verletzten. In wenigen Minuten bildet sich eine riesige Beule auf seiner Stirn, die ihn dem letzten Einhorn zum Verwechseln ähnlich werden lässt. Sobald er wieder zu sich kommt, wird er nicht müde, den Satz „Ich bin schuld gewesen, es war alles meine Schuld!" zu wiederholen. „Wenigstens hat er Charakter", denke ich. „Nein, es könnte auch Todesangst sein, die ihn ehrlich werden lässt", fällt mir dann ein. Nachdem wir ihn halbwegs aufgerichtet haben, lassen wir ihn mit dem Taxi nach Hause bringen. Wider Erwarten sollte die Angelegenheit kein Nachspiel haben.

Jana bedankt sich artig bei ihren Rettern. „Pot, das war aber nicht ladylike!", scherzt Fredsch mit gespielt ernstem Gesicht. Pot lächelt verschämt und zuckt mit den Achseln. Noch immer sitzen einige Gäste an ihren Tischen, als hätten sie in das Antlitz der Medusa geblickt. Jana stellt den beiden Helden Mekong vor die Nase. Nach einer Stunde ist die ganze Aufregung vergessen. Heli beugt sich zu einem in ihn verliebten Gast, der seinen Auftritt zuvor Gott sei Dank nicht miterlebt hat, und blickt ihm tief in die Augen. Mit den Worten „Häb häppy birthday!" lässt er ihn wissen, dass er heute Geburtstag hat. Ein alter Trick, um einem naiven, gutgläubigen Gockel ein Flascherl herauszureißen. Wer könnte schon diesem treuen Augenaufschlag widerstehen. In der zweiten Phase erhöht Heli das Tempo mit einem gehauchten „I lab you!", was auf Thai-Englisch so viel bedeutet wie „Ich liebe dich!". Der Gast schmilzt dahin und gibt zu verstehen, dass er bereits an Heirat denkt.

„You butterfei, häb seen you last night, häb other girl!" Mit diesem Satz nimmt Helena geschickt wieder Tempo aus dem Spiel, indem er/sie vermittelt, dass der Gast in der letzten Nacht beim Turteln mit einem anderen Mädchen beobachtet worden war. Deshalb sei er in die Gruppe der Männer, die man Schmetterlinge nannte, einzuordnen. Und solche Männer können für ein Mädchen, das etwas auf sich hält, sehr gefährlich sein. Wir wollen uns mit tiefschürfenden Gesprächen dieser Art nicht weiter belasten, nehmen drei

Bier aus dem Kühler und ziehen uns nach der ganzen Aufregung ins Büro zurück. Nach ungefähr 45-minütigem, entspanntem Plaudern hören wir ein zweites Mal lautes Kreischen. Die Tür zum Büro wird aufgerissen und Pot schreit aus voller Kehle: „Häb lady-accident! Hääb lady hääb accident!" Eine Dame hatte also einen Unfall.

Auf das Höchste alarmiert, springen wir aus unseren Fauteuils und eilen zu Hilfe. Im Gastraum liegt Heli bewusstlos am Boden und hat alle Viere von sich gestreckt. Er war nach zwei Flaschen Mekong im Zuge ausgelassenen Tanzens auf der Theke abgerutscht und ungespitzt mit der Birne voraus gelandet, besser gesagt bruchgelandet. Wir richten ihn auf und Momente später bildet sich auf der Stirn des Bewusstlosen ein Horn, das jenem des Gastes gleicht, der zuvor bei Pot in Behandlung war. Helenas zukünftiger Ehemann kniet mit Tränen in den Augen neben mir. Er war sich sicher, dass er wieder einmal – so kurz vor dem Ziel – Pech gehabt hatte. „Das Glück hat ein Vogerl!", raunt Fredsch, der die Situation erfasst hatte, über seine Schulter. „Das kriegen wir wieder hin!", spreche ich dem armen Tropf Mut zu. Kurz darauf schlägt Heli die Augen auf und verzieht sein Gesicht zu einem Lächeln. Er hatte mehr als einen Schutzengel gehabt. So sieht also ein „lady-accident" aus … und Einhörner gibt es offensichtlich doch noch mehr als gemeinhin bekannt …

Es folgten schöne und äußerst unterhaltsame Monate mit den Showgirls aus dem Golf von Siam. Sie verdienten königlich und konnten es sich ohne Schwierigkeiten leisten, immer wieder in die Heimat auf Urlaub zu fliegen. Einmal schließlich hatten sie das Pech, bei ihrer Rückreise die einzigen Fluggäste in einer Turboprop der Tyrolean Airways von Wien nach Graz zu sein. Das Flugzeug fuhr nach der Landung direkt in seine Parkposition und die Damen der Nacht stöckelten aufgeputzt wie Christbäume auf einem Präsentierteller den ganzen Weg zum Flughafengebäude. Die grazilen Wesen wurden bereits durch die Glasscheiben von den diensthabenden Polizei- und Zollbeamten ins Visier genommen. Da außer den beiden Prachtstücken niemand angekommen war, hielt sich die Arbeit in Grenzen und man freute sich darauf, die exotischen Schönheiten besonders genau zu kontrollieren. Das war eine Gelegenheit, unauffällig und ausgiebig mit ihnen zu schäkern. Als erste Amtshandlung wurden sie vorschriftsgemäß nach dem Reisepass gefragt, welchen die beiden den Beamten bereitwillig aushändigten. An diesem Punkt trat allgemeine Verwirrung bei den Vertretern von Polizei und Zoll ein. Die Kathoeys hatten noch nicht die Zeit gefunden – in Thailand war das ja nichts Besonderes –, neue Reisepässe zu beantragen. Deshalb waren sie noch als Männer ausgewiesen. Die Passbilder hatte man der Einfachheit halber gleich aus dem Foto-Kontingent genommen, das im Rahmen des Militärdienstes angefertigt worden war. So blickten den Beamten zwei ernste junge Männer in Tarnanzügen aus dem Reisepass entgegen. Der direkte Vergleich der Passbilder mit den Gesichtern der einreisewilligen Personen trug nicht zur Beruhigung der Lage bei. Es muss der sechste Sinn gewesen sein, der den Polizisten sagte, dass man auf einen dicken Fisch gestoßen war, und so trug man Heli und Pot auf, umgehend ihre Koffer zu öffnen. Die prall gefüllten Gepäckstücke enthielten unzählige Varianten von Werkzeugen und Betriebsmitteln, will heißen Vibratoren in allen Farben und Ausführungen, die komplette Show-Ausrüstung, ausreichend Gleitcreme und natürlich alles, was eine Frau, die etwas auf sich hält, sonst noch benötigt. Mit der Summe der einlangenden Informationen hoffnungslos überfordert, trafen die Beamten die Entscheidung, den Fall an eine Sondereinheit zu übergeben. Nach intensiver Prüfung der Details durch selbige landeten Heli und Pot in Schubhaft und zwar in der Männerabteilung. Leider weiß niemand, wie es ihnen in dieser Umgebung ergangen ist. Von dort wurden sie zurück nach Hause geschickt.

Die Spur zu Pot hat sich bald danach verloren. Helena heiratete nach Dänemark und ist meines Wissens nach wie vor beruflich bei einem der Top Modedesigner dieser Welt tätig. Nach den beiden haben in einigen Grazer Lokalen noch andere Kathoeys ihren Dienst versehen. So lustig wie mit den Erstankömmlingen war es nie wieder. Nach und nach traten sie die Rückreise an. Nicht wenige wurden von Aids dahingerafft.

37 IM EINKAUFSZENTRUM

„DVD-Rohling, USB-Druckerkabel", murmle ich meine Einkaufsliste auf dem Weg zum Saturn vor mich hin. Vor dem Café von Tatjana steht, wie sollte es anders sein, Gertschi und schlürft seinen Kaffee. Als ich ihn begrüße, wendet sich Peter zu mir um. Großes Hallo.

„Ja, Peter, wie geht's?"

„Ja, geht eh! Ich bin gerade im Schmalz."

„Was, das weiß ich ja gar nicht."

„Ja, wegen dem Gift halt. Und ein paar Gescheite sagen, ich hätte gespieben, … eine Fleissaufgabe gemacht, … eine Zierzeile* geschrieben … dabei stimmt das gar nicht."

„Wie viel hast du denn gekriegt?"

„Einen Dreier, elf Monate hab ich schon heruntergebogen.*"

„Und wieso bist jetzt da?"

„Ich bin ja ein problemloser Häftling! Ich arbeite in der Kantine und lass mir nix zuschulden kommen … jetzt bin ich 47 Jahre alt und hab noch nie Schläge gekriegt. Aber dieses Mal hat mich die Cobra geholt, da hab ich ordentlich gefressen.*"

„Wie?"

„Ja, ich war mit dem Wagen unterwegs. Auf einmal zwicken mich drei Autos ein und zwingen mich anzuhalten. Plötzlich springen aus allen Fahrzeugen Männer mit Einsatzhauben raus, auch aus dem Wagen vor mir. Ich hab zuerst gedacht, ich werde von Terroristen überfallen. Von überall haben's die Kanonen beim Fenster reingehalten. Ich war richtig erleichtert, als ich begriffen hab, dass das die Cobra ist."

„Ja und weiter?"

„Dann haben sie mir gleich auf den Schädel geschlagen … mit den Handschuhen, die mit Quarzsand gefüllt sind. Davon kriegst du nämlich nur Beulen, aber keine gröberen Verletzungen. Jedenfalls macht das einen ordentlichen Pumperer*, wenn du damit ein paar abfängst."

„Ja, das war bei mir so ähnlich", weiß Gertschi zu berichten.

„Ich wollte einkaufen fahren. Auf einmal springen ein paar Männer mit diesen Banküberfallsmützen auf mich zu und biegen mich runter. Danach sind sie zu sechst auf mir gekniet, bis ich mich angschifft* hab. Ich war auch sehr erleichtert, nachdem ich gekneißt* hab, dass das keine Ganoven sind!"

Peter: „… dabei ist das gar nicht notwendig, finde ich! Dass ich ein Bandit bin, weiß ich eh selber. Aber wenn zu mir eine Polizeischülerin kommt und sagt, ich soll mitgehen, geh ich mit, wie ein Hunderl*. Wir sind ja hier nicht in Chicago!"

Michl: „Ja, das wissen eh die auch. Aber stell dir einmal vor, du trainierst jeden Tag, das ganze Jahr hindurch solche Sachen. Da willst du ja dann irgendwann einmal testen, ob es auch funktioniert, oder? Also ich würde dann schon wissen wollen, ob das, was ich dauernd lerne, auch was wert ist."

„Ja, aber Gefühl haben's gar keines! Als sie mich verhaftet haben, hab ich zuerst gedacht, sie verwechseln mich mit dem Osama Bin Laden. Sie haben mich am Boden herumgedreht wie ein Schnitzel in der Panier – am Asphaltboden allerdings. Wie du danach ausschaust, brauche ich dir eh nicht zu erklären. Vier Beamte von der Kripo ‚Gift' und sechs von der Cobra. Drei weitere Cobra-Beamte sichern im Hintergrund, die siehst du nicht."

„Ja, hallo Opa!", ruft Peter einem sportlichen älteren Herrn im Jogginganzug zu. Gehst du strawanzen?*" „Ja, Peter!", erwidert der Herr, der offensichtlich gerade vom Laufen kommt, und lächelt. Ein sympathisches Lächeln. „Hast du frei?"

„Nein, ich muß nachher wieder rein. Komm her, trink einen Kaffee." Während Opa einen Kaffee schlürft, belohnt sich Peter verbotenerweise selbst mit einem Bier. Es wird geplauscht, fachgesimpelt, geblödelt und gelacht. Schließlich bringt Opa den Junior wieder in den Häfen zurück. Mit dem Damenspitzerl* sollte sich Peter eine mehrmonatige Ausgangssperre einhandeln.

„Haaaaaaaaaa uaaaaaaaaah uaaaaaah.“

„Servas, Fredl!“

„Was steht bei dir heute auf dem Programm?“

„Ich schau in den Dom im Berg*, da gib es heute ein Clubbing.“

„Bei so was war ich noch nie!“

„Dann komm halt mit.“

Auf dem Weg in den Dom entbrennt, nachdem wir zusehen, wie eine Gruppe türkischer Jugendlicher ein österreichisches Pärchen vom Gehsteig rempelt, eine Diskussion zum Thema Zuwanderer.

„Es gibt Leute, die sagen ‚Was sie beim Prinz Eugen nicht geschafft haben, schaffen’s jetzt!‘“

„Wie meinst du das?“

„Die Türken sind, glaube ich, insgesamt zwei Mal in Österreich gescheitert, aber jetzt schaffen sie es.“

„Ja, wie denn?“

„Im Grund sind wir selber schuld. Es handelt sich um ein kalkulatorisches Exempel: Sie vermehren sich einfach wie die Hamster, während unsere Geburtenraten in den Keller rutschen. Ein einfaches Rechenbeispiel … das Thema löst die Zeit. Irgendwann haben sie eine kritische Masse erreicht und beeinflussen Wahlergebnisse … dann kriegen wir im günstigsten Fall … einen Arschtritt! Im Unterschied zu uns ist den Menschen in diesen Kulturen die Familie noch etwas wert. Wir gehen allein schon deswegen unter, weil wir im Gegensatz zu ihnen nicht mehr zusammenhalten. Früher war einer für den anderen da, aber seit es uns so gut geht, haben wir das nicht mehr notwendig. Jeder schaut nur mehr auf sich. So gesehen sind wir selbst unser größter Feind.“

„Ein Wahnsinn! Der Prinz Eugen tät sich im Grab umdrehen …“, schnauft Fredsch.

„Mein Bub, der hat jetzt drei Persönlichkeitstests gemacht und alle haben das Gleiche ergeben“, wird Fredsch nachdenklich. Abrupte Themenwechsel war ich von ihm gewohnt.

„Was denn?“

„Er soll Kriminalpolizist werden.“

„Pfffhhh! Was hast du denn dazu gesagt?"

„Ja super", hab ich gesagt, was soll ich denn sagen, wenn er das will. Da sag ich sicher nicht nein."

Nachdenkliche Pause.

„Gut, dass ich schon in Pension bin! Stell dir einmal vor, mein eigener Bub sperrt mich ein." Fredsch fröstelt bei dem Gedanken. „In Wahrheit bin ich froh, dass er so ein Braver ist. Ihm soll es einmal besser gehen als mir. Er hat keine von meinen schlechten Eigenschaften. Ich glaube, er hat in seinem ganzen Leben noch nie ernsthaft gerauft."

Für Fredsch war das Clubbing eine Premiere. Er jagte grundsätzlich in völlig anderen Revieren und wäre von sich aus nie und nimmer zu einer Veranstaltung wie dieser gekommen. Entsprechend neugierig war er auf diesen Abend. Vor dem Eingang plagten ihn allerdings allerlei kleine Sorgen:

„Da anstellen, in der ewig langen Reihe – das ist ja ehrlos! Früher sind wir mit dem Porsche vor die Tür gefahren und reingegangen." Er deutet an, sich bis zum Türsteher vorzudrängeln.

„Fredl, bitte …"

„Das ist ja erniedrigend! Also früher, als ich noch jeden Tag gekokst hab …"

„Fredl, bitte!"

„Ja, mit dem hab ich eh aufgehört, nachdem ich aus dem Häfen rausgekommen bin."

„FREDL …"

Fredsch zwinkert mir zu und wendet sich einer attraktiven, schwarzhaarigen Fünfzigerin zu:

„Macht Ihnen das Anstellen nix?"

Ihr Begleiter, der zuvor beim Reizwort „Koks" aufgeschreckt war, lächelt gekünstelt – nein, wenn ich es mir recht überlege, ist es ein gequältes Lächeln.

Sie: „Nein, nein! Das ist ein Zeichen für Qualität, wenn du gleich reinkommst, heißt es meistens nix."

Kurz bilde ich mir ein, die Zahnräder in Fredschs Kopf sich bewegen zu hören, sein Hirn arbeitete gerade auf Hochtouren, verglich die erwarteten Antworten mit dieser für ihn unerwarteten, errechnete Notfalls-Reaktionspläne, suchte Lücken, Argumente ... war schlichtweg begeistert von seiner neuen Bekanntschaft.

„So hab ich das noch nie gesehen!!!"

Sie lächelt.

„Das hat was!", nickt Fredsch anerkennend.

Zu mir raunt er, sodass es alle hören, auch der Begleiter der Bekanntschaft aus der Warteschlange: „DAS hab ich gemeint. So eine!" (Dabei deutet er linkisch auf die Dame.) „Mit Hirn, mit Stil!" Auch wenn ich es anfänglich nie glauben konnte – ich war wirklich der einzige Zuhörer, der das Theater durchschaute. Niemand sonst misstraute Fredschs Ausführungen. Alle blickten neugierig und begeistert auf ihn. Es war ein Spiel mit Mimik, Gestik und Sprache. Höchstklassig, ein Fest für jeden Psychologen, der sich gerne mit dem Thema „Manipulation" beschäftigt. Das gerade war Fredschs Kernkompetenz, subtile Manipulation! Ich hatte im NLP eine Reihe von Techniken erlernt, die ich nie in der Lage gewesen wäre, in der Praxis umzusetzen. Fredsch schüttelte die abenteuerlichsten Sprachmuster und -konstruktionen mit einer Leichtigkeit aus dem Ärmel, die atemberaubend war. Keiner meiner Lehrer hätte ihm das Wasser reichen können. Mich bewunderte er dafür, dass ich ihm die Fachausdrücke für die jeweilige Intervention nennen konnte. Irgendwann kamen wir an den Punkt, an dem er mich nach jedem zweiten Satz fragte: „Und? War das jetzt was? Hat das im NLP an Namen?" Etwas später gab ich ihm zu verstehen, dass mir das zu viel wird. Seither haben wir dieses Thema hinter uns gelassen.

„Weißt du, was das Problem ist?", wendet sich Fredsch vertrauensvoll an die Dunkelhaarige.

„Nein, was denn?"

„Wir vermehren uns nimmer, die andern aber schon. Und so schaffen sie jetzt das, was ihnen beim Prinz Eugen nicht gelungen ist ..."

„Fredl, bitte ..."

Kurze Zeit später drängeln wir uns durch den gut besuchten Dom.

„So anders ist das da ja gar nicht. Die hat's früher auch schon gegeben, die so mit den Haaren beuteln", lässt Fredsch erkennen, dass er gerade dabei ist, sich zu orientieren. Wir finden einen strategisch geeigneten Platz und machen es uns gemütlich.

„Heeeeehhhh!", winkt uns jemand aufgeregt hüpfend. Werner gesellt sich in Feierlaune zu uns.

Der DJ massiert meine Chakren mit Frequenzen. Zwischendurch bemüht er zusätzlich ein Gerät, mit dem man Druckwellen aussendet und fährt mir damit direkt in die Brust. Ich habe den Eindruck, dass er diese Anlage in einem Automatik-Modus betreiben kann, sodass die Druckwellen analog zum Rhythmus ausgeschickt werden. Von Zeit zu Zeit bedient er das Gerät aber offensichtlich manuell. Diese Wechsel empfinde ich als äußerst spannend.

„Spürst du das jetzt?", frage ich Fredsch. „Mein ganzer Hintern vibriert."

„Mir vibrieren die Eier, aber ich bin mir momentan gar nicht sicher, ob das mit der Musik zu tun hat … ausschließlich zumindest…", kommt prompt die Antwort.

Werner hat den Gehörschutz im Ohr und versteht wie üblich – nichts. Davon unbeeindruckt tut er so, als könnte er der Unterhaltung folgen. Er unterstreicht sein gespieltes Verstehen nonverbal, durch weit ausholende, freundliche Bewegungen mit seinen Armen.

„Paaaahhhh! Schau dir bitte die geile Giraffe an. Die passt!", deutet Fredsch auf das erste von zwei Mädchen, die sich unsere Richtung bewegen. „So ein feines Stück!"

„Mich kriegt sie nicht!"

„Waaas?"

„Schau einmal genau hin. Giraffe recht und schön, aber das ist eine speibende Giraffe!" Der Körperfett-Anteil des groß gewachsenen Mädchens dürfte bei maximal fünf liegen. Entweder ist sie Bulemikerin oder hat ein anderes Problem. Die schaut ja krank aus. Im Halbdunkel kann sie darüber recht gut hinwegtäuschen, bei Tageslicht würde ich sie ungern nackt sehen müssen.

„Mit einer, die größer ist als ich, hab ich grundsätzlich kein Problem. Wenn sie allerdings zu groß ist, macht das auf Dauer keinen Spaß mehr. Ich mag nicht immer hinaufschauen müssen. Das belastet die Halswirbelsäule so unangenehm", lasse ich Fredsch wissen.

„Solange sie arschpudert, ist mir das egal!"

„Der Flug ist gar nicht das Wichtigste. Das Wichtigste ist die Landung!", trägt Werner, der die Welt gerade durch die Brille psychoaktiver Pilze sieht, etwas zur Unterhaltung bei. Speziell sogenannte „Philosopher Stones", angeblich eine Trüffel-Art, haben es ihm angetan.

„Ja, geht!", sagt Fredsch wohlwollend zu einer Frau mittleren Alters, die gerade vorbeispaziert. „Warum nicht?", fällt ihm zur nächsten ein.

Ein junger Galan drängt einem hübschen Mädel tollpatschig eine Zigarette auf.

„Also, so reiß ich mir in tausend Jahren keine auf", wundert sich Fredsch.

„Mach dir nix draus, Fredl – der auch nicht."

„Schau dir die beiden da drüben einmal an", lenkt er meine Aufmerksamkeit auf ein Pärchen. „Ein ausgesprochen hübsches Mädel und sehr stolz. Sie ist allerdings viel zu stark für ihn. Er steht da wie ein verbogenes Fragezeichen. Der ist armselig, der stellt ja gar nichts dar. Da kann man schon auf 100 Meter an der Körpersprache erkennen, wer die Hosen anhat. Das Zauberwort heißt: ‚Selbstvertrauen'. Eigentlich logisch: Wenn du dir nicht selbst vertrauen kannst, wie sollen dir dann andere vertrauen. Das kann man spüren. So richtig glücklich ist sie nicht mit ihm", analysiert Fredsch weiter. „In einer Tour die Augen woanders, wie ein Rennpferdl eben. Immer ein bisserl nervös, immer ein bisserl angespannt."

„So sind sie halt, die Rennpferde. Wenn man diese Eigenschaften nicht mag, dann muss man sich einen Pinzgauer nehmen", ergänze ich.

„Ein Pinzgauer ist zwar solide und robust, aber auf Dauer langweilig. Ich brauch was Schnelleres", ist Fredsch überzeugt.

„Ach was! Das Schnelle hab ich schon viele Male gehabt. Mit dem ganzen Kopfweh, das dazugehört. Mir ist heute das Solide mehr wert! Rückblickend waren die Pinzgauer die, die mir richtig gutgetan haben. Ich war nur zu dumm, um es zu schätzen zu wissen. Heute würde ich in der Hinsicht vieles anders machen. Ich kenne einige, die nehmen sich einen Pinzgauer und schimpfen dann immer, weil er da und dort ihren Vorstellungen nicht entspricht. Sobald mir die Raunzerei zu anstrengend wird, stelle ich dann immer folgende Frage: ‚Wenn du mit einem Pinzgauer über eine Turnierpferd-Hürde gehen willst und er wirft ein paar Hölzer ab. Wer ist dann schuld? Du oder der Pinzgauer?' Damit hat sich das Gesprächsthema bisher immer erledigt. Manchmal ergänze ich noch: ‚Probier einmal mit einem Rennpferd eine schwere Last zu ziehen. Das bricht dir erst zusammen, dann verkühlt es sich und am Schluss hast du noch eine horrende Tierarzt-Rechnung, weil du es einschläfern lassen musst.

Sobald es ein bisserl ruppig wird, steht einer mit einem Rennpferd allein da, während es den Pinzgauer an der Seite des anderen noch immer gibt.'"

„Wenn es dir gelingt, ein gemütliches Rennpferd zu züchten, dann kannst zu arbeiten aufhören. Das wäre eine echte Marktlücke", bringt Fredsch das Thema auf den Punkt.

Unsere Unterhaltung wird von einem dieser Party-Fotografen gestört. Ohne zu fragen reißt er die Kamera hoch und will uns ablichten. Instinktiv drehe ich mich gleichzeitig mit Fredsch um. Werner hat diesen Rotlicht-Reflex nicht. Er freut sich immer, wenn er von der großen Projektionswand strahlt oder sich auf den diversen Party-Fotoseiten im Internet wiederfindet.

Wieder stolziert ein äußerst hübsches Mädchen vorbei. Kategorie: Rennpferd. Sie würdigt uns keines Blickes.

„Hast du den Hintern gesehen?", will Fredsch wissen.

„Nein, ich hab sie nur von vorne gesehen. Die ist mir viel zu eingebildet!"

„Was, du schaust gar nicht nach? Man muss immer nachschauen und zeigen, dass man neugierig ist! Sonst weiß sie das ja nicht!", erhalte ich eine Lektion.

In den frühen Morgenstunden verlassen wir mit singenden Ohren das Clubbing. Irgendwann hab ich einmal gehört, dass das Singen daher kommt, dass die Spitzen der feinen Härchen im Gehörgang durch den Lärm abbrechen. Sie fallen dann in irgendeine Flüssigkeit und wenn sie – dort schwimmend – aneinanderstoßen – singt das im Ohr. Der Vorgang ist irreversibel. Wenn man dieses Klingen zu oft erzeugt, wird man entsprechend früher taub. „Ich hätte mir ein Beispiel an Werner nehmen und die Gehörstöpsel verwenden sollen!", ärgere ich mich.

39) DER PC-EXPERTE

Fredsch hatte mir eine Schwanenhals-Kamera um 15 Euro bei einem Türken gekauft. Es störte ihn, dass er beim Telefonieren mein Bild nicht sehen konnte. Nachdem ich den widrigen Umstand nicht geändert hatte, war er schließlich selbst aktiv geworden.

„Hast du die Kamera noch immer nicht angesteckt?", will er wissen.

„Doch, aber ich muss die Übertragung manuell starten."

„Aber geh, bei mir geht das automatisch."

„Einstellungssache, Fredl."

„Warte, ich aktiviere die Video-Übertragung."

„Das gibt's ja nicht, jetzt sitzt du schon wieder da wie im Raumschiff Enterprise", ärgert sich Fredsch, als er sieht, dass ich das Headset aufgesetzt habe.

„Erklär mir bitte einmal, wozu ich dir eine Hightech-Kamera kaufe."

„Wieso?"

„Die kann ja alles. Im Finstern das Bild aufhellen, Mikro eingebaut, einfach alles. Ich hab ja dem Luis die gleiche gekauft."

Ich stecke mein Headset aus und rede dabei weiter. Fredschs Gesichtszüge lassen erkennen, dass er mich nicht mehr hören kann. Um auf Nummer sicher zu gehen, tippe ich, was ich sage, zusätzlich in den Chat: „Kannst du mich hören?"

Er schüttelt den Kopf.

„Eben!", schreibe ich.

„Du musst das einstellen, sag einmal. Wart, ich helf dir."

Während er mit mir schimpft, klicke ich auf „Extras / Optionen" und stelle auf das Kamera-Mikro um.

„Na eben, geht ja", brummt er. „Aber wieso hör ich dich so leise?"

„Keine Ahnung."

„Geh einmal in Kontakte. Dort findest du ‚echo sound service'."

„Hab ich nicht."

„SPINNST DU? ECHO SOUND SERVICE!!!"

„Fredl, ich kann lesen. Da steht nix von echo sound service."

„Ich kenn keinen Menschen auf dem Planeten, der auf seinem Skype kein echo sound service hat!!!"

Während er lamentiert, klicke ich in die Systemsteuerung auf Sound und finde die Einstellungsregler für die Mikrofon-Sensibilität. Ich werde aufgefordert, einen Text zu lesen, während Fredsch im Hintergrund schimpft.

„Wart einmal, Fredl! Ich muss den Text lesen, damit ich das Mikro automatisch einpegeln kann."

„Ja, das passt! Da bist du richtig!", übernimmt er wieder das Ruder.

„Jetzt sag einmal rein: ,Ich fick dich gleich, du alte Sau!'"

„Ich fick dich gleich, du alte Sau!"

Der Einstellvorgang wird abgeschlossen, das Mikro funktioniert einwandfrei. Ich nehme mein Headset ab.

„Siehst, geht eh! Wenn du mich nicht hättest! Ich geh jetzt mein neues Klavier einweihen. Angeblich kann ich mit der Prothese in einem durchessen, ohne dass ich dazwischen Haftpaste reinschmieren muss."

„Hat es weh getan?"

„Nein, drücken tun sie ein bisserl."

„Alsdann, bis bald!"

„Ciaoooo!"

… und wenn sie nicht gestorben sind, so lebten sie glücklich bis ans Ende ihrer Tage …

SEITE	BEGRIFF	ERKLÄRUNG
4	Buch-Tipp	„Feuchtgebiete", ISBN-Nr. 978-3548280400
4	Buch-Tipp	„Der Minus-Mann", ISBN-Nr. 978-3453011113
5	Disclaimer	Haftungsausschluss
8	flach	mittellos
8	jemanden abputzen	jemanden ausnehmen
9	Spatzerl	Verniedlichung von „Spatz"; gutgläubiger, naiver Mensch
11	frisch und gsund	Brauchtum: Beim sogenannten „Frisch und g'sund-Schlagen" soll die in der Rute steckende Lebenskraft auf den Geschlagenen übergehen.
11	Scheitelknien	Bestrafung für Kinder: auf der Kante eines Brennholzscheites knien
12	Semperei	sempern: nörgeln, jammern
13	Puff	Bordell
13	pestig	unangenehm
13	mischen	raufen
13	einschauen	verliert
13	jemanden einsalzen	jemanden schlagen
14	Schauferl	Verniedlichung von Schaufel
14	Sieberl	Verniedlichung von Sieb
14	Stern	Mercedes
14	Brösel	Schwierigkeiten, Probleme, Ärger
14	arschpudern	Analverkehr
14	Hacken-Wohnungen	Wohnung, die zum Zwecke der Prostitution angemietet wird
14	Burschen für's Grobe	Männer, die grob werden
14	die Kurve kriegen	etwas verstehen
15	Gift-Hacken	Drogengeschäft
15	Mauer	Schutz
17	Depperte	deppert: dämlich, dumm; „Bist du deppert!": Ausdruck des Erstaunens
17	Blasbuben	Schwule
17	Häfen	Gefängnis
17	Schmalz	Gefängnis
18	Ganoven-Peckerl	Tätowierung
19	Pülcher	Ganove
19	tscheppern	krachen
19	Kabel	Kabelfernsehen
20	oha	schiefgelaufen
20	verrutschen	danebengehen
20	Dodel	Idiot
21	wurscht	egal
21	Bausparer	in Österreich beliebte, konservative Sparform
21	Koberer	Gastwirt, Firmeninhaber
21	Pferdl	Prostituierte
22	ankobern	abwerben, ansteigen, anschnorren
23	SM-Szene	BDSM: Bondage & Discipline, Dominance & Submission, Sadism & Masochism
23	Gockel	Gast, Freier
23	Hütte	Lokal, Bordell
24	frank	seriös, rechtschaffen, ehrlich
25	Knofel	„Suchst du eine Zwiebel, findest du einen Knoblauch." Damit gaben sie gleichzeitig zu erkennen, dass sie aus einer Generation stammten, die mit Heinz Conrads noch etwas anzufangen wusste.
25	Hacken	Arbeit
25	gach	womöglich
27	Putscherl	Schweinchen

SEITE	BEGRIFF	ERKLÄRUNG
27	Rakete	Rausch
30	Kabine	Separée
31	Zwetschkerl	Verniedlichung von „Zwetschke, Pflaume"
31	jemanden sandwichen	beschreibt hier eine Sex-Stellung bei einem Dreier, jemanden in die Mitte nehmen
32	Brodel	weibliches Geschlechtsorgan
32	Futhaar	Schamhaar
33	brunzen	urinieren
33	Keuschen	das Haus
33	Klumpatität	„Graffl", „Schmarrn": wertloses Zeug
34	Buchtipp	„Schöne Tage", ISBN-Nr. 978-3423117395
34	Stoß	Ein im Rotlichtmilieu populäres, wenn auch nach der im Jahr 1904 veröffentlichten Liste des k.u.k. Justizministeriums, verbotenes Glücksspiel
35	Kieberer	Polizist
36	Fisch	umgangssprachlicher Ausdruck für Messer
36	Häkel	Schmäh, Provokation, Hänselei
37	Carotis-Strängen	Arterie, die das Gehirn mit Blut versorgt; Halsschlagader
41	Krachen	Schusswaffe
42	Röhre	Schusswaffe
42	Pappen	Mund
42	werfen	ein Kind gebären
43	andrücken	Druck machen
44	eine Mauer machen	jemandem helfen, ihn schützen
45	Birke	Kredit
46	Pappendeckel	Karton
47	Gummi	Kondom
48	pudern	Geschlechtsverkehr
48	Gemma	Gehen wir
49	Dolm	Dummkopf
50	auf Kreide	Kredit
50	die Marie	das Geld
52	Feldhof	Sigmund-Freud-Klinik
52	Schiff	Taxi
53	Kutscher	Taxifahrer
53	sich putzen	gehen, abhauen, flüchten
53	Land gewinnen	sich rechtzeitig davon machen
54	Pilot	Taxifahrer
60	Hupen	Brüste
66	Tschapperl	unbeholfenes Kind
66	Hacker	an der Zigarette einige Male ziehen
66	Tschick	Zigarette
68	Fleckerl	1.000 Schilling
68	Spiel	Stoß-Partie – bereits erwähntes verbotenes Glücksspiel
71	Strizzi	Zuhälter
73	Lulu	Harn lassen, urinieren
76	drangsalieren	jemanden ärgern, belästigen
76	Watschn	Ohrfeige
76	Lauschlappen	„Lauschlappen", „Löffel", „Horcherl": Ohren
76	Steinpiperl	Vogelart aus der Familie der Fasanartigen, die zur Ordnung der Hühnervögel gehören (www.wikipedia.de)
76	Feitel	Taschenmesser („feitel" von „falten")
76	Leiberl	T-Shirt

SEITE	BEGRIFF	ERKLÄRUNG
77	Spitz	Fußtritt
77	Taferlklassler	Volksschüler im 1. Schuljahr
77	strampfen	sich widersetzen
80	auf die Eier gehen	nerven
80	leiwand	fein
80	Niki	Niki Lauda – Gründer und ehemaliger Betreiber der „Lauda Air"
83	topless please	Aufforderung den Oberkörper freizumachen
86	Mohammed ist a pig.	Mohammed ist ein Schwein.
87	Trompete	Joint
88	Tüte	Joint
88	Stamperl	Schnapsglas
91	Schoitl	Trottel
100	Wolken	Brüste
100	anbraten	flirten
104	Löwinger	Löwinger-Bühne: lustige Theater-Bühne, in der meist Familienmitglieder der Familie Löwinger auftreten. Bekanntester Schauspieler: Paul Löwinger
105	Nagel	Schlagkraft
107	NLP	Neurolinguistisches Programmieren, Neuprägung der Verbindung zwischen Nerven und Sprache, Neugestaltung der Reiz-Reaktionsketten von Menschen (www.wikipedia.de)
107	Institutional Sales	Abteilung einer Bank für die Betreuung institutioneller Kunden
112	ankern von Zuständen	Definition von Detlef Hempel
115	abdrücken	einen Orgasmus bekommen, ejakulieren
116	Busserl	Kuss
116	Rettich	Toilette
116	rüsselt	kokst
117	Riechkolben	Nase
118	Hawara	Freund, Kumpel
120	sich etwas einwerfen	Tabletten nehmen
120	wachseln	schlagen, misshandeln
121	umschupfen	umrempeln
122	Gabel	die Beine spreizen
123	Würferl	Verniedlichung von Würfel
124	Taferl	Verniedlichung von Tafel
127	Schauferl	kleine Schaufel, gemeint ist der Schieber des Croupiers
130	Doserl	weibliches Geschlechtsteil
130	Taube	Frau, Mädchen
131	Skrotum	Hodensack
131	Frauerl	umgangssprachlicher Ausdruck für „Hundehalterin"
135	Flugfut	Flittchen
135	auf jemanden halten	jemanden lieben, zu ihm stehen
138	Spitz	männliches Geschlechtsorgan
144	Gusto-Pudern	aus Lust oder Liebe mit einem Gockel Geschlechtsverkehr haben, ohne Geld dafür zu nehmen
145	Servas	umgangssprachlich für „Servus"
146	Barbababas	Zeichentrick-Kindersendung
146	THC	Tetrahydrocarbinol – psychoaktiver Wirkstoff der Marihuanapflanze
149	Frühbar	bei Grazer Nachtschwärmern beliebtes Frühlokal
152	Jungschweinernes	weiblicher Teenager
155	Hupen	Brüste
156	fett	betrunken

SEITE	BEGRIFF	ERKLÄRUNG
156	Haxen	Beine
157	das Bankerl machen	sterben
158	gschaftig	umtriebig
179	Viecherln	kleine Tiere
182	Frecce tricolori	Kunstflugstaffel der italienischen Luftwaffe
182	Schau ma amoi, dann seg ma scho!	Schauen wir einmal, dann werden wir schon sehen.
182	Grüner Kreis	Österreichs größte, gemeinnützige Organisation zur Rehabilitation und Integration suchtkranker Personen
182	ludeln	urinieren
182	Moperl	Moped, Mofa
187	Zauberschmäh	Zaubertrick
188	abgereißen	davonlaufen
191	spazieren gehen	Hofgang eines Häftlings
191	Rohypnol	Schlafmittel
192	Pickerl-Plakette	KFZ-Prüfplakette
192	Garsten	Die Justizanstalt in Garsten ist eine oberösterreichische Strafvollzugsanstalt. Als solche ist sie für die Aufnahme von Straftätern mit Haftstrafen von über 18 Monaten ausgelegt. Die Anstalt befindet sich zum größten Teil in den ehemaligen Gebäuden des Stifts Garsten, eines ehemaligen Benediktinerklosters. Sie gehört zu den drei Justizanstalten Österreichs, in denen männliche Insassen langjährige Haftstrafen absitzen (die anderen beiden sind Graz-Karlau und Stein).
192	unleiwand	ungut
194	Mikado	Geschicklichkeitsspiel, Staberl: Stäbchen
194	springen	flüchten, abhauen
195	niederknien	in diesem Fall: vor jemandem niederknien, um ihm einen zu blasen
197	durchrepetieren	eine Waffe durchladen
199	es tscheppert	es kracht, ein Unfall passiert
201	im Bau	Gefängnis
202	Flügerl	Red Bull Wodka
202	Türl	Tor
203	fetzen	kämpfen
203	mischen	kämpfen
204	Theater	Drängerei, Ärger
204	Dampf	Rausch
204	einschenken	schlagen
204	knistern	gefährlich werden
204	gerupftes Hendel	Huhn
206	ein Schäuferl nachlegen	eine Situation anheizen (von „eine Schaufel voll Kohlen in den Ofen werfen")
212	eine Zierzeile schreiben	freiwillige Abschlusszeile bei der Hausübung in der Volksschule, für die man in der Regel einen goldenen Aufklebe-Stern erhielt
212	herunterbiegen	absitzen
212	fressen	Schläge eingesteckt
212	Pumperer	Erschütterung
212	anschiffen	Kontrolle über die Harnblase verlieren
213	kneißen	verstehen
213	Hunderl	Verniedlichung von Hund
213	strawanzen	umherstreifen, sich herumtreiben, streunen
213	Damenspitzerl	Schwips
214	Dom im Berg	weit verzweigtes Stollensystem im Grazer Schloßberg, das zum Schutz der Bevölkerung während des 2. Weltkriegs errichtet wurde; dient heute als Veranstaltungsort

www.fredsch.at